지리산에서 보낸 산야초 효소 이야기

지리산에서 보낸

산야초 효소 이야기

전문희 지음 · 김선규 사진

이른아침

이 책을 펴내면서

세 번째 책이다. 첫 번째, 두 번째와는 사뭇 다른 느낌이 든다. 동양에서는 삼이 완전함을 뜻하는 숫자라는 말에 얼굴이 붉어진다. 완전과는 거리가 먼, 여전히 모색 중이고 궁리 중인 시기에 또 한 권의 책을 쓰게 되었다.

두 번째 책을 내고 5년이 흘렀다. 그 세월만큼 나는 나이를 먹었다. 나이를 먹는 일이 단지 노화가 아니라 성숙의 시간이었기를 바라는 것은 누구나의 바람이리라. 변화의 시간이었음은 부정할 수 없다. 어떤 면에서는 한 걸음 나아갔고, 어떤 부분은 아픈 경험으로 남았다. 나는 여전히 지리산 자락에서 차를 만들고 효소를 담그며 살고 있다. 어렴풋이 알던 것을 분명히 알게 되었고, 소중히 여기던 것들이 자리바꿈을 한 시간들이었다. 차를 만들고 차를 마셔온 16년의 세월, 이제는 사람들이 나를 보면 자연스럽게 인사를 건넨다.

"차 잘 마시고 있습니다. 언제 차 한 잔 같이 하시죠?"

내 얼굴에 '차'라고 씌어 있는 듯 인사를 건넨다. 내 혀와 손끝에, 몸 전체에 차향이 배어 있을 정도로 차와 떨어지지 않고 살았던 세월이었다.

그 사이 세상도 많이 달라졌다. 인터넷과 휴대전화가 없으면 생활이 불가능할 정도로 정보화 사회가 되었다. 계속되는 불경기 탓에 생활은 더 어려워졌고, 사는 일에 지쳐 건강을 잃은 사람도 늘어났다. 그런 현실을 지켜보면서 많은 생각이 들었다.

병에 걸리고 나면 산야초차만으로 몸을 돌보기에는 늦다. 차는 음식이면서 생활이고 문화이며 습관이다. 당장 아픈 곳을 치료해주는 약이 아니다. 서서히 몸을 바꾸는 것이 산야초차다. 하지만 병든 사람은 시간이 없다. 마음도 급하다. 숨을 쉬는 동안에도 병균은 몸에서 증식을 거듭하고 있다는 생각을 할 텐데 얼마나 고통스럽겠는가.

의사도 손을 뗀 말기암환자들이 종종 마지막 구원처로 나를 찾아온다. 나를 찾는다기보다는 어머니와 같은 자연, 지리산에 기대고 싶은 마음이 더 클 것이다. 자신의 고통을 따뜻하게 위로받으며 조금이라도 도움을 얻고자 하는 그들의 실낱같은 희망을 외면할 수 없었다. 자연식과 쑥뜸이나 침 등 예로부터 전해 내려오는 자연치료법을 알려주고 담가두었던 산야초 효소를 먹어보라고 권했다. 효소는 몸을 정화하고 세포를 활성화하기 때문에 병균과 싸울 면역력을 키워준다. 거기에 환자 본인의 의지와 노력이 뒷받침된다면 치료는 더 빨라진다.

근래 '21세기는 발효의 시대'라는 새로운 화두가 등장했다. 몸 속의 효소가 나이 들면서 고갈되고, 올바르지 않은 식생활로 음식에서 효소를 섭취하지 못하니 효소액으로 보충해줄 수밖에 없게 되었다. 효소라는 이름을 붙인 각종 발효식품들이 우후죽순 생겨나면서 순기능만큼 역기능도 만만치 않다.

효소는 만병통치약이 아니다. 생체활동을 도와서 음식물의 분해, 흡수, 독소 배출 등 신진대사를 도와주는 촉매 역할을 한다. 나는 발효 전문가도 아니고 과학자도 아니지만 오랫동안 나름대로 여러 스승을 찾아다니며 효소 만들기를 연구해왔다. 경험자로서 느끼고 배운 것들을 함께 나누고 싶다는 소박한 생각에서 책을 써내려갔다.

효소는 비타민의 발견만큼이나 우리 몸과 건강 문제에 있어서 획기적인 전환점을 가져왔다. 이즈음 효소라는 단어는 무수하게 떠돌아다니지만 뭔지 정확히 아는 사람은 드문 실정이다. 전문가가 아닌, 보통사람들이 읽어보고 '아, 효소가 이런 거였어? 약방의 감초 같은 역할을 해왔네, 효소가 부족하면 숨 쉬고 밥 먹는 일부터 모든 생명활동이 안 되는 거구나, 효소를 보충하려면 어떻게 해야 하지?' 하는 의문의 답을 알게 된다면 이 책이 제 몫을 다한 것이다.

백초차를 만들 때처럼 산에 있는 식물의 대부분이 효소 원료로 쓰인다. 약이 되는 식물의 잎과 꽃, 열매, 뿌리와 전초가 효소의 원료가 된다. 전부를 다 쓸 수는 없고 대표적인 몇 가지만 계절별로 다루었다. 만드는 법은 첫 번째 책에서 소개한 내용 이상의 특별한 게 없다. 효소액은 간단히 말하면 원료를 설탕에 재워서 무산소발효를 시킨 것이다. 효소는 좋은 재료를 구하는 일이 관건이지 만드는 법은 대동소이하다. 재료에 들어가는 정성과 청정지역에서 얼마나 오염되지 않은 원재료를 구하느냐가 제일 중요한 핵심사항이다.

《지리산에서 보낸 산야초 차 이야기 1, 2》는 차를 만들어 마시는 법에 집중해서 썼지만 이번 책은 효소가 왜 우리 몸에 꼭 필요한가에 관심을 기울여 썼다. 효소 이야기를 하자니 건강 이야기를 하지 않을 수 없었다. 건강 이야기를 하자니 자연스레 지리산에서 살아가는 이야기로 이어졌다. 그동안 내가 살아온 이야기를 벗들에게 조곤조곤 들려주듯 적어보았다. 피아골에서 산청으로 거처를 옮겨온 뒤 약초마을인 이곳에서 배운 것 또한 적지 않았다. 그간 내가 만난 사람들이나 산야초에 관한 얘기는 내 인생을 정리한다는 의미도 있지만 건강한 삶을 꿈꾸는 사람들과 함께 고민해보자는 마음도 있었다.

계절별로 쉽게 담글 수 있는 산야초 효소를 정리해서 곧 두 번째 효소 책을 낼 예정이다. 식물의 잎과 꽃과 열매와 전초가 다 효소 재료로 쓰이기 때문에 재료의 특성에 맞게 담그는 법을 일목요연하게 정리하면 누구든 참고하여 쉽고 간단하게 효소를 만들 수 있을 것이다.

요즘의 병은 세균 감염보다 생활 습관에서 비롯된 병이 더 많다고 한다. 음식과 운동, 생활 환경, 심신 안정이 건강을 지켜주는 지킴이라는 점에는 의심의 여지가 없다. 생활은 우리에게 그것을 위해 시간과 마음을 넉넉히 들이도록 허락하지 않는다.

재산을 잃으면 조금 잃는 것이고, 명예를 잃으면 많이 잃는 것이고, 건강을 잃으면 전부를 잃는 것이라는 명언은 큰 병에 걸려 본 사람이라면 가슴 깊이 절감할 것이다. 아픈 사람한테 천금이 무슨 소용이고 고관대작이 무슨 소용이란 말인가. 병과 탈이 없는 무사한 삶이 말처럼 쉽지 않다는 것을 병이 나고 사고를 겪은 뒤에야 깨닫는다. 잔잔한 물결처럼 평온한 마음으로 하루하루를 행복하게 살려면 무엇을 어떻게 해야 하는가? 살아 있는 동안 끊임없이 이어가야 할 생각이다.

사람 사는 것은 산골짜기나 도시나 크게 다르지 않을 것이다. 바삐 일하다가 한숨 돌리고 싶을 때, 잠 안 오는 밤, 마음이 산란해서 갈피가 안 잡힐 때 아무 페이지나 펼쳐 읽어도 차 한 잔을 마시면서 건강을 돌아보게 하는 책이었으면 좋겠다는 작은 소망을 품어본다.

내가 만든 차를 마시고 내 책을 읽어주신 분들은 언제나 내 마음의 지팡이가 되어주었다. 그들의 힘에 기대 여기까지 왔다. 이 책은 내 곁을 지켜준 그들의 것이다. 모두 고맙다. 고맙고 감사한 마음은 말로 다할 수 없을 만큼 크다. 그들이 어디 있든 항상 건강하고 행복하기를 바란다.

2011년 5월 지리산 자락에서
전문희

아침에 눈을 뜨면 가장 먼저 산을 바라본다.

추천의 말

지리산의 깊고 너른 품으로 초대해주셔서 감사합니다 _엄홍길(산악인)

"지리산에서 사신다구요?"

나는 이렇게 물어보지 않을 수 없었다. 지리산이라는 말에 귀가 번쩍 뜨였기 때문이다. 전문희 선생은 지리산에 살면서 차와 효소를 만든다고 했다. 보통사람은 산을 멀리서만 바라본다. 어떤 사람은 등산을 한다. 그런데 산을 일터 삼아 살아가는 사람을 만난 거다. 산에서 채취한 잎과 꽃과 열매 같은 산야초로 차와 효소를 만든다는 말이 참 신선하게 들렸다. 산 기운으로 가득한 사람을 서울 한복판에서 만나니 더욱 반가웠다.

지리산의 너른 품 안에서 산사람으로 살고 있는 전문희 선생은 무척 행복해 보였다. 내 주위의 많은 산악인들이 종주를 하러 지리산에 간다. 지리산은 많은 사람을 품에 안아 먹을 것과 삶의 터전을 마련해주는 어머니 같은 산이다. 산을 오르내리며 채집하는 바쁜 생활 속에서 짬짬이 써놓은 글을 책으로 낸다는 소식을 들었다. 기꺼이 축하 인사라도 몇 자 전하고 싶었다. 아마도 산과 자연에서 멀어진 삶을 사는 사람들에게 들려주고 싶은 이야기가 많을 것이다. 그녀의 책을 여는 순간 어떤 얘기가 우리를 기다리고 있을지 궁금하다.

앞서 발간한 차에 관한 두 권의 책《지리산에서 보낸 산야초 차 이야기 1, 2》는 잘 받아서 읽어보았다. 그 책을 읽고 차를 다시 생각하고 관심을 갖는 계기가 되었다. 사람들은 보통 차를 시간 날 때 마시는 음료로 생각한다. 그녀가 만든 차는 몸을 맑고 건강하게 해주는 약초차였다. 효소에 관한 새 책 역시 전문희 선생만의 생생한 현장체험이 녹아 있다. 말로만 수없이 듣던 효소를 새로이 사람들에게 일깨워주리라 믿는다.

나도 책을 여러 권 내봐서 그 어려움을 조금은 안다. 한 문장 한 글자가 읽는 사람들의 가슴에 새겨진다고 생각하면 펜을 잡은 손이 떨린다. 진심을 다해 내 마음을 전달하려고 고민했을 것이고 여러 번 잠을 설쳤을 것이다. 책을 만드는 종이는 나무에서 왔다. 나무의 고향은 산이다. 그 산과 나무와 더불어 사는 사람이 내는 책이니 더욱 귀한 일이 될 것이다. 이번 책이 많은 사람의 몸과 마음에 깊은 산의 맑은 기운을 불어넣어 주기를 바란다.

히말라야의 신령스러운 기운과 지리산의 정기가 다 함께 보살피어 부디 건강하고 복된 일 많기를 기원한다. 다시 한 번 출간을 축하한다.

차례

이 책을 펴내면서 4

추천의 말 | 엄홍길(산악인) 10

봄 효소 이야기

건강한 삶 16 / 효소란 무엇인가? 19 / 산이 깨어나다 23 / 봄 산이 나를 부른다 31 / 식물의 모든 부분은 효소의 재료가 된다 35 / 발효란 무엇인가? 38 / 쑥 효소 담그기 41 / 민들레 효소 담그기 46 / 폐가에 핀 홍매 한 그루 51 / 칡순 효소 만들기 57 / 수선사 가는 길 61 / 반갑다, 개불알풀꽃 67 / 약초축제의 반가움과 아쉬움 72 / 허망한 출가의 꿈 77 / 대나무밭에 숨은 보물들 85 / 봄 효소 담그기 94

여름 효소 이야기

생명 탄생의 순간부터 효소와 함께 한다 98 / 나쁜 식습관이 우리 몸을 망친다 100 / 땡볕 사이로 부는 시원한 솔바람 103 / 산청에서 지리산을 바라보다 108 / 앵두 효소 담그기 113 / 건강은 밥상에서부터 116 / 오디 효소 담그기 123 / 재회 129 / 채송화 한 아름을 안고서 137 / 우리들의 하루 141 / 정신의 과부하를 알리는 스트레스 145 / 불면증 148 / 아토피 환자가 왜 그렇게 많을까? 154 / 산목련(함박꽃) 효소 담그기 157 / 쇠비름 효소 담그기 160 / 산길을 걷다 163 / 개복숭아 효소 만들기 168 / 새 식구가 생기다 _ 따오기 덕분에 생긴 거위 두 마리 171 / '사랑: 중히 여기어 아끼는 마음' 177 / 여름 효소 담그기 180

가을 효소 이야기

자연치유력을 회복하자 184 / 어떻게 효소를 섭취해야 하나 187 / 가을이 오는 소리 190 / 꿈에서나 볼 수 있는 나의 어머니 198 / 곤줄박이가 깨우는 아침 203 / 솔잎 효소 담그기 207 / 아무것도 하지 않는 날 212 / 얼굴의 주름살도 자연의 일부 219 / 끝내 암을 이기지 못하고 저 세상으로 간 김푸름 226 / 돌배 효소 담그기 230 / 길고양이를 만나다 234 / 탱자 효소 담그기 238 / 좁쌀 한 알의 지혜 241 / 가을 효소 담그기 246

겨울 효소 이야기

산야초 효소의 효능 250 / 장이 튼튼해야 몸도 튼튼! 252 / 전통방식의 발효와 과학적 견해 255 / 다시 새로운 아침을 꿈꾸며 258 / 장 담그는 날 금줄을 치다 260 / 히말라야의 성스러운 기운을 전하는 엄홍길 대장 266 / 방문객이 남기고 간 것들 276 / 사람의 몸을 받아 태어났으니 282 / 지리산 산신령이 점지해준 아들 285 / 약한 몸뚱이를 서로 기대며 살아가는 콩나물 288 / 엉겅퀴 효소 담그기 293 / 김치와 소금 296 / 산도라지 효소 담그기 303 / 침묵의 가르침 307 / 식초 만들기 312 / 오래된 미래 _ 라다크 사람들 316 / 나와 너, 너와 나, 그리고 우리 320 / 방풍 효소 담그기 325 / 12월의 마지막 날, 부드러운 직선을 꿈꾼다 330 / 겨울 효소 담그기 334

봄 효소 이야기

건강한 삶

건강하게 오래 사는 것은 우리 모두의 꿈이다. 인명은 재천在天, 목숨은 하늘에서 받았으니 우리가 해야 할 일은 주어진 시간 동안 몸을 잘 돌봐서 오래도록 건강하게 사는 것이다.

건강한 삶이란 어떤 것인가?

건강은 병에 걸리지 않은 상태만을 말하는 것은 아니다. 일상생활을 즐겁고 행복하게 이끌어갈 수 있는 몸과 마음의 상태를 일컫는다. 열심히 일하고, 사람들과 좋은 관계를 유지하며, 자신이 무엇을 원하는지 잘 알고 그것을 실제로 할 수 있어야 한다. 삶을 자기 의지대로 잘 이끌어갈 건강한 생명에너지가 필요하다.

우리가 건강만큼 자주 입에 올리는 단어도 드물다. 건강에 관한 백 마디 말이 무슨 소용이겠는가. 한 번의 실천이 중요하다. 건강을 위해 우리가 해야 할 일은 이미 너무도 잘 알고 있다. 절제된 식생활, 적당한 운동, 충분한 휴식과 스트레스 없는 생활. 수없이 들어온, 별다른 것 없는 내용이지만 생활 속에서 지켜내기란 쉽지 않다. 무엇이든 꾸준히 오래 하기 위해서는 정신력이 따라주어야 한다. 절박한 마음과 의지가 필요하다. 바쁜 일상에는 결심을 실천하지 못하게 하는 핑계가 너무 많다.

아침저녁으로 걷기나 달리기를 하면 건강에 좋다는 건 알면서도 밖으로 나가기가 싫은 사람도 있을 것이다. 일요일에 산에 가야겠다고 결심만 하고 몇 년을 보낸다. 맛있는 음식을 보면 적당히 먹고 수저를 내려놓기가 힘들다. 술, 담배도 도저히 멀리할 수 없다.

말로만 건강을 떠벌리다 병에 걸리면 병원부터 찾는다. 몸은 자연과 멀어진 만큼 질병에는 가까워진다는 사실을 잊지 말아야 한다. 생활 전체를 바꾸는 실천이 어렵다면 건강을 해치는 요소를 하나씩 없애는 일부터 시작해보자. 과식을 삼가고, 가능한 한 몸을 많이 움직이고, 스트레스를 잘 관리하자.

건강하게 장수하는 사람 중에 과식을 하는 사람은 없다. 식탐을 부리는 순간 제아무리 몸에 좋은 음식이라도 건강에는 독이 된다. 장수하는 사람들은 하나같이 소식을 하고 효소가 풍부한 발효식품과 생야채, 생과일, 해조류를 많이 섭취한다. 적당한 운동과 규칙적인 생활을 하며 절대 과로하지 않는다. 음식을 많이 먹으면 소화시키기 위해 몸이 그만큼 과도한 노동에 시달린다. 이때 몸속의 효소를 낭비하게 된다.

요약하자면, 소식으로 체내 효소를 절약하고, 효소가 풍부한 음식으로 체내 효소를 보충하며, 운동으로 체내 효소를 활성화하기 때문에 장수하는 것이다. 효소는 건강을 지키는 데 없어서는 안 될 중요한 물질이다. 생명활동의 촉매 역할을 하고 생명을 유지시키는 효소 없이는 영양분을 만들 수가 없다. 음식물을 분해해서 몸에 필요한 영양소를 흡수하게 하고, 몸속의 노폐물을 제거하고, 신진대사를 활발하게 하며, 면역력을 높여준다. 뼈와 살, 피와 근육, 머리카락과 손톱을 만드는 데도 효소가 필요하다. '생명의 촉매'라는 별명이 아깝지 않다. 사람이 자라고 나이를 먹는 것은 물론 숨을 쉬고 생존하는 생명활동의 모든 과정에 공기와 물, 비타민처럼 효소가 절대적인 역할을 한다. 인간은 효소 없이는 한순간도 살 수 없다.

효소란 무엇인가?

효소는 모든 살아 있는 생명체의 세포에서 만들어져 생체활동에 촉매 역할을 하는 고분자 단백질이다. 소화를 비롯해 내장, 신경, 근육, 뇌, 면역, 호흡, 수면 등 생명활동에 필수적인 요소이다. 체내에는 수많은 종류의 효소가 있다. 효소는 세포 속의 단백질을 만드는 공장인 리포좀에서 죽을 때까지 계속 만들어진다. 현재까지 밝혀진 것만 해도 2,000여 종이 넘지만 과학자들은 아직도 알려지지 않은 효소의 존재와 기능이 무궁무진하다고 주장한다.

과학용어가 등장하니까 조금 어려운 느낌이 있지만 가만 생각해보면 내용은 단순하다. 인간의 몸은 단백질로 된 하나의 세포가 증식해서 세포 덩어리인 육체가 형성되는 것이다. 살아 있다는 것은 오래된 세포는 소멸하고 새로운 세포가 만들어지는 과정이 반복된다는 것을 뜻한다. 새로운 세포를 만들기 위해서는 외부에서 계속 단백질을 공급받아야 한다. 이 단백질을 분해해서 사람 몸에 맞게 재조립하는 것이 바로 효소의 역할이다.

효소는 음식을 통해 공급되는 식품 효소와 몸 자체에서 생성되는 체내 효소가 있다. 음식을 통해 섭취한 효소를 비롯해 아미노산, 비타민, 미네랄 등을 재료로 끊임없이 새로운 효소가 만들어진다. 문제는 나이가 들수록 체내의 효소 생성량은 줄어들고 효소의 활성도 떨어진다는 데 있다. 따로 음식이나 효소 음료로 공급해주어야 하는 경우가 생기는 거다.

우리 몸과 각 기관이 움직이는 매 순간을 자세히 관찰해보라. 얼마나 놀라운가. 폐로는 숨을 쉬고 입안에는 침이 고이고 눈으로 뭔가를 보고 귀로 음악을 듣고 발로는 걷는다. 이 일이 동시에 일어난다. 인체의 생리작용은 실로 경이롭다. 이 모든 활동을 하는 데 효소가 필요한 것이다.

우리가 음식물을 섭취하면 소화 효소가 음식물을 소화하고 분해한다. 대사 효소는 그 에너지를 몸에 필요한 곳으로 보내서 세포를 새로이 만드는 신진대사를 하게 한다. 여러 장기에 붙어 있는 노폐물과 독소, 음식잔류물을 분해하여 몸 밖으로 내보낸다. 병에 걸리면 대사 효소는 치유 효소 역할을 한다. 효소는 이런 엄청난 일들을 뚝딱 해치우는 으뜸 일꾼이다. 최근에는 노화를 방지해주는 기능이 부각되어 더욱 관심을 모으고 있다.

아무리 좋은 음식, 보약을 먹어도 효소가 없으면 소화시키지 못해 흡수되지 못하고 몸 밖으로 빠져나간다. 효소가 음식물을 적절히 분해시켜놓으면 위나 장이 영양분을 흡수해 혈액과 세포를 만드는 데 이때 효소가 작용한다. 효소가 없으면 지방이 연소되지 않아 살이 찐다. 효소는 수면 중에도 대사작용을 통해 노화된 세포를 건강세포로 교체함으로써 몸의 면역력을 높인다. 효소의 독소 배출 기능이 왜 중요하냐면 혈액을 맑게 해 건강 체질로 바꿔주기 때문이다. 효소의 역할과 응용을 다 꼽자면 손가락이 모자랄 정도다. 일상과 음식, 생활습관과 관련된 부분을 중심으로 하나씩 공부해보기로 하자.

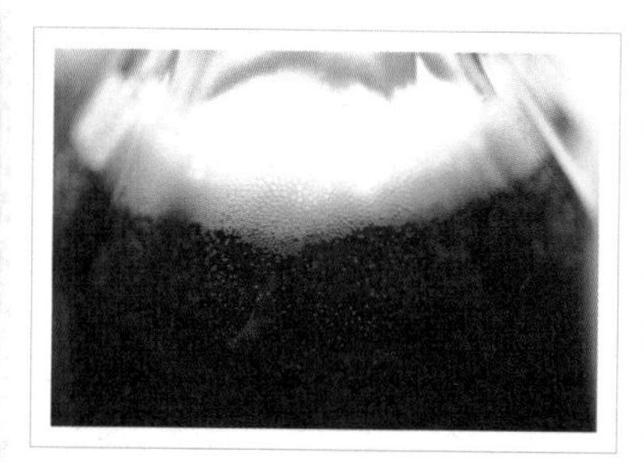

1차 발효가 끝나고 찌꺼기를 건져낸 후 숙성과정에 들어가기 전

효소액만 1년 동안 숙성시킨 후

산이 깨어나다

아침이다. 개울 물소리에 눈을 뜬다.

매일 아침 나를 깨우는 것은 갖가지 소리다. 어느 날은 새소리, 어느 날은 바람소리, 오늘은 계곡에서 흘러내려 오는 물소리. 그 소리가 봄이 왔다고 말해준다. 겨울과 봄의 물소리는 다르다. 창문을 열어놓아서인지 더 기운차게 들린다.

골 깊은 산에서 산다고 생각했는데 늘 가까이 느끼는 건 우렁찬 계곡물이다. 동네 이름이 시천矢川인 것이 우연은 아니다. 처음 한글로 들었을 때는 천왕봉이 떠올라 하늘이 시작된다는 뜻인 줄 알았다. 계곡에 화살처럼 빠르고 거센 물살이 흐른다 하여 시천이라는 이름이 붙었다고 한다.

개울 물소리 위로 바람이 지나간다. 바람에 꽃향기, 풀냄새가 묻어 있다. 이제 막 세상으로 나오기 시작한 여리고 여린 풀냄새, 작은 꽃들에게서 퍼져 나오는 희미한 꽃향기. 냄새는 코로 맡았는데 가슴이 뭉클해진다. 밥냄새, 빨래냄새, 꽃냄새, 젖냄새는 어디 한군데씩 닮은 데가 있다. 살아 있는 것들이 살기 위해 뿜어내는 냄새였다. 몸을 일으켜 밖으로 나간다. 가슴을 활짝 열고 숨을 깊이 들이마신다. 몸에 있는 모든 구멍이 활짝 열리며 몸이 서서히 살아난다.

다시 하루. 모든 것이 똑같이 반복되는 하루가 시작되었다. 하지만 자세히 살펴보면 하나도 같은 게 없는 하루다. 독일 시인 릴케의 말을 생각하며 새 날을 맞는다.

"아무도 경험한 적 없는 새로운 것들로 가득한 새해가 왔으니 우리 모두 기쁘게 맞이하자."

시천 계곡을 따라 산길을 오른다. 해마다 같은 길을 걷고 같은 꽃을 보지만 자연은 늘 새로운 아름다움으로 나를 맞이한다. 오늘의 아름다움은 작년의 아름다움과 다르다. 아름다움은 해마다 더욱더 깊어진다. 변하더라도 아름답게 변한다. 인간은 해가 바뀌면 그만큼 늙고 아름다움을 잃어가지만 자연은 늘 새롭게 다시 태어난다.

결실의 계절 가을을 지나 인고의 계절 겨울을 견디며 봄을 맞는 자연의 순환이 아름다움의 비결일 것이다. 봄이 아름답고 역동적인 것은 춥고 긴 겨울이 있었기 때문이다. 자신을 낮춘 채 침묵하면서 속을 단단히 채워 봄이 힘껏 기지개를 켤 수 있게 해준 겨울이 고맙다.

겨울이 오면 산은 모든 것을 무無로 돌리고 이듬해 제로에서 다시 시작한다. 아름다움도 열매도 무성한 잎도 다 떨어내고 빈 몸으로 긴 겨울을 난다. 그 자연 앞에서 인간은 무력할 수밖에 없다. 어떤 인간이 자신을 비워서 무로 만들 수 있으며, 나에게 화려한 과거가 언제 있었냐는 듯 혹독한 추위의 겨울을 알몸으로 버텨낼 수 있을까? 산이라는 거대한 자연 앞에 서면 나는 언제나 작고 부끄러운 존재일 수밖에 없다. 새 봄이 되면 겨울 동안 비축해둔 힘으로 인생의 새 주기를 시작하는 산을 그저 망연히 바라볼 뿐이다.

동물과 달리 식물은 생장과 소멸이 있을 뿐 노화라는 개념이 없다. 식물에는 노화의 원인인 활성산소를 차단하는 폴리페놀 성분이 들어 있다. 식물이 발효되면 폴리페놀 구조가 변해서 노화를 막는 항산화 효과가 본래 상태보다 훨씬 향상된다.

일본의 한 연구팀이 쥐를 대상으로 실험을 했다. 알코올을 주입한 뒤 위점막의 손상을 조사한 결과 발효액의 농도가 높은 쥐일수록 손상 부위가 줄어든 것으로 나타났다. 노화 방지 효과는 발효식품이 각광받는 가장 큰 이유 중 하나다. 어떤 상품이든 노화를 막아준다는 말만 붙으면 고가임에도 불구하고 불티나게 팔리는 것이 요즘의 시장 상황이고 소비자 심리다. 우리 사회에서는 젊어야만 아름답다는 생각이 만연해 있다. 젊고 싱싱한 아름다움만 아름다움으로 친다. 여러모로 노인들은 서러운 세상을 살고 있다.

옛날에는 주로 농사에 의지했고 땅에 의탁해서 살았으니 세월

이 흘러도 생활에 큰 변화가 없었다. 농사를 오래 많이 지은 어른일수록 경험과 지식이 훨씬 풍부했다. 당연히 젊은 사람의 존경을 받을 수 있었다. 생존하려면, 농사를 지으려면 경험에서 얻은 노인의 지식이 필요했다. 하지만 디지털 시대인 지금은 하루가 다르게 세상이 변하기 때문에 나이 든 사람이 가지고 있는 경험이나 지식은 금방 쓸모가 없게 된다. 함께 일할 기회도 적어졌다. 어떤 사회학자가 노인과 오래된 것을 경시하고, 젊은 사람과 새것만을 선망하는 문화를 그런 각도에서 분석했다. 일리가 있는 말이다.

내 경우는 얘기가 조금 달라진다. 아직도 나는 문명보다는 자연, 산에 의지해서 살고 있다. 산동네에서의 생활은 철저히 아날로그적이며 수공업적인 방식으로 이루어진다. 갖가지 약초와 식물의 쓰임은 산에서 태어나 평생을 살아온 노인들이 누구보다 잘 안다. 경험을 통해 축적한 노인의 지식은 실용적인 측면에서 책보다 훨씬 낫다. 피부에 와 닿는 살아 있는 지식이다. 산골생활에서는 노인에게 배울 것이 하도 많아서 날마다 배워도 끝이 없다.

상당수의 노인들이 도시에 나가 살기 싫다고 자식과 따로 떨어져 시골에 혼자 산다. 자신이 아무짝에도 쓸모없는 존재가 되는 도시생활이 달가울 리 없다. 외로움이 문제가 아니다. 그래도 이곳에는 친구가 있고 이웃이 있고 할 일이 있다. 시골에서야 문밖에만 나가면 푸성귀 뜯어 나물도 무치고 텃밭이라도 일구며 노인도 쓸모 있는 노동력이 된다. 무엇보다 평생 몸에 익은 내 생활방식대로 자연스럽게 살 수 있다. 젊은 사람들 틈에 끼어 기죽을 필요도, 소외감을 느낄 필요도 없다.

시골 살던 노인이 도시에 가면 외계인이나 다름없는 처지가 된다. 폐쇄된 구조의 아파트의 갑갑함은 차치하고라도 제 손으로 해결할 수 있는 것이 하나도 없는 생활 속에서 무력감을 느끼지 않을 도리가 없다. 풀이라곤 아파트 정원에서밖에 볼 수 없고 모든 생필품을 마트에 의존해서 살아간다. 그 많은 물건 속에서 필요한 걸 골라서 사는 일부터 복잡한 계산대까지 노인에게는 모든 것이 낯설고 불편할 뿐이다.

자식 따라서 도시로 간 노인네를 생각할 때면 떠오르는 장면이 있다. 꽃향기에 어지럼증이 나는 봄날, 느린 걸음의 할머니가 아파트 앞 길가에 쭈그리고 앉아 있다. 무얼 하고 있나 자세히 들여다보니 보도블록과 시멘트 벽 틈에 돋아난 풀들을 바라보며 손으로 이리저리 쓸어본다. 어찌 반갑지 않겠는가. 어여쁜 민들레와 냉이꽃이 봄이 왔다고 도시의 매연과 콘크리트를 뚫고 세상 밖으로 나온 것이다. 나물이라고 소쿠리 들고 나가 뜯을 수는 없지만 옛날 생각하면서 안타까운 마음에 봄볕 아래서 꽃을 찟찟이 살펴보며 시간을 보낸다.

할머니들 생각을 하니까 갑자기 얼굴에 살짝 웃음이 번지는 장면이 생각난다. 얼마 전 숯가마에 간 적이 있었다. 가끔 냉기를 빼주기 위해 숯가마나 한증막에 가곤 한다. 그날도 다들 뜨거운 열기 때문에 고개를 숙이고 거친 숨을 내쉬는데 한 할머니는 끄떡없이

의연한 자세로 앉아 있었다. 그 할머니가 맞은편에 앉아 있는 다른 할머니에게 말을 건넸다. 이상하게 애들하고 노인은 처음 만나도 서로 금방 말을 걸고 친해진다.

"집이는 올해 나이가 몇인기라요?"

"일흔하난기라."

"참 좋은 나이네. 한참 일할 나이여. 그 나이만 혀도 겁날 게 없제."

"그러는 할머니는 몇 살 잡쉈다요?"

"난 여든둘이여."

"참말이요? 그런데 어쩜 그렇게 허리가 꼿꼿허고 피부가 곱다요?"

"내가 젊어서부터 그런 말 많이 들었어."

할머니들 얘기를 옆에서 듣던 사람들이 킥킥거렸다. 자기 자랑도 너무 태연하게 하면 뭐라고 말을 보탤 수가 없다. 거기 같이 있던 젊은 사람들은 그 말을 알까. 여든 노인이 일흔 노인에게 한참 일할 나이라고 한 그 말의 진짜 의미를. 나도 잘 모른다. 나는 아직 젊으니까. 하지만 그 말은 묘하게 마음을 움직였다. 참 힘이 나는 말이구나. 그런 노인을 만났다는 사실이 기뻤다. 그 할머니를 나는 감히 청춘이라 부르고, 영원한 봄처녀라 부르고 싶다.

봄 산이 나를 부른다

겨우내 바람소리로 그날그날의 추위를 가늠하면서 보냈다. 추운 계절의 산에는 색깔도 냄새도 없다. 오직 소리만이 거기 산이 있음을 알려준다. 바람소리만 들어도 하루의 기온을 대충 짐작할 수 있다. 부드럽고 달래는 듯한 바람이 불면 바깥일을 하기 괴롭지 않을 정도의 추위다. 어쩐지 드세고 성깔 사나운 느낌의 바람이 불면 여지없이 문 열기도 겁나는 강추위가 기세를 누그러뜨리지 않았다. 그러다 3월이 되어 며칠 바람이 잦아들고 햇살이 따사로우면 봄이 온 것이다. 문을 열어놓고 있어도 선득한 기운이 없다.

봄에는 아침이 되기 무섭게 새들이 요란스레 울어댄다. 새들의 노랫소리에는 제각기 무슨 말을 전하려는 안간힘이 느껴진다. 가만히 귀 기울여 들어보면 겨울 잘 지내느라 수고했다는 말로도 들리고, 빨리 나와서 봄나물 나왔나 보라는 말로도 들린다. 채 녹지 않은 눈 속에서 제일 먼저 봄을 알리는 꽃들을 떠올린다.

'꽃다지, 양지꽃, 광대나물꽃, 개불알풀꽃, 구슬봉이.'

지금쯤 눈을 떴겠지. 이른 봄 성질 급해서 부랴부랴 땅을 뚫고 피는 꽃은 항상 정해져 있다. 키 작은 풀꽃은 복수초, 개불알풀꽃, 광대나물꽃, 꽃다지, 애기별꽃, 제비꽃, 얼레지, 금낭화, 구슬봉이, 양지꽃, 수선화의 순서로 핀다. 나무에 피는 꽃은 산수유꽃을 시작으로 매화, 생강나무꽃, 진달래, 개나리, 산벚꽃, 조팝나무, 목련, 돌배나무꽃, 자두꽃, 앵두나무꽃, 살구꽃이 차례차례 피고 진다. 꽃이 피기 시작했을 군락을 때맞춰 찾아간다. 어김없이 새순이 돋고 꽃잎이 한두 개 피어 있다. 땅을 밟아보면 어느새 얼음이 녹고 얼부풀어 흙이 폭신폭신하다.

자연 앞에서는 오직 때가 오기를 기다리는 길밖에 없다. 자연의 질서, 계절의 변화는 우리의 기다림이 결코 헛되지 않게 한다. 아무리 급해도 제때가 아니면 나타나지 않는다. 무심한 듯 거기 그렇게 조용히 있으면서도 자기 차례를 놓치지 않는 자연은 그래서 더 아름답다. 긴 겨울을 날 때면 항상 기억하는 말이 있다.

"나무의 나이테가 우리에게 가르치는 것은 나무는 겨울에도 자란다는 사실입니다. 그리고 겨울에 자란 부분일수록 여름에 자란 부분보다 더 단단하다는 것입니다."

신영복 선생님 말씀대로 겨울에도 식물들은 꾸준히 자신의 생명활동을 하고 있었다. 삐죽이 얼굴을 내미는 새순을 보면 묻는다.

너는 대체 어디 숨어 있다가 나온 것이냐? 저 거칠고 멋대가리 없는 나뭇가지에서 어떻게 저 가녀린 이파리들이 나오는 걸까. 아무리 많이 봐도 볼 때마다 놀란다.

식물의 모든 부분은 효소의 재료가 된다

차에 쓸 재료는 새순이 나기 시작하면서부터 채취하기 시작한다. 효소를 담글 산야초는 계절에 따라서 잎이나 꽃뿐만 아니라 전초를 쓰는 경우가 더 많기 때문에 쑥이 다 자라지 않아도 뿌리째 캐서 쓰기도 한다. 그때그때 형편에 맞게 채취하면 된다. 뿌리는 뿌리대로 잎은 잎대로 다 따로따로 약성이 있다.

산에서 산야초를 채집할 때는 효소의 구체적인 쓰임이나 효과까지 생각하지는 못한다. 다만 봄이 되고 여름이 되어 갖은 풀과 나무와 꽃들이 만발하면 가만히 있지 못하고 산에 오르는 것이다. 산에 있을 때가 제일 마음 편하고 산에서는 비록 일을 하더라도 산 안에 있다는 것만으로도 행복하다. 항상 보는 건데도 삐죽이 올라오는 새순을 볼 때면 그렇게 신기할 수가 없다.

산청은 약초골이라고 소문난 동네라 관광객들이 약초에 관심을 갖고 산에 올라가 찾아보는 사람들이 가끔 눈에 띈다. 하지만 각별히 주의를 기울여야 할 일이다. 자칫 전문지식이 없는 사람들이 몸에 좋다는 약초를 생식하다 곤란한 지경에 처하기도 한다. 비슷한 약초를 찾아서 먹었다가 잘못해서 독초를 먹어 병이 나는 경우도 적지 않고 간혹 목숨을 잃는 사람도 있다.

사람들이 흔히 아는 당귀는 지리강활(개당귀)과 비슷하게 생겼다. 산당귀가 혈액순환에 좋다는 말만 듣고 비슷한 모양의 개당귀를 당귀로 착각해서 뜯는다. 개당귀는 당귀와 달리 독성이 강해서 먹었다간 복통을 일으키고 가슴앓이를 한다. 효소를 만들겠다고 이것저것 약초를 뜯어가는 사람들을 볼 때면 항상 그런 점이 걱정된다.

건강한 사람은 건강을 지키기 위해서, 병든 사람은 병을 치료하기 위해서 효소를 찾는 사람이 부쩍 늘어났다. 21세기는 발효의 시대라는 말과 함께 발효식품과 효소가 새로이 사람들의 관심의 대상이 되었다. 막걸리, 청국장, 식초, 김치를 비롯한 각종 전통 발효식품이 새로이 각광받게 된 건 반가운 일이다.

치즈나 요구르트, 와인 등 외국의 발효식품에 대한 관심과 연구도 어느 때보다 활발하게 일어나고 있다. 심지어 발효는 화장품에까지 그 쓰임이 확장되었다. 많은 분야에서 발효공법을 이용하고 있다. 발효는 새로이 개발된 공법이 아니라 아주 오랜 역사를 가지고 있는 식품 가공방식이었다.

클레오파트라가 미모를 유지하기 위해 썼던 여러 미용법은 자주 사람들의 입에 오르내린다. 특히 우유 목욕은 현대에 와서도 따라 하는 사람들이 많다. 여기에 한 가지 간과해선 안 될 점이 있다. 그 우유는 보통 우유가 아니었다. 상온에서 살짝 발효시킨 다음에 목욕하는 데 썼다. 우유가 발효되면서 생기는 젖산이 피부의 각질을 녹여주는 작용을 하기 때문이라고 한다.

발효란 무엇인가?

발효는 인체의 소화를 돕고 식품의 저장성을 높이는 기능을 지녔으며, 맛과 향을 향상시키고 영양 성분을 높여준다. 식품의 독성물질을 없애고 항생물질을 생성하는 등 인간에게 주는 유익함은 다 열거하기 힘들 정도이다.

발효란 간단히 말하면 미생물이 가지고 있는 효소를 이용해 유기물을 분해시키는 과정이다. 그 결과 본래 식품보다 여러 가지 이점이 생기는 것이다. 그중에서도 대표적인 요소를 꼽자면 영양의 극대화, 흡수력 향상, 독성물질 제거로 요약할 수 있다.

발효과정을 거치면 영양분이 두 배 이상 많아진다. 포도를 예로 들어보자. 보라색을 띤 포도는 노화를 방지해준다고 알려져 있는 과일이다. 포도 주스 자체로도 노화 방지 효과가 뛰어나지만 발효과정을 거친 포도주의 노화 방지 효과는 주스보다 약 7배나 높다.

효소의 역할 중 우리가 금방 알 수 있는 것이 소화능력이다. 효소가 흡수력을 향상시킨다는 말은 소화가 잘된다는 말이기도 하다. 인체가 소화하고 분해시키는 기능을 미생물이 대신 해주는 것이다. 우리가 즐겨 먹는 식품을 미생물을 이용해 발효시키면 소화기관이 힘들이지 않고도 더 빠르고 쉽게 흡수할 수 있다. 청국장이 함유한 끈적끈적한 실 모양의 점성물질에는 항산화작용부터 면역력 증강, 혈전 용해, 항암 효과까지 있는 성분이 들어 있다.

소화가 잘 안 되는 사람이 밥을 먹고 나서 식혜를 먹는 것도 같은 이치이다. 인간은 먹은 음식에 의해서가 아니라 '소화된' 음식에 의해 생명이 유지된다. 소화되지 않은 음식은 먹으나마나이다. 지금은 으레 식후에 커피를 마시지만 우리 조상들은 수정과나 식혜를 먹었다. 옛 풍습을 들여다볼 때마다 생활 속의 과학과 지혜에 놀라움을 금치 못할 때가 한두 번이 아니다.

우리 조상들은 발효식품을 응급처치 약으로도 사용했다. 아이들이 놀다가 다치면 된장을 발라주었다. 된장은 단백질 함량이 높고 우수발효균인데다 서브틸린Subtilin이라는 항생물질을 갖고 있다. 환부에 대고 동여매놓으면 아무 탈 없이 상처가 나았다고 한다. 모든 발효과정에서는 다른 오염균이 번식하는 것을 막기 위해 항균물질을 발산한다. 이 과정에서 우리에게 필요 없는 세균이나 독성도 함께 분해되는 해독작용이 일어나는 것이다. 1억분의 1밖에 안 되는 단백질 조각인 효소가 하는 일이 이토록 많다.

발효에 중요한 역할을 하는 미생물은 인간과 떼려야 뗄 수 없는 존재이다. 이미 우리는 일상에서 수많은 미생물과 관계를 맺어왔다. 인류의 대표식품인 빵과 포도주도 효모가 만들어낸 것이며 요구르트, 된장, 간장, 김치, 술 등 오늘날 우리가 즐겨 먹는 식품의 상당수가 발효식품이다. 발효과정의 핵심은 미생물에 있다. 연구를 거듭할수록 발효의 새로운 효능이 밝혀지고 있다. 미생물의 세계가 얼마나 어마어마한지 알수록 신비하다.

쑥 효소 담그기

쑥만큼 다양하게 먹을 수 있는 봄나물도 드물다. 밥도 하고 국도 끓이고 떡도 해 먹고 약으로도 쓴다. 산쑥차와 산야초 효소를 만드는 데도 빠뜨려서는 안 되는 재료이다. 이른 봄 쑥잎이 5센티미터 정도 자랐을 때 전초를 캐서 쓴다. 싹이 나오기 전에는 뿌리만 캐서 쓰기도 한다. 쑥잎만 뜯을 경우는 5월 단오 무렵이 채집 시기로 가장 적당하다.

어릴 때는 봄만 되면 소쿠리를 들고 들판으로 쑥을 캐러 나갔다. 쑥국을 끓여 먹기도 하고 군것질거리가 없던 시절에 쑥떡과 쑥범벅은 별미였다. 어머니는 쑥을 달여서 나한테 억지로 마시게 했다. 몸에 좋다는 풀만 있으면 어머니는 무조건 달여서 먹였다. 처음엔 쓰다고 고개를 절레절레 흔들었지만 나중에는 그것도 인이 박혀서 주는 대로 순순히 받아마셨다.

유복자로 태어난 나는 태어났을 때부터 몸이 약해 병치레를 많이 했다. 배 속에 있을 때 태교를 제대로 하지 못해 약한 몸으로 태어났다. 어머니는 애비 얼굴도 모르는 아이를 낳을 수 없다는 생각에 낙태시키려고 갖은 수를 다 썼다고 한다. 나를 지우려고 온갖 약초를 달여서 눈물과 함께 삼켰다는 얘기를 전할 때는 어머니 눈가에 눈물이 맺혔다. 자기 새끼를 지울 수밖에 없는 어미의 심정이야 오죽했겠는가.

새끼줄에 돌을 매달아 감나무에 도르래를 만들어서 돌이 높이 올라가면 줄을 놓아 돌멩이가 어머니 배 위로 떨어지게 한 적도 있었다. 너나 할 것 없이 어렵게 사는 궁기 든 삶이 얼마나 지긋지긋했으면 살아 있는 생명을 죽이려고 했을까. 그래도 어쩌랴. 길고 긴 것이 목숨줄인지라 나는 끝내 죽지 않고 살아남아 세상에 나왔다.

모진 시련을 겪고 태어났으니 그 몸이 온전할 리 없다. 건강하다면 그게 오히려 이상한 일일 것이다. 뼈가 드러나게 삐쩍 마른데다가 간은 콩알만 해서 바람소리만 조금 크게 나도 기겁을 하고 숨었다. 천둥이 치면 아예 숨이 넘어갔다. 그런 나를 보면서 죄책감 때문에 어머니 눈에는 눈물 마를 날이 없었다. 배 속에서 살려고 이리저리 도망 다니느라 진을 다 빼서 심장이 기형으로 태어났다는 사실을 뒤늦게 알게 되었다. 죽음의 손이 다가올 때마다 놀라서 심장이 발육을 제대로 하지 못한 것이다.

뜯을 때 손톱 끝을 시커멓게 물들이는 지독하게 쓴 쑥을 볼 때마다 어린 시절 저녁마다 들이켜던 한약사발이 생각난다. 성장과

정이 그러해서인지 나는 몸 어디가 조금 안 좋으면 금방 알아차리고 뜸을 뜨거나 차를 마셔 몸을 달래는 것이 몸에 뱄다. 남의 몸 안 좋은 것도 잘 알아차리고 아는 범위 안에서 처방을 알려준다. 건강한 사람은 몸 아픈 사람의 심정을 잘 모른다. 몸이 아파서 당장 숨이 넘어갈 때는 통증에 시달리느니 차라리 죽는 게 낫다는 생각까지 든다. 몸이 약해서 하고 싶은 일을 할 수 없다는 건 정말 딱한 일이다.

쑥은 캐오자마자 시들기 전에 얼른 손질을 해야 한다. 겨우내 지기地氣를 듬뿍 받은 쑥의 뿌리까지 캐온 전초는 잔손질이 많이 간다. 뿌리식물을 다룰 때는 씻는 것에 각별히 신경을 써야 한다. 이물질이나 흙을 꼼꼼히 가려내고 온전한 쑥만을 잘 골라서 씻어야 한다.

잊지 말아야 할 것은 오염되지 않은 청정지역에서 채집해야 한

다는 점이다. 제초제나 비료를 많이 뿌리는 인근지역에서 채집한 쑥으로는 좋은 약성을 기대할 수 없다. 번거롭더라도 계곡 깊은 곳이나 높은 산에 가서 채집하도록 하자.

골이 깊은 산중에서 작업할 때는 해충이나 산짐승을 조심해야 한다. 봄과 여름에는 뱀이 돌아다니기 때문에 땅바닥이나 바위 위, 나뭇가지 등을 눈 부릅뜨고 잘 살피면서 다닌다. 여름과 가을에 꽃이 많이 핀 곳을 무턱대고 들어갔다가는 벌떼를 만나기 십상이다.

잘 씻은 쑥은 바람이 통하는 그늘에서 신선한 상태를 유지하면서 신속하게 물을 뺀다. 너무 말리면 쑥 자체의 수분이 증발해서 더 빠져나올 액체가 없으니 효소 재료로 부적합하다. 시기를 놓쳐 쑥이 너무 쇠어버렸을 때는 낫으로 쑥을 베다가 처마 밑에 매달아 말린다. 쑥뜸의 재료로도 쓰고 여름에 마당에서 쑥을 태우면 모기도 쫓을 수 있으며 냄새가 향긋해서 기분도 좋아진다. 요즘 인기를 끌고 있는 아로마 향기요법의 원조격이다. 식물의 냄새는 아무리 맡아도 싫증이 나지 않는다. 몸 안으로 조용히 스며드는 느낌이 더없이 그윽하다.

쑥의 여러 기능 중에 으뜸으로 꼽을 만한 것이 몸을 따뜻하게 해준다는 점이다. 쑥은 혈액순환을 도와주는 대표적인 산야초다. 혈액은 몸 전체 세포에 양분과 효소를 공급하고 탄산가스와 노폐물을 운반하는 역할을 한다. 생물은 몸을 항상 정상 상태로 보존해서 자연치유력으로 병적인 상태를 고치려고 하는 성향이 있다. 병이 들어 신체 기능이 떨어지면 감각이 둔해져서 몸에 문제가 생겨도 자각하지 못한다. 몸에 냉기가 있으면 신체활동이 나빠져서 병을 얻게 된다.

요즘 한의사들이 냉기 제거 얘기를 많이 하는 이유도 우리 몸의 온도가 1도만 떨어져도 면역 기능이 떨어지고 병에 취약한 몸 상태가 되기 때문이다. 몸을 관리한다는 말은 어떤 면에서는 몸을 따뜻하게 유지한다는 말이기도 하다. 그래야 혈액순환이 잘되고 병균이 서식하지 못한다. 혈액순환이 나빠지면 동맥에는 충분한 영양이나 산소가 공급되지 못하고, 정맥에는 노폐물이나 탄산가스로 머물러 있으면서 나가지 못한다. 당연히 내장의 세포 기능이 떨어지기 시작한다. 차로 마시든 효소로 마시든 몸이 냉한 느낌이 들땐 쑥을 먹으면 좋다.

민들레 효소 담그기

꽃들은 사람들이 자기한테 붙여준 이름을 알까. 사람들이 맘대로 꽃들에게 의미를 부여해서 붙여놓은 꽃말을 알까. 아는지 모르는지 꽃들은 햇살 아래서 방긋 웃거나 고개를 반쯤 숙인 채 명랑하게 피어 있다.

슬픔 가득한 이 세상에서 꽃, 너마저 없었다면 이 나비들과 벌들은 어디로 갈거나. 절망에 빠진 인간은 어느 뒤꼍에서 백일홍을 보며 눈물을 훔칠까. 꽃들이 없다면.

꽃을 본다. 햇살의 몸을 빌려 꽃잎 위에 고요히 내려앉는 위안을 본다. 잠깐 피다 지고 말지만 꽃이 없다면 세상은 달 없는 밤처럼 얼마나 어두울 것인가. 가난한 자는 무엇으로 불을 밝힐 것인가.

꽃, 너는 거룩하다. 이 봄 다시 새 얼굴로 나를 찾아왔구나. 사람은 늙으면 비가 새듯 몸 이곳저곳이 탈나고 병드는데 너는 해마다 새 몸으로 다시 태어나는구나. 지붕을 새로 얹고 벽을 바르고 문을

고치며 집을 고치듯 몸을 수리하기 위해 사람들은 병원을 들락거린다. 그런 날이 많아질수록, 몸이 쇠락해질수록 자기 그림자를 돌아보는 날이 많아진다. 나는 이제껏 무엇을 하며 살아왔으며 앞으로 내 인생은 또 어느 방향으로 나아갈 것인가.

잔치가 끝난 뒤의 잔칫상처럼 어질러진 삶을 어찌 갈무리해야 하나. 이번 생이 문득 남루하고 어지럽게 느껴진다. 설거지를 하고 비질을 하고 상을 치우듯 주변을 정리한다. 이 중 쓸 만한 것을 골라야 하리라. 손님들은 돌아가고 나는 남아 오늘의 잔치가 남긴 여운을 잘 곱씹는다. 조심해야 한다. 진짜 지진보다 여진이 더 무서운 법이다. 아쉬움이 남는 인생이 좋은 인생이라고 위안한다. 꽃도 반쯤 피었을 때 더 곱고, 술도 반취가 그윽하다지 않는가. 꽉 차면 재미없다. 다 이룬 것보다 기대를 갖고 기다릴 일이 남아 있을 때 하루하루를 활기차게 살 수 있다.

봄날, 공기가 피부에 느껴질 정도로 부드러워지면 여기저기서 봄꽃들이 이때다 하고 피기 시작한다. 매일 이제나저제나 하고 기다려도 피지 않다가도 봄바람이 부드러워지는 순간 벌써 꽃잎이 벌어진다. 신기하다. 꽃들은 얼마나 간절히 그 순간을 기다려왔을까. 아무리 오래 기다렸어도 아무리 간절해도 꽃은 오래가지 않는다. 아무리 아름다워도 꽃은 진다. 지는 꽃을 붙잡을 수는 없다. 떨어지는 꽃잎을 보며 작별인사를 할 수밖에 없다. 봄은 희망을 선물하기도 하지만 체념을 가르치기도 한다. 다음 해를 기약할 수밖에 없다. 좋은 것을 영원히 소유하는 게 불가능함을 깨닫는다. 지는 꽃을 보면서 나도 내 것이 아닌 것에 매달리지는 않았나 생각한다.

민들레처럼 길가나 산길에 다소곳이 피어 세상의 소란에 연연하지 않고 살 수 있다면 좋겠다. 키도 작고 개나 고양이한테 밟히고 차바퀴에도 깔리지만 언제나 의연하게 허리를 꼿꼿이 세우고 있다. 질긴 생명력만큼이나 약성도 뛰어나고 최근에는 민들레 약초차로도 사랑을 받는다. 민들레는 씀바귀나 고들빼기처럼 쓴맛을 내는 나물이기 때문에 봄철 입맛 돋우는 데 그만이다. 어린잎은 나물로 무쳐 먹고 좀 자라면 민들레 김치, 민들레 장아찌를 담는다. 간장과 물을 적당한 비율로 배합해서 만든다.

효소를 만들 때는 민들레도 전초를 쓴다. 설탕은 1:1 비율을 기준으로 조절하면 된다. 원료에 따라 물이 덜 나오는 식물은 설탕을 적게, 물이 많이 나오는 식물은 설탕을 많이 넣는다. 재료의 성분이나 성격에 따라 설탕의 비율을 맞춰준다. 꽃, 잎, 열매에 따라서도 설탕 배합률이 조금씩 달라진다. 무공해 설탕이나 황설탕을 넣는 것이 좋다. 효소를 만드는 시기나 지역, 날씨, 또 원료에 따라 미묘한 차이를 감지해내야 하는 일이 단박에 되지는 않는다. 자꾸 만들다 보면 경험적으로 식물의 특성을 알게 되어 실패를 줄일 수 있다.

설탕이 적으면 발효되기 전에 상해버리고, 설탕이 너무 많으면 발효가 끝났는데도 설탕의 일부가 그대로 남아서 설탕물이 되고 만다. 설탕의 양이 적절해야 부패가 아닌 발효가 일어난다. 설탕량도 중요하고 과당이 완전히 발효될 때까지 기다리는 시간도 중요하다. 건더기를 짜낸 효소액을 몇 년씩 숙성시키는 건 과당이 완전히 발효되게 하려는 이유도 있다.

우리나라 재래종 민들레는 흰 꽃이 피는데 신경통에 좋다는 소문이 나서 멸종 위기에 있다. 하얀 꽃이 피어 있는 것을 발견할 때마다 지나다니면서 툭 건드려 씨를 아무리 퍼뜨려도 다음 해 가보면 뿌리까지 죄다 캐가고 없다. 음식이나 약초뿐만 아니라 꽃을 보는 재미까지 잃어버렸다. 서울이고 어디고 눈에 띄는 건 거의 다 노란 민들레다. 진미령이 불렀던 '하얀 민들레'는 이제 노래에서나 만날 수 있게 되었다. 이런 상황이니 어쩌다 길을 가다가 하얀 민들레를 발견하면 오랫동안 소식이 끊어진 친구를 만난 것처럼 반갑다.

이 시기에 효소 원료로 쓰기 좋은 식물에 원추리가 있다. 봄나물 해먹을 무렵 잎이 10센티미터가량 나왔을 때 채취한다. 원추리는 밑동이 물을 많이 머금고 있어 설탕을 좀 많이 넣어야 한다. 여름이면 긴 꽃대 위에 핀 주홍색 꽃으로 길 가는 이의 눈을 즐겁게 해주는 원추리가 옛날에는 근심을 잊게 해준다 하여 훤초萱草라 불렀다. 원추리는 체내의 독소를 배출해 불면증과 우울증을 치료해주기 때문에 붙은 이름일 거라고 짐작해본다. 간과 신장에 이로우며 비타민과 미네랄이 토마토보다 많다.

폐가에 핀 홍매 한 그루

요즘 시골에선 개 짖는 소리는 들려도 애 우는 소리는 들리지 않는다고들 말한다. 다들 도시로 떠나고 시골엔 노인들만 남았다. 그 노인이 죽고 나면 집은 빈 집이 된다. 산 아래 마을에서는 이런 빈 집이 심심찮게 눈에 띈다. 한쪽 지붕이 무너져 내리고 대문도 삭아가고 있었다. 이상하게 사람이 살지 않는 집은 금방 폐가가 된다. 들짐승의 놀이터와 온갖 풀들의 정원 노릇을 하는 게 고작이다.

폐가를 볼 때 안타까운 이유는 단지 집이 망가진 게 아까워서가 아니다. 나한테 집은 단순히 물질로만 보이지 않는다. 몸을 담고 살아온 집에 살아 있는 생명체에게나 느낄 법한 애정이 생긴다. 손때가 묻었다는 말은 바로 거기 살던 사람의 삶의 자취가 배었다는 뜻이다. 빈 집이 되어 허물어지고 있는 폐가를 보면 마음이 편치 않다. 그 집에 살았던 사람과 저마다의 사연이 눈에 밟히기 때문이

다. 한때는 누군가가 보금자리를 틀었던 곳이니.

청계골에 갔다가 산길을 넘어오던 참이었다. 산중턱 길가에서 바라다보이는 곳에 폐가가 하나 눈에 띄었다. 사실 폐가보다는 폐가에 핀 꽃에 먼저 눈길이 갔다. 대문 안쪽에 핀 홍매가 안방을 향해 고개를 뻗은 채 꽃망울을 터뜨리고 있었다. 대문 밖으로 길게 뻗어 나온 가지가 마치 사람 손처럼 바람에 흔들렸다. 손을 흔들며 누군가가 대문을 열고 들어오길 기다리는 것처럼 보였다.

꽃의 붉은빛이 바늘처럼 내 가슴을 찌른다. 봄마다 보았던 그 많은 꽃들이 한꺼번에 나를 찾아온다. 아플 때도 있었고, 기쁠 때도 있었다. 울었던 때도, 웃었던 때도 있었다. 아플 때는 아파서 꽃이 더 애틋했고, 기쁠 때는 기뻐서 꽃이 더 어여뻤다. 내가 울 때도 웃을 때도 꽃은 똑같이 나를 그저 바라보기만 했다. 저 꽃은 그때의 나를 기억할까. 지금의 내가 그때의 나를 생각하며 한숨짓는다.

'맨 처음 저 나무를 심은 마음은 어떤 것일까? 그 사람은 어디로 갔을까?'

그 집에서 행복하게 오래오래 살기를 바랐겠지. 훗날 폐가가 되리라곤 상상도 하지 않았을 것이다. 사람은 떠나고 집은 버려져 한쪽에서 무너지기 시작했는데도 홍매는 여전히 봄이 오면 마음을 열듯 몸을 열어 꽃을 세상 밖으로 내보낸다. 어찌 눈물겹지 않겠는가. 사람이 머문 자리, 떠난 뒤에도 이토록 가슴 저민다. 어느 책에선가 본 적 있는 시 한 편이 생각나는 풍경이었다.

봄을 찾아 한평생 헤매이다
지친 몸 이끌고 옛집에 돌아오니
뜰 앞에 매화꽃 활짝 피어 있네
내 집에 보물이 가득인데
사람들은 밖에서만 찾는구나

처음 산청 지역에 마음이 끌렸던 건 생초면이라는 지명 때문이었다. 날 생生, 풀 초草. 이름을 부르는 순간 풀이 삐죽삐죽 돋아나는 땅이 연상되었다. 바로 뒤이어 그런 곳에 살고 싶다는 생각이 따라 나왔다. 이해할 수 없는 감정이었지만 그곳에는 뭐든 내가 좋아할 만한 것, 내가 원하는 것이 있을 것만 같았다. 그만한 인연은 없었던지 생초면에서 마땅한 집을 찾지 못해 시천면에 자리 잡게 되었다.

풀이란 얼마나 위대한가. 지구의 사막화를 막고 짐승을 먹여 키우고 땅의 물기를 잡아준다. 풀이 있어 우리가 목숨을 부지하는 것이다. 풀이 나는 곳이면 사람 살기 좋은 동네라는 뜻이다. 백초시불모百草是佛母. 모든 풀이 부처의 어머니라는 말이 과장법이 아니다.

사람이 사는 데 중요한 것들이 여러 가지 있겠지만 나는 늘 집과 동네를 고를 때 가장 신중했다. 집은 단지 건물만이 아니다. 집이 생활만을 영위하는 곳이라는 생각에 그치지 않았다. 밥이나 옷보다 집을 중시하는 사람들은 그만의 이유가 있다. 집은 내 인생, 내가 보낸 세월을 담는 그릇이라고 믿는다. 공간은 시간을 담는 그릇이다. 내가 보내는 시간이 곧 인생이고 내 인생이 그 공간에서 흘러간다. 내 집, 내 동네는 내 몸이 거하는 곳이다.

그 사람의 방은 그 사람의 옷보다 그 사람을 더 잘 보여준다. 입었다 벗는 것이 옷이지만 방은 그 사람의 몸과 생각과 감정이 오래 머문 곳이다. 더 많은 흔적이 남게 되어 있다. 지문이 찍히고 입김이 남고 체취가 묻어 있다.

항상 밖에서만 만나던 친구를 집으로 찾아가서 만났던 경험을 생각해보라. 보통은 그 친구와 집이 딱 예상했던 그대로이지만 어떤 경우는 완전히 상상을 초월할 때가 있다. 털털한 줄 알았는데 집을 모델하우스처럼 깔끔하게 꾸미고 사는 친구도 있고, 옷차림은 더할 나위 없이 말끔한데 집은 대충 해놓고 사는 친구도 있다. 집에 가장 많이 신경 쓴 부분이 무언지도 알게 된다. 책이 많은 집, 수석이나 난초를 수집하는 집, 커튼이나 벽지, 가구 등에 세심한 취향이 배어 있는 집, 냉장고가 꽉 차 있는 집과 비어 있는 집, 등등. 집은 집주인에 대한 너무나 많은 정보를 노출한다.

집 얘기가 나왔으니 또 생각나는 게 있다. 나는 아무래도 현대인들이 심리적으로 불안하고 각종 신경증에 시달리는 현상이 아파트라는 주거환경과 상관이 있다는 생각이 든다. 아무리 평수가 넓어도 아파트는 이상하게 닫힌 공간이라는 느낌을 준다. 사방이 콘크리트로 막힌 공간에서 부드럽고 편안한 감정을 가지려면 얼마나 많은 노력이 필요하겠는가.

칡순 효소 만들기

칡즙은 최고의 숙취 제거제로 알려져 있다. 알코올 분해를 돕는다는 콩나물, 다슬기, 북어와 더불어 애주가들의 사랑을 받는 음료다. 먹고 마시고 노는 유원지에서조차 칡즙을 파는 가게를 쉽게 볼 수 있다. 술 마신 사람이 옆 가게에서 칡즙 사 마시고 알코올을 해독할 수 있게 한 배려이자 상술이다. 병 주고 약 주는 격이다.

"흰 술은 사람의 얼굴을 누르게 하고, 황금은 사람의 마음을 검게 한다."

이 속담이 이르듯이 술은 간을 피로하게 해서 지나치면 건강을 해쳐 얼굴이 누렇게 뜬다. 욕심에 사로잡혀 무리하게 황금에 탐욕을 부리면 마음이 탁해진다. 탁해진 마음에도 숙취 해소제 같은 약이 있다면 삶을 불행에 빠뜨리는 일을 막을 수 있을 텐데 안타깝다. 오죽하면 얼굴은 거울로 보고 마음은 술로 본다는 속담이 있을까. 우리가

즐기고 좋아하는 것들 뒤엔 다 그렇게 함정이 도사리고 있다.

집에서 효소를 담글 때는 칡꽃인 갈화와 칡뿌리 갈근, 칡순을 다 쓴다. 그중에서도 칡순은 칡뿌리만큼 잘 알려져 있지는 않지만 약성이 좋은 효소 재료다. 이른 봄, 용이 머리를 틀고 올라오는 모양으로 칡넝쿨에서 새순이 뻗어 올라간다 하여 갈용葛龍이라고 부른다. 봄에 막 올라올 때 채취한 새순은 수분 함유량이 많아서 설탕을 많이 넣는다. 설탕의 양이 적으면 부패할 수 있기 때문이다. 몇 번 만들다 보면 식물의 상태에 따라 얼마를 넣을지 감이 생긴다. 1:1을 기준으로 그때그때 탄력적으로 조절하면 된다. 식물은 발효되었는데 설탕이 안 녹아서 꿀처럼 엉겨 있는 효소를 시중에서 파는 걸 본 적이 있다. 설탕이 많아서 분해가 다 안 끝난 것이다. 제대로 발효와 숙성이 된 효소액을 먹어야 원하는 효과를 볼 수 있다.

칡넝쿨이 옆 나무를 칭칭 감고 올라가는 모습을 볼 때면 식물에게서 꿈틀거리는 동물성이 느껴진다. 그 칡을 볼 때마다 생각나는 이야기가 있다.

몇 십 년 몇 백 년 묵은 큰 나무 속에는 정령이 살고 있을 것 같은 느낌이 든다. 나만의 생각이 아니었는지 옛날 신화에는 나무가 된 사람들 이야기가 많이 나온다. 그중에서도 가난하지만 무척이나 금슬이 좋았던 동갑내기 부부 필레몬Philemon과 바우키스Baucis와 신에 얽힌 이야기는 흥미롭다. 이 부부는 인간의 모습을 하고 나타난 신을 극진히 섬겨 소원을 이룰 수 있게 되었다. 두 사람은 신에게 한날한시에 죽어 상대방이 홀로 남는 고통을 피할 수 있게 해달라는 애틋한 소원을 말한다. 시간이 흘러 마침내 죽음의 날이 왔을 때, 그들은 상대방의 몸에 잎이 돋아나는 모습을 보며 작별을 고하고 각자 한 그루씩의 나무가 된다.

아름다운 이야기다. 그들은 서로를 향해 가지를 뻗으며 자라 이생에서 못다 한 사랑을 마저 이룰 것이다. 무성히 잎과 가지를 뻗어가는 나무를 볼 때는 붙박이 식물성보다는 꿈틀꿈틀 왕성한 동물성이 느껴진다. 시멘트 건물이든 콘크리트 도로든 씨가 떨어지면 식물은 뿌리를 내리고 잎을 피운다. 어떤 동물이 그토록 지치지 않고 포기를 모르고 자기 생명을 지켜낼 것인가. 도로가에 핀 민들레나 개망초를 볼 때마다 계보를 따라 맨 위까지 올라가다 보면 식물도 동물도 결국은 한통속 아니었을까, 하는 뜬금없는 생각을 하게 된다.

수선사 가는 길

"앞산에는 천년을 참다 터진 웃음처럼 꽃들이 만발하다."

심보선 시인의 시 한 구절이 떠오르는 시기다. 4월의 풍경은 한 치의 과장도 없이 딱 그렇다. 희고 붉고 더 붉은 꽃들이 골골마다 피었다. 나 태어나기 전에도 그랬고 나 죽은 뒤에도 똑같이 그러하리라. 옛날 중국의 시인은 꽃을 보며 이런 시를 읊었다.

"새는 울어도 눈물이 보이지 않고, 꽃은 웃어도 소리가 들리지 않는구나."

시인은 눈물이 없는 울음, 소리가 들리지 않는 웃음을 말하고 있다. 꽃이 절정으로 만발해 있을 때는 화려함이 지나쳐 깔깔대는 소리가 들리는 듯하다. 하지만 아름다움은 아픔 속에서 더 빛난다고 하지 않던가. 안으로 삭이는 감정이 사람의 마음을 더 움직인다.

수선사의 단아한 대웅전과 잘 손질한 나무와 연못을 떠올리며 먼 길을 돌아서 간다. 직선으로 가는 길을 선택하면 목적지에 빨리 도착할 수는 있지만 골짜기마다의 멋진 풍경은 놓치게 된다. 홍계 골짜기를 지나 구불구불 높은 산길인 밭머리재를 넘는다. 재를 넘어가다 잠시 차를 세우고 펼쳐진 산맥을 바라보았다. 지리산 한켠에 펼쳐진 산자락과 능선을 감상하는 맛을 놓칠 수 없었다.

덕천강 줄기가 뻗어내리는 능선은 마치 한 편의 파노라마 같았다. 반대쪽 골짜기를 내려다보니 필봉산과 왕산의 당당함이 한눈에 들어왔다. 유학자가 많은 산청골의 기운을 읽어낼 수 있었다. 필봉산은 문필봉이라 하여 풍수지리상 대대로 학자가 많이 나는 땅의 기운을 갖고 있다.

경호강 줄기를 따라 한가롭게 작은 마을을 끼고 돌아가면 산등성이에 숨은 듯 소박한 절이 자리 잡고 있다. '선을 닦는다'는 뜻의 수선사修禪寺라는 절이다. 웅석봉 줄기 아래 요사채가 초가집처럼 지붕을 맞대고 지어졌다. 안쪽에 위치한 아담한 대웅전에서는 중생을 포근히 감싸 안는 온기가 느껴진다. 여경 스님이 쓰러져가는 오두막 한 채를 참선할 곳으로 손보다가 절의 모습을 갖추게 되었다. 인근에 소문이 자자할 정도로 절과 주변을 아름답게 가꾸었다. 그 세월이 수행이 아니고 무엇이겠는가.

수선사에서 전경을 바라볼 때 앞에 우뚝 서 있는 산이 꽃봉산이다. 옛날부터 산 전체에 꽃이 만발해서 그런 이름이 붙었다. 경호강이 꽃봉산 양쪽으로 흘러가다 큰 줄기에서 다시 만난다. 꽃봉산

정상에 누군가 세운 정자는 멀리서 봐도 눈에 들어온다. 전망 좋은 쉼터인 정자는 가파른 산을 오르내리는 산꾼들에게 오아시스 역할을 한다. 해발 높이는 별로 높지 않지만 황매산까지 사방이 다 보인다. 누구든 산에 올랐다가 힘들면 잠깐 쉬어가라는 깊은 배려가 느껴져 볼 때마다 마음이 따뜻해진다.

수선사에는 건물이나 나무, 꽃, 돌멩이 하나까지도 꼭 있어야 할 것들이 꼭 있어야 할 자리에 있었다. 절 입구의 연못과 정자도 방문객의 마음을 맑고 평안하게 해주었다. 마당 한쪽에 있는 해우소는 화장실이라고는 생각할 수 없게 말끔하고 단정하게 지어졌다. 문을 열고 들어가니 재래식 화장실인데도 냄새가 전혀 나지 않았고 깨끗하게 관리되어 있었다.

해우소 옆에 작은 건물이 하나 있어서 살짝 들여다보았다. 갖가지 연장이 보관되어 있는 연장창고였다. 집을 손볼 때 쓰는 연장이나 화단을 가꿀 때 쓰는 연장들이 쓰기 편하고도 보기 좋게 잘 배열되어 있었다. 무엇이든 실용과 아름다움이 함께 조화를 이루게 한 스님의 예술적 감각을 엿볼 수 있었다.

그곳에는 반가사유상을 닮은 얼굴의 여경 스님이 계신다. 사람을 마주하면 그 얼굴에 연꽃 같은 웃음이 피어난다. 곧 스님 주변이 적멸보궁처럼 고요해진다. 스님의 침묵이 사람들의 가슴을 꽉 채워서 입을 다물게 했다. 말이 필요 없다. 아무 말도 더 보탤 것이 없는 것이다. 이대로 충분하다는 마음이 든다. 이따금 묻는 말에는 온화한 표정으로 대답해주신다.

"스님! 이 절의 건물들은 왜 이렇게 다 지붕이 낮은가요?"

내가 묻자 주지 스님은 미소를 지으며 대답했다.

"집은 지붕이 낮아야 마음이 편안하고 따뜻한 거랍니다."

그러고 보니 이 절은 무엇이나 사람을 압도하는 것이 없었다. 절 주위의 산은 야트막해서 아늑하게 절을 둘러싸고 있었다. 저 너머에 지리산의 준엄한 능선과 천왕봉이 높이 솟아 있다는 게 상상이 안 될 정도였다. 산청은 골이 깊고 넓어 살기 좋은 땅이라 다툼이 적었다. 어디를 둘러봐도 온통 높은 산뿐이니 약초가 많이 나는 건 당연한 이치다. 옛날부터 물이 맑기로 유명해서 찾는 사람이 많았다. 음식도 마찬가지지만 차도 좋은 물로 우려야 차 맛이 좋다.

스님을 만나 오늘도 내 가슴 한가운데 콕 박히는 한 말씀을 들었다.

"남들에게서 배운 것을 비우세요. 나 스스로 깨닫고 터득한 것이 진짜 앎입니다."

우리는 정보가 넘쳐나고 그 정보끼리 서로 충돌할 정도로 지식의 바다 속에서 살고 있다. 남이 전하는 지식은 꼭 필요할 때 가져다 쓰는 것으로 만족하라. 내 몸과 경험 속에서 깨달은 것이 진짜 아는 것이다. 나와 남, 옳고 그른 것을 분별하는 쓸데없는 지식은 버릴수록 좋다. 지식을 앞세우면 마음은 뒤로 물러선다. 지식은 주머니에 넣고 마음으로 서로를 대해야 상생할 수 있다. 부처님은 우

수선사 해우소

리가 실천할 수 있는 두 가지 보배를 말씀하셨다고 한다.

"진리를 전하라."

"재물을 베풀어라."

어찌 보면 아주 어렵고 어찌 보면 간단한 일이다. 배운 것은 남에게 전하고, 내가 가진 것은 남과 나누라는 말은 당연한 얘기인데도 선뜻 고개를 끄덕거릴 수 없다. 인간이 욕심으로 똘똘 뭉친 존재임을 우리 스스로 잘 알고 있기 때문이다. 좋은 것일수록 독점하려고 한다. 남이 가진 걸 빼앗으려고 하지 않으면 그나마 다행이다.

파장은 멀리까지 누구에게든지 퍼져 나간다. 좋은 파장이든 나쁜 파장이든 일파만파이다. 스님은 내 집에 온 손님 한 명을 잘 대접하면 그 사람이 열 명을 데리고 온다는 그리스 속담을 들려주셨다. 절간에는 대문이 없으니 오고 싶을 때 언제든 찾아오라는 말도 덧붙이셨다. 집에 찾아오는 사람이 많은 나는 분별심을 갖고 그들을 대할 때도 있고 성가셔서 피하고 싶을 때도 있다. 그러고 나면 늘 마음이 좋지 않았다. 한 사람이 좋은 얼굴로 우리 집을 나서면 열 사람을 기쁘게 해줄 거라고 믿는다면 나도 마음이 편할 텐데. 마음공부에는 끝이 없다.

반갑다,
개불알풀꽃

서울에서 장희정 작가가 지리산이 그립다며 찾아왔다. 보통 때는 바빠서 만나기도 어려운 사람인데 짐 싸들고 노트북까지 챙겨서 며칠 쉬겠다고 내려왔다. 불교TV에 출연하면서 알게 된 사인데 지리산에 오면 마음이 편안하다며 잠시라도 짬이 생기면 놀러온다.

직장생활을 하다 보면 지금 여행을 안 가면 폭발할 것만 같은 때가 있다. 그럴 땐 산과 바다 같은 자연을 찾아서 콧구멍에 바람을 넣는 게 최고다. 이틀 동안 지리산 산행을 하고 난 후 도시와는 다른 시골 풍경을 되도록 많이 눈에 담기 위해 내 고향 장흥에 가자고 했다. 나도 기분전환을 하려던 참이라 자동차가 잘 다니지 않는 길만 골라서 천천히 차를 몰았다.

사람 사는 모습을 제대로 볼 수 있는 시골은 관광지 풍경과는 사뭇 다르다. 외지인을 상대하는 관광지는 주변이 정돈되어 있고 편의시설도 많지만 농촌은 그렇지 못하다. 장희정 작가는 진짜 농촌을 가본 적이 거의 없다고 했다. 시골길이라 꾸미지 않은 자연 그대로의 모습이었는데 시골에서 태어나지 않은 사람한테는 그게 오히려 생소한 모양이었다.

장흥은 바닷가 지역이라 차 문을 열면 짭조름한 바다냄새가 몰려온다. 해초냄새와 소금기 머금은 공기에 저절로 깊은 숨을 몰아쉬게 되었다. 멀리는 망망대해와 작은 섬들이 펼쳐져 있고 가까운 들판에서는 농부들이 봄 농사 채비를 하고 있었다. 달력이나 사진에서 볼 수 있는 서정적인 풍경이었다.

바닷가 근처에 꽃 무더기가 피어 있었다. 바닷가에 자잘한 꽃들이 무리 지어 피어 있어서 금세 눈에 띄었다. 3월 초순인데 개불알풀꽃이 벌써 피었다. 지리산에는 아직 피지 않은 꽃이다. 연한 남보랏빛 작은 꽃송이들이 봄이 오고 있다고 작은 목소리로 속삭이는 듯했다. 이른 봄에 꽃을 만난 것이 반가워서 차를 세웠다.

꽃의 아름다움에 집착하는 것도 도시 사는 사람의 습성이다. 아름답다는 이유로 말미암아, 자연을 사랑하는 사람임을 내세우면서 눈으로만 보는 데 만족하지 못한다. 산동네에 살다 보면 꽃다발을 꺾어 손에 들고 내려오는 사람들을 많이 본다. 산동네에서 꽃은 그저 피고 질 뿐이다. 그게 꽃이다. 거기에 과도한 의미를 부여하면 본래의 아름다움은 오히려 퇴색한다. 내버려두는 게 자연을 가장 잘 사랑하는 법이다. Let it be!

꽃에는 분명 사람 마음을 혹하게 하는 무엇이 있다. 색깔도 모양도 냄새도 신기해서 이리저리 걸어 다니며 꽃구경을 했다. 자세히 보려고 가까이 다가갔다가 뜻밖의 식물을 발견했다. 개불알풀꽃 옆에 돌갓이 무더기로 나와 있었다. 황무지처럼 버려진 돌밭으로 바람에 날아온 돌갓 씨앗이 퍼져 군락을 이룬 것이다.

한 잎 한 잎 뜯어 겉절이를 해 먹고 싶은 생각뿐이다. 지금 꽃이 문제가 아니었다. 여행이고 뭐고 그 자리에 주저앉아서 돌갓을 뜯기 시작했다. 본색은 숨길 수가 없다. 손끝에 묻어나는 풋내조차 그렇게 달콤할 수가 없었다. 겨울을 견디고 버텨낸 돌갓의 뻣뻣하고 거친 잎사귀가 기특했다. 고난을 극복한 만큼 그 잎 속에는 진한 약성이 들어 있다.

나물만 보면 이성을 잃는지라 눈에 띄는 대로 돌갓을 뜯었다. 장희정 작가도 옆에서 덩달아 뜯기 시작하더니 얼마 안 가 춥고 힘들다며 불평을 했다. 한 번도 해본 적 없는 사람한테는 나물 캐는 일이 어색하고 힘들다. 나는 돌갓으로 김치 담고 효소를 만들 생각에 추운 줄도 몰랐다.

여행에서 돌아와 돌갓으로 가득한 밥상을 차려 잔치를 벌였다. 해풍을 쏘이고 자란 돌갓은 혀끝이 아릴 정도로 약성이 살아 있었다. 고추보다 매운맛에 혀가 얼얼했다. 된장에 찍어서 먹으니 뻣뻣해서 씹는 데 힘이 많이 들어 입이 아플 정도였다. 살짝 데쳐서 된장에 무치고 겉절이를 하니 밥상이 '저 푸른 초원 위에'가 되었다.

직접 손으로 뜯은 것이라 식구들이 맛있게 먹어주었다. 마침 진해에서 늘 나를 걱정해주는 친언니 같은 세은 엄마가 와서 같이 맛나게 먹었다. 돌갓은 고등어나 삼치 같은 살이 많은 생선을 구워서 상추 대신 쌈으로 싸 먹어도 좋다.

'한솥밥 먹는 사이'라는 말이 있듯이 어떤 관계든 밥을 같이 먹어야 친해진다. 차 열 번 같이 마시는 것보다 밥 한번 같이 먹는 게 정을 쌓는 데는 더 빠르다. 우리가 흔히 헤어질 때 하는 인사를 보라. "언제 밥 한번 먹자!" 이보다 더 정겹고 단순한 애정표현이 있을까.

누군가와 밥상을 마주할 일이 있을 때는 나도 모르게 밥 먹는 모습을 유심히 보게 된다. 젓가락이 어떤 음식에 제일 먼저 가나 보고, 음식을 얼마나 복스럽고 먹음직스럽게 먹나 살핀다. 그 사람이 좋아하는 음식과 식습관은 삶의 기록이고 이력서이고 증명서이다. 젓가락이 제일 먼저 가는 반찬, 음식을 입에 넣고 씹는 모습으로 그동안 그가 어떤 밥상을 마주했는지, 눈칫밥을 먹었는지 어쨌는지도 알 수 있다.

지금은 꽤나 성공한 사람이 밥을 허겁지겁 먹는 걸 보면 한때는 그도 고달프고 쫓기는 삶을 살았을 거라고 짐작한다. 음식에 대한 고마운 마음보다는 밥상을 대하자마자 불평부터 내뱉는 사람, 옆 사람 생각은 안 하고 반찬을 헤집거나 요란한 소리를 내면서 음식을 씹는 사람. 얼굴만큼이나 다양한 모습으로 밥을 먹는다. 그동안 어떤 상황 속에서 밥을 먹으며 살았는지가 인생의 중요한 단서일 수 있다. 그 밥 덕분에 나는 지금의 내가 되었으므로.

함께 밥을 먹으면 연민과 애틋함이, 때로는 불쾌함이 그 어떤 논리적 판단보다 먼저 서로를 연결한다. 자신의 미각에 집중하는지, 밥상 메뉴에 집중하는지, 음식의 영양이나 건강에 끼칠 영향에 신경 쓰는지 금방 안다. 그것이 누적되어서 우리의 몸을 만들고 몸의 안녕을 지켜준다. 밥 먹는 모습이 보기 좋아서 더 친해지기도 하고 밥 먹는 모습이 흉해서 멀어지기도 한다. 아무리 인간이 정 따로, 흉 따로, 라지만 사소한 것에서 서로를 이해할 단초를 찾는다고 나무랄 수는 없는 일이다.

약초축제의 반가움과 아쉬움

산청에 와서 제일 놀란 건 동네 사람들이 집에서 예사로 약초를 달여서 먹는다는 점이었다. 옛날부터 약초가 많이 나는 지역이라 집집마다 각자 병에 맞게 처방을 내려 직접 약을 달여 먹는 게 생활화되었다. 약초마을답게 나이가 웬만큼 든 사람들은 약초의 약성을 두루 꿰고 있었다. 큰 병이 아니면 웬만한 병은 집에서 탕약으로 고쳤다. 그러다 보니 예기치 않은 불상사도 많았다. 전문가가 아닌 이상 약초의 약성을 정확히 알기 어렵고 부작용에 대한 지식도 없기 때문에 더 큰 병을 부르기도 했다. 선무당이 사람 잡는 격이다.

산청은 약초가 좋기로 이름이 나서 해마다 5월에 열리는 약초축제는 성황을 이룬다. 더 나아가 2013년 9월에는 '세계전통의약엑스포'가 산청에서 열린다. 동양의학과 세계의 희귀 전통의약, 대체의학이 한자리에 모인다. 인류의 소망인 건강 100세를 꿈이 아닌 현실로 만들자는 것이 모토다. 약초마을의 명성이 다른 나라에까지 퍼지게 되었다. 지금 그 행사를 준비하느라 군민 전체가 바쁘다.

산청은 당대 최고의 명의인 류의태 선생과 《동의보감東醫寶鑑》의 저자 허준 선생을 배출한 전통 한방의 고장이다. 전통한방휴양관광지인 동의보감촌은 한의학과 관련된 일종의 테마파크다. 박물관을 비롯해 약초타운, 한의원, 한방식당까지 약초와 연계된 다양한 경험을 할 수 있도록 설계되었다. 한의학의 과거와 현재, 미래가 공존하는 공간이라 할 수 있다.

약 500년 전 허준은 중국의 《본초강목本草綱目》을 토대로 《동의보감》을 썼다. 인술과 의술을 겸비한 명의인 허준은 대단한 기감氣感을 가졌다. 주로 좋은 양기를 함유한 약재들을 기록한 《동의보감》은 2009년 유네스코 세계기록유산으로 선정되었다. 한의학 전공자들뿐만 아니라 일반인들도 연속극이나 소설을 통해 접해봤기 때문에 친숙한 의서가 되었다.

산청약초축제는 다른 축제와 어감부터가 다르다. 놀고먹는 축제가 아니라 잠깐이라도 건강을 생각하고 약초 한 뿌리라도 사다 끓여 먹을 수 있는 기회를 제공한다. 보통의 축제에서는 지나치게 음주가무를 즐기느라 오히려 건강을 망치는 수가 있다. 약초축제는 건강을 살필 기회를 주니 이거야말로 금상첨화구나 싶었다. 건강하지 않은 사람은 앞으로 몸조심해야겠다는 다짐을 하게 만들고 건강한 사람은 미리 질병을 예방할 수 있도록 도와준다. 덤으로 지리산이라는 한국의 명산에 와볼 수 있는 기회까지 제공한다.

호사다마好事多魔라고 좋은 일 뒤엔 궂은 일이 따라오게 마련이다. 약초축제든 국제한방엑스포든 자랑할 만한 일이고 크게 반길 일이다. 그렇게 좋은 일에도 그늘이 있었다. 그런 큰 행사가 자생약초에 대한 인식을 높이고 한방에 대한 자긍심을 심어주는 것은 좋지만 부작용에 대한 우려를 짚고 넘어가지 않을 수 없다. 지리산을 사랑하는 많은 사람들이 걱정하는 점은 산이 훼손되면 어쩌나 하는 것이다.

약초에 대한 수요만 있고 거기에 맞는 보호 관리가 없다면 약초를 싹쓸이꾼들의 손에 맡기는 꼴이 된다. 건강이 그 어느 때보다 중요한 문제로 대두된 지금, 여러 지역에서 약초축제가 생겨나고 있다. 영천, 제천, 산청, 함양 등의 약초축제가 지역경제를 살리고 건강에 대한 인식을 새롭게 하는 역할을 하는 것은 환영하고 싶다. 하지만 이 지역 역시 싹쓸이꾼에 의한 자연 훼손과 식물의 멸종 위기에서 자유롭지 못하다. 이에 대한 대안을 어떻게 마련해야 하는가가 환경을 생각하는 사람들이 다 같이 염려하는 바다.

돈이 되는 일이라면 당장 눈앞의 이익밖에 생각 못 하는 것이 인간이다. 나무둥치를 베고 쓰러뜨려 그걸 잘라서 약초로 팔게 되는 일이 생기는 것이다. 그 다음 해에는 어쩌려고 그러나, 하는 생각이 먼저 든다. 봄에는 잎을 따서 차를 만들고, 여름과 가을에는 열매를 따서 효소를 담그는 나 같은 사람은 닭 쫓던 개 지붕 쳐다

보는 처지가 된다. 효소에 넣으려면 열매가 맺힐 때까지 기다려야 하는데 그럴 기회조차 주어지지 않는 거다. 마가목이나 들무나무, 돌배 등 귀한 나무들이 톱질을 당한 채 쓰러져 있는 모습을 보면 내 팔과 다리가 잘려나간 것만큼이나 고통스럽다. 그런 상황을 만나면 장탄식이 절로 나온다.

먹고사는 일이 다급한 사람들에게는 국립공원의 단속도 소용없다. 열 형사가 도둑 한 명 못 지키는 법이다. 보호보다는 채취에만 관심이 있다 보니 산을 망가뜨리고 자연은 훼손되어 식물은 결국 자취를 감추게 된다. 문화관광부 관계자를 만난 자리에서 현장에서 일어나는 이런 일들을 토로한 적이 있었다. 그러나 그는 처음 듣는 얘기라는 것이다. 행정을 맡은 사람들이 산에서 일어나는 일까지 자세히 알기는 어려울 것이다. 국가 차원에서도 나름의 계획을 세우겠지만 국민 한 사람 한 사람이 자연에 대한 인식을 새로이 하는 게 가장 빠른 길이다.

자연에게 받은 만큼 자연에 돌려주고 자연을 지킬 줄 알아야 한다. 그래야 다음 해에도 똑같이 우리가 원하는 것을 얻을 수 있다. 그 생각을 누구에게나 강요할 순 없다 해도 꼭 기억해달라고 말하고 싶다. 내가 거두어 간 것만큼 산을 살피고 아끼는 마음은 그대로 산에게서 보상받는다.

망치는 것은 한순간이지만 복원되기까지 오랜 시간이 걸리는 것이 자연이란 사실은 잊지 말아야 한다. 자연에 오래 의탁하고 살려면 자연을 보살펴주면서 오래도록 좋은 상태를 유지하는 것이 결국은 나를 위한 길임을 곧 알게 될 것이다. 자연은 한 번 쓰고 버리는 일회용품이 아니라 잘 보살펴 후손에게 고스란히 물려주어야 할 귀중한 재산이다. 그 단순한 이치를 잊었을 때 우리가 치러야 할 대가는 엄청나다.

허망한 출가의 꿈

첫 번째 책을 내고 우리 차 마시기 문화가 순조롭게 전개되었다. 그때는 쑥차, 뽕잎차, 감잎차 정도만 알려져 있던 것이 매화차, 연잎차, 칡꽃차, 민들레차까지 사람들의 사랑을 받으면서 만들어 파는 곳도 많이 생겼다. 차 만드는 일을 십 년만 하고 속세를 떠난다는 애초의 결심을 실행하고자 마음을 다졌다. 모아둔 찻사발과 책을 지인들에게 나누어주고 살림을 정리하기 시작했다. 내가 항상 삭발을 하고 지내니까 어떤 사람은 나를 이미 출가한 사람인 줄 알기도 했다. 스님들께 누가 될까 봐 외출할 때는 모자나 두건을 쓰고 나간다.

출가를 해야겠다고 마음먹으니 머릿속으로 많은 생각이 들어오고 많은 생각이 빠져나갔다. 살아온 세월이 오십 년이니 구비마다 얼마나 많은 우여곡절이 있겠는가. 마음의 빚은 없는지, 살피고 정리할 것은 없는지, 앞으로의 내 인생은 어떻게 전개될 것인지, 두려움과 착잡함과 슬픔이 뒤섞여 감정이 요동쳤다. 홀가분하게 이곳 생활을 정리하고 마음 편하게 불경을 읽고 참선하면서 남은 생을 살다 가야겠다는 쪽으로 생각은 굳어졌다.

거의 정리가 끝나갈 무렵 갑자기 온몸에 마비가 일어났다. 전신마비 증세는 차도 못 마시고 수저질도 못할 만큼 심각했다. 병원에도 가봤지만 의사들도 정확한 원인을 찾지 못했다. 관절이 닳아서 그렇다는 말만 반복했다. 산야초 연구회의 총무인 강선옥 씨가 출근하다시피 와서 음식도 만들고 뒷바라지를 했다. 미안하고 고마워서 몸 둘 바를 몰랐다.

총무는 사천 송포동에서 광포연가라는 친환경 식당 겸 찻집을 운영하고 있어서 보통 바쁜 사람이 아니었다. 남편과 자식과 더불어 행복하게 살면서 천연염색도 한다. 나와는 친구처럼 지내는 둘도 없이 가까운 사이였다. 내 주위에는 이렇게 고마운 사람들이 많다. 그들 덕분에 내가 지금까지 하고자 하는 일을 하고 내 인생을 꾸려올 수 있었다.

전신마비 상태에서 꼼짝도 못하고 누워 있으면서 살아온 날들을 돌아보지 않을 수 없었다. 이건 단순한 몸의 병이 아니라는 생각이 들었다. 이 병이 내게 찾아온 것은 분명 어떤 계시를 담고 있으리라는 확신마저 생겼다. 영양이 부족해서도 아니고 과도한 노동 때문에 관절이 닳아진 것도 아니다. 옛날 할머니, 어머니들은 먹을 쌀이 부족해 감자, 고구마, 보리밥을 기름진 반찬도 없이 김치, 된장만 먹고살았어도 건강했다. 평생 일을 황소처럼 하고 살았지만 관절이 닳았다는 말은 들어보지 못했다. 오히려 우리보다 힘을 더 썼고 나이가 들어도 건강하게 살다 가셨다.

내가 할 수 있는 방법은 전부 동원해서 병과 싸웠다. 침, 뜸, 부황, 추나요법, 요가, 근육강화운동, 식이요법, 단식, 효소, 독소제거요법, 자연요법 등 안 해본 게 없었다. 출가는 요원해졌고 출가를 향한 절박했던 마음도 옅어졌다. 몸의 통증이 내게서 모든 것을 가져갔다. 비단 그뿐만이 아니었다. 출가를 다짐한 적이 세 번이나 있었지만 그때마다 크게 몸이 아프거나 독사에 물리거나 다치거나 했었다. 그런 나의 현실을 보고 사람들은 출가와는 인연이 없다며 지금 하고 있는 일이나 열심히 하라고 충고했다. 많은 사람이 건강하게 살 수 있도록 전도사 역할을 해주니 출가 못지않게 중요한 일이라고 위로해주었다.

그때 지금의 남편을 만났다. 그전에는 가끔 만나서 차 마시며 사는 얘기를 나누는 친구로 지냈었다. 내가 심각한 병에 걸렸다는 얘기를 듣고 내 인생의 반려자가 되고 싶다고 했다. 건강한 몸으로 돌아가지 못해도 괜찮으니 한평생 함께 하자는 말을 나는 선뜻 받아들이지 못했다. 사람과 사람이 만나 살다 보면 갈등도 있을 것이고, 서로 다른 점도 많아 어려운 고비가 적지 않을 텐데 중년이 다 된 나이에 그것을 극복할 수 있을지 자신이 없었다.

좋은 관계는 내가 있는 그대로의 나로서 살도록 해주는 것이다.

나도 몰랐던 진짜 나를 끌어내 주고 그렇게 살도록 해주는 사람이 좋은 사람이다. 서로에게 그런 사람이 되어준다는 건 거의 불가능에 가깝게 어려운 일이다. 좋아할수록, 가까울수록 그 사람을 내 마음대로 하려 하고 내가 원하는 걸 해주기만 바란다. 그것을 어떻게 극복해나갈지가 문제였다.

내 몸은 차츰 회복의 길로 들어섰다. 인연의 끈은 길고도 단단했다. 결국 우리는 결혼을 하게 되었다. 내 길은 출가해서 산에 사는 것이 아니라 결혼해서 산 아래 사는 것이라 여겼다. 현실 속에서 현실과 부대끼며 사는 게 내 운명인가 보다 생각했다. 남편도 이제는 자연으로 돌아와 자연 속에서 남은 인생을 보내고 싶다고 했다. 그것이 오랜 꿈이었다고.

남편은 오랫동안 민주화운동에 앞장섰던 사람이라 여러 면이 나와 달랐다. 더불어 만나는 친구들과 지인들도 나와는 전혀 분야가 다른 사람들이었다. 마음은 강건하고 생활도 철저하게 자기 관리 속에서 이루어졌다. 도시에만 살아서 시골생활은 전혀 몰랐다. 자연에서 일어나는 일은 더욱 낯설어 어찌할 바를 몰라 했다.

뒤뜰에 심어놓은 더덕을 풀인 줄 알고 뽑은 적도 있었다. 나로서는 이해가 가지 않는 일이었다. 더덕 냄새가 진동했을 텐데 어떻게 그걸 풀이라고 뽑을 수 있냐고 물었더니 어이없는 답이 돌아왔다. 웬 풀 끝에 인삼뿌리 같은 게 매달려 있나 의아했다고 했다. 머위 잎사귀 몇 장만 뜯어오라니까 머위밭에 서서도 호박잎밖에 없다고 하지를 않나. 심어놓은 취나물을 잡초라고 다 뽑지를 않나. 정작 잡초는 뽑지도 않고 그대로 두었다. 어느 날은 시키지도 않았는데 감나무 가지치기를 했다고 자랑스럽게 말했다. 감나무를 본 순간 나는 거의 기절할 뻔했다. 쳐야 할 윗가지는 그대로 남겨두고 옆으로 뻗어나가야 할 아랫부분의 가지만 쳐냈다. 농사일을 아는 사람이라면 웃지 못할 기막힌 일이 한두 가지가 아니었다.

시간은 많은 것을 해결해준다. 남편도 자연식 식단에 차츰 익숙해졌고 텃밭농사에도 어느 정도 졸가리가 생겼다. 여전히 작은 일에도 의견 충돌이 나고 적잖은 마찰이 있지만 자연은 다가오는 사람을 밀어내지 않고 언젠가는 품어준다는 진리를 그도 알게 되었다.

기대를 하나씩 버려가면서 남이 내 맘대로 안 된다는 걸 알아가는 것이 관계를 맺는 과정이다. 이때 가장 중요한 것이 세상을 어떻게 바라보고, 어려운 일 앞에서 어떤 해결책을 내놓느냐 하는 점이다. 말하자면 가치관일 텐데 그게 다르면 서로 완전히 다른 세상에 사는 것이다. 대화와 소통을 통한 조율과 균형의 과정은 끝나지 않는다. 끝까지 포기하지 않는 것이 사랑이고 그것이 서로에 대한 책임이다. 영원히 끝나지 않는 게임을 하고 있다는 느낌이 수시로 들지만 어떤 순간에도 포기하지 말자, 다시 마음을 다잡는다. 오래 곁에 있어주는 사람, 노력을 포기하지 않는 사람이 되어준다면 언젠가는 깊은 마음속 이야기를 나누고 숨겨놓은 마음도 전해지리라 믿는다.

모든 관계는 합주이며 협연이다. 내 악기를 잘 다루기도 해야 하지만 다른 악기에 귀를 기울이는 일, 그래서 더불어 하나의 곡을 연주해내는 일이다. 나와 너는 각각 하나의 나무에 불과하지만 둘이 만나서 관계가 형성되면 그땐 숲이 된다. 숲의 속성은 나무의 속성과 다르다. 혼자 있을 때와 관계 속에 있을 때는 자신을 운영하는 방식이 달라져야 한다. 인간에 대한 예의라는 말도 있지 않은가. 나의 이익이나 바람과 타인의 그것이 충돌했을 때 최소한 우리가 지켜야 할 도리를 말하는 것이다. 이기적인 인간이 이타적인 삶을 배울 수 있는 대목이 바로 거기다.

상대에 대해 아는 게 거의 없거나 완전히 잘못 알고 있으면서도, 세상에 둘도 없이 가까운 사이인 양 착각하는 것이 가족이지만 우린 그 사실조차 깨닫지 못한다. 지금 암으로 투병 중인 이해인 수녀님의 시는 읽을 때마다 눈시울이 뜨거워진다. 나뭇잎을 보면서 수만 가지 생각이 찾아오는 것을 물 흐르듯 적어 내려간 〈잎사귀 명상〉이라는 시다.

꽃이 지고 나면

비로소 잎사귀가 보인다

잎 가장자리 모양도

잎맥의 모양도

꽃보다 아름다운

시가 되어 살아온다

둥글게 길쭉하게

뾰족하게 넓적하게

내가 사귄 사람들의

서로 다른 얼굴이

나무 위에서 웃고 있다

마주나기잎

어긋나기잎

돌려나기잎

무리지어나기잎

내가 사랑한 사람들의

서로 다른 운명이 삶의 나무 위에 무성하다

대나무밭에 숨은 보물들

나는 자연 속에서 먼지 한 톨만큼 작은 존재구나. 나 같은 작은 생명들이 서로 어깨를 기대며 살고 있는 것이 이 세상이구나. 늘 생각해왔다. 잠시도 쉬지 않았다고 말해야 하리라. 몸을 위하는 것, 몸이 원하는 것을 찾아 산을 오르고 산에 피어난 풀과 꽃과 나무들을 얻었다. 산야초라 이름 붙인 그 여리면서도 진한 식물들로 차를 만들고 효소액을 만들었다. 몸의 건강을 위해 고마운 마음으로 먹고 마셨다.

내가 차나 효소를 만드는 것이 아니라 식물이 제 속의 생명을 밖으로 드러내는 것이라고 느낄 때가 많다. 생강나무 꽃은 생강나무 꽃대로, 홑잎나물은 홑잎나물대로, 뽕잎은 뽕잎대로 제 속에 품고 있던 맛과 향을 내뿜는 것이리라. 저마다의 숨결과 힘으로 세차게 밖으로 밀고 나온다. 몇 계절에 걸쳐 지기와 수분을 빨아올려 갈무리해두었다가 내 손을 만나면 저들끼리 다투며 밖으로 향을 뿜어내고 맛을 낸다. 봄 숲에 들어설 때 온몸으로 자신의 생명을 발산하는 식물들의 기운에 놀라고 감격할 때가 많다.

봄마다 찻잎을 따는 곳은 이십만 평의 산에 대나무가 빼곡하게 자라고 있는 땅이다. 햇볕이 들지만 워낙 나무가 많고 숲이 울창해서 항상 반그늘 상태다. 다양한 식물들이 자생하지는 않지만 취나물, 우산나물, 누른대나무, 민다락지나물 등이 군락을 이루고 있다.

봄이 되면 자루를 들고 대나무밭을 찾아간다. 증거를 찾으러 범행현장에 가는 형사처럼 눈을 부릅뜨고 대나무 사이사이의 땅을 뒤진다. 싹이 삐죽이 나온 나물도 있고 제법 크게 자란 나물도 있다. 자연이 주는 무공해 나물에 감사함을 되뇌며 뜯어다가 밥상을 차린다. 뜯어온 나물은 생채로 먹기도 하고 살짝 데쳐서 나물로 비빔밥을 해먹는다. 일부는 말려서 가을겨울을 대비해 묵나물을 장만해둔다. 황설탕에 버무린 뒤 항아리에 눌러 담아 발효시켜 효소를 만들기도 한다.

찻잎 따는 시기는 나물 채집 시기와 맞물려 고양이 손이라도 빌리고 싶을 만큼 바쁜 때다. 아무리 바빠도 빠뜨릴 수 없는 일이 대나무밭에 자라고 있는 야생녹차 잎을 따는 일이다. 잠깐 딴청 피우다가는 금방 시기를 놓쳐 찻잎이 자라버리기 때문에 이때는 신경이 곤두선다. 아침 일찍 서둘러 부지런히 손을 놀린다. 점심때쯤 되면 배도 고프고 허리가 끊어질 듯 아프다. 잎이 워낙 작아서 한참을 따도 찻잎은 자루 밑바닥에 조금 깔려 있다.

대밭에서 차를 따는 일은 남다른 즐거움이랄까, 고적한 기쁨이 있다. 대나무가 워낙 키가 크고 서늘한 느낌을 주는데다 빽빽해서 그늘이 지면 이 세상이 아닌 딴 세상에 잠시 들른 기분에 사로잡힌다. 자기 발걸음소리를 스스로 들으며 걸음을 옮기고 자기 숨소리를 다 듣는다. 수분을 잔뜩 머금은 취나물 이파리 하나를 따서 입에 넣고 씹으며 침을 삼키면 그 소리가 고스란히 내 귀에 들린다. 자기 몸의 소리를 그렇게 가까이서 세세히 듣게 되면 몸에 대한 새삼스러운 자각이 생긴다. 작은 자극에도 반응하는 것이 몸이다.

대나무 하나를 붙들고 앞뒤로 흔들면 옆 나무를 연쇄적으로 건드리면서 솨솨 댓잎 부딪치는 소리가 파도소리처럼 들린다. 혼자 있어도 혼자 있다는 느낌이 들지 않는 건 나무들과의 이런 교감 덕분이다.

대나무밭에서 딴 녹차는 대나무 향기와 이슬을 머금고 자란다 하여 죽로차竹露茶라 부른다. 차를 우려 마시면 대나무향과 차향이 어우러져 싱그러운 풍미가 무엇과도 바꿀 수 없는 맛이 난다. 오랜 세월 차나무에서 씨가 떨어져 저절로 자란 야생차밭이 제법 크다. 자연 그대로 한 잎 두 잎 새순을 피워내지만 양은 얼마 되지 않는다. 비료나 농약과 거리가 먼 것은 물론이고 대나무 잎사귀가 떨어져 자연퇴비가 되어준다.

오랜만에 귀한 손님이 찾아왔다. 오랜 세월 알고 지내온 비구니

스님이 종범 스님을 모시고 왔다. 종범 스님은 승가대학 명예교수로 불교TV에서 〈향기로운 법문〉을 들려주시는 분이다. 차 만드는 사람 집에 왔으니 최고로 맛있는 차를 달라고 했다. 내가 만든 차는 다 최고로 맛있는 차라고 농담처럼 대답했지만 고민이 되었다.

절에서 항상 차를 마시는 분이라 누구보다 차 맛을 잘 아실 것이다. 어떤 차를 대접해야 할지 망설여졌다. 다른 데서 쉽게 맛볼 수 없는 차를 드리는 게 좋을 것 같았다. 마시면 속이 편안하고 깊은 맛을 지닌 발효녹차를 내렸다. 대밭의 야생찻잎을 따서 황토방에서 발효시켜 5년 숙성시킨 차다. 다관에서 찻물이 우러나면서 금세 차향이 퍼지기 시작했다. 두 스님께 차를 한 잔씩 건넸다. 조용히 한참 차 맛을 음미하더니 종범 스님은 고개를 갸웃했다.

"이 맛을 뭐라고 해야 할지. 야생과 자연이란 이런 맛이구나, 그런 느낌이 드네요."

찻잎이 워낙 귀한 것이라 이 발효녹차를 마시고 감탄하지 않는 사람이 없다. 좀 더 맛을 음미해봐야 알겠다는 듯이 일제히 침묵 속에서 차만 마셨다. 좋은 음식은 좋은 마음으로 먹어야 몸에 보약이 된다.

"야생 대밭에서 딴 찻잎이라 이런 오묘한 맛이 나는가 보네. 우리나라 차가 이렇게 깊은 맛을 낸다면 중국차가 '형님' 하고 절하겠는걸."

"원료도 중요하지만 오랜 시간 기다려온 세월의 맛입니다. 기다려야 좋은 차를 마실 수 있습니다. 스님의 향기로운 법문에 대한 보답으로는 제 차가 너무 보잘것없습니다."

오랜 시간 숙성된 발효차의 가치를 알아주는 사람을 만나니 기분이 좋았다. 보통 약성이 좋은 차라고 하면 병든 사람이 먹어야 하는 걸로 생각한다. 나는 기회 있을 때마다 약초차는 병든 사람이 마시는 차가 아니니 미리 마셔서 질병을 예방하자는 내 생각을 전한다.

차를 마시다 보니 밥 때가 되었다. 나는 마당 한 귀퉁이 텃밭에서 고수, 방풍, 당귀, 겨울초 등 막 움터 나온 순들을 뜯었다. 식당에다 큰스님 오셨는데 겉절이를 해달라고 부탁을 했다. 다른 반찬은 젓가락도 안 대고 겉절이만 한 접시를 맛나게 드셨다. 내가 밥상을 차려드리지 못했어도 그나마 마음의 짐을 덜 수 있었다.

차 얘기가 나올 때마다 하는 말이지만 지나치게 예절과 격식을 따지는 차 문화로는 건강을 지키는 데 무리가 있다. 값비싼 다구와 몇 십만 원, 몇 백만 원씩 하는 고급차 얘기를 듣는 서민의 심정은 어떻겠는가. 쉽게 가까이서 구해 마실 수 있어야 하고, 보리차 끓이듯 간단히 끓여서 힘 안 들이고 마실 수도 있어야 한다. 그래야 한 번이라도 더 마실 수 있다.

예술과 기술과 운동이 그렇듯이 배울 때 잘 배워야 한다. 잘못된 습이 생겨버리면 그땐 고치기가 새로 배우는 것만큼 시간과 노력이 든다. 일단 구할 수 있는 차를 구해서 마셔보자. 그 다음 다른 맛의 차를 시도해보며 자꾸 이 차 저 차 마시면서 몸의 반응을 살피고 자기 입맛과 취향을 알아가는 거다. 먼 친척보다 가까운 이웃이 낫다고 우리 것이 아닌 값비싼 차만 생각하지 말고 내 형편이 허락하는 차부터 마셔가며 다른 기회를 찾도록 하자.

봄 효소 담그기

재료

쑥, 민들레, 원추리, 칡순, 취나물, 목련꽃, 매화꽃, 찔레순, 찔레꽃, 신선초, 꽃다지, 냉이, 머위, 참옻나무순, 곰취, 당귀순, 방풍순, 달맞이, 두릅순, 두충잎, 골담초꽃, 진달래꽃, 함박꽃

주의사항

❖ 독초를 주의할 것.
❖ 동의나물을 곰취로 착각하는 경우가 많다.
❖ 지리강활을 산당귀로 착각하고 먹지 않도록 각별히 주의할 것.
❖ 꽃을 손질할 때 물에 씻으면 화분과 향기가 빠져나가 약성이 손실된다.

재료에 따른 1차 발효기간

꽃 1차 발효기간이 약 60일 정도면 발효된다.(꽃은 잎이나 열매보다 1차 발효기간이 짧다.)
새순 1차 발효기간이 100일 정도 걸린다.(열매와 뿌리보다 발효기간이 짧다.)
열매 여름 열매는 수분이 많아서 가을 열매보다 설탕을 더 넣는다.
가을 열매 중에서 섬유질이 많고 수분이 적은 열매는 설탕을 1:1로 절인다.
뿌리 섬유질이 많은 약초 뿌리는 설탕을 1:1로 절인다.
수분이 많은 약초 뿌리는 1:1.5로 설탕량을 늘린다.

◎ 손질하기

- 채집해온 재료들을 펼쳐놓고 다듬는다.
- 시든 잎과 낙엽들을 골라낸다.
- 깨끗한 물에 먼지와 흙을 잘 씻은 후 그늘에서 물기를 뺀다.
  (물기를 완전히 제거하되 재료가 시들지 않게 주의.)

◎ 담그기

- 물기를 뺀 재료를 무공해 설탕 또는 황설탕에 버무린다.
  (백설탕은 식물이 발효되기 전에 설탕이 먼저 녹고,
  흑설탕은 발효한 뒤에도 녹지 않아서 적합하지 않다.)
- 설탕의 비율은 1:1로 한다.(식물의 특성에 따라 조정할 수 있다.)
- 잘 버무린 재료를 항아리에 차곡차곡 넣어 눌러준 다음,
  넓적한 돌멩이를 올려놓는다.
- 항아리 입구를 위생 비닐로 밀봉한다.

◎ 보관하기

- 햇볕이 들지 않는 서늘한 곳에서 보관한다.
- 온도 변화가 없는 굴속에 보관하면 가장 좋다.

◎ 발효기간

- 상온 17도에서 약 100일이 적당하다.
  (햇볕이 들고 따뜻한 곳에서는 너무 빨리 발효가 진행되므로 좋지 않다.)

◎ 찌꺼기 거르기

- 발효가 끝나면 찌꺼기는 건져내고 액체만을 고운 체나 삼베 자루에 넣고 짠다.
  (걸러낸 액체에 건더기가 들어가지 않도록 주의.)

◎ 숙성시키기

- 맑게 걸러낸 액체는 최소한 1년 이상 서늘한 곳에서 숙성 보관한다.
  (반드시 무공해 항아리에 효소액을 넣고 보관한다.)

◎ 마시기

- 잘 숙성된 효소를 따뜻한 차에 타서 식후에 마시면 소화에 도움이 된다.

여름 효소 이야기

생명 탄생의 순간부터 효소와 함께 한다

인간은 효소와 함께 태어나서 성장하고 죽는다 해도 과언이 아니다. 정자와 난자가 만나는 수정의 순간부터 효소가 필요하다. 난자의 보호막을 효소로 분해할 수 있는 강한 정자가 난자를 만난다. 정자와 난자 안에도 생명활동을 도울 여러 효소가 들어 있다. 수정된 정자가 세포 분열, 증식하여 인간의 형체를 갖춰가는 과정에서도 효소의 도움을 받지 않는 순간이 없다.

효소는 하는 일에 따라 크게 소화 효소와 대사 효소로 나눌 수 있다. 소화 효소는 음식물의 영양소를 인체가 흡수할 수 있게 분해하는 작용을 하는 효소이다. 대사 효소는 영양소가 인체에 필요한 에너지를 만들거나 생명을 유지하기 위한 인체의 여러 기능이나 작용을 하는 데 필요한 효소이다. 우리 몸에 들어온 음식물을 잘게 부숴 소화시킨 뒤 유익한 물질을 운반하여 새로운 조직을 만드는 역할을 효소가 한다. 몸을 만들고 병을 치유하고 호흡하고 걷고 생각하고 느끼는 모든 생명활동에 쓰인다. 인체의 에너지원이 되고 체성분이 되는 탄수화물, 지방, 단백질의 활동에도 반드시 소화 효소와 대사 효소가 필요하다. 효소의 작용을 돕는 비타민과 미네랄 같은 보효소도 있다.

궁극적으로 효소는 면역력을 높여 질병과 싸우는 역할을 한다. 질병으로부터 우리 몸을 보호하는 면역 기능은 인체가 가진 자기보호, 방어시스템이다. 이렇게 중요한 효소를 보존하기 위해서는 효소가 풍부한 음식을 먹어야 한다. 열에 익히지 않은 생채식이나 발효식품 위주의 식단을 유지한 사람과 그렇지 않은 사람의 신체나이는 크게 차이가 난다. 몸에 효소가 부족하면 노화가 빨리 진행되기 때문이다. 몸을 어떻게 관리하느냐에 따라서 같은 나이라도 몸의 건강나이는 얼마든지 달라질 수 있다.

또한 체내 효소를 낭비하지 않게 하는 생활습관을 가져야 한다. 하루의 삶을 사는 데 사용할 효소를 지나친 운동이나 과로, 화학첨가물이 든 가공식품과 고칼로리식, 술, 담배 등의 기호식품으로 소모·고갈시킨다면 정작 건강을 지킬 효소는 부족해진다. 체내에 효소가 부족하면 항상성이 무너져 면역력이 떨어지고 병이 생길 수 있는 신체 환경이 된다. 이것을 개선하지 않으면 만성병, 난치성 생활습관병의 공격을 받고 건강을 잃을 뿐만 아니라 수명까지 단축된다. 효소는 건강과 수명을 좌우하는 핵심요소이다.

나쁜 식습관이 우리 몸을 망친다

암환자, 성인병환자가 급증하고 있다. 병명도 밝혀지지 않은 불명질환도 셀 수 없이 많다. 왜 이런 일들이 일어날까? 우리 생활, 우리 주변의 삶에 문제는 없는가? 암이 발생하는 대표적인 이유 중 하나가 식이섬유와 효소가 부족해서 독소 배출이 안 되기 때문이다. 체내에 축적된 과잉영양이 소비되지 않고 그대로 지방으로 쌓인다. 독소와 노폐물도 함께 배출되어야 살도 빠진다. 식이섬유와 효소가 풍부한 식생활을 하는 것이 가장 시급한 처방이다. 식이섬유는 분해된 노폐물을 변으로 배출되도록 돕는다. 이때 효소가 유해물질이 배설되기 쉬운 형태로 잘게 쪼개준다.

과장이 섞였다고 할지 모르겠지만 우리의 식습관이 얼굴색에 어느 정도 나타난다. 효소가 부족한 음식을 오랫동안 먹어 독소 배출이 순조롭지 않은 사람을 식별할 수 있다. 면역력이 떨어지고 몸의 대사작용이 활발하지 않은 이의 얼굴이 맑고 생기 있기를 기대할 순 없다. 생야채, 생과일, 발효식품을 매일 먹어 효소를 보충해 주고, 유익한 유산균이 장내 세균의 균형을 유지하도록 해야 한다.

우리나라는 조금만 노력하면 장수할 수 있는 좋은 조건을 갖추었다. 맑은 물과 좋은 산수, 계절별로 풍부한 과일과 채소, 다양한 발효식품이 있다. 육식 위주의 서양식이나 인스턴트식으로 바뀐 식습관만 바로잡는다면 얼마든지 건강하게 살 수 있다. 어떤 외국인이 한국에는 채소를 재료로 한 음식도 발달했고 차 종류도 다양한데 서양 음식점들이 왜 그렇게 많은지 이해할 수 없다고 말했다는 얘기를 들은 적이 있다. 된장, 고추장에 푸성귀 위주의 시골밥상이 대표적인 건강 식단이다.

불과 몇 십 년 전만 해도 거리에 살찐 사람이 별로 없었다. 병원 숫자도 환자 숫자도 지금처럼 많지 않았다. 그때는 가난해서 고기를 먹을 수 없었고 밥상이 제철에 거둔 생식 위주의 반찬과 발효식품 위주의 우리 음식으로만 채워져 있었다. 한국 전통식단은 세계적으로 인정받은 건강식이고 서양 의사들도 권장하는 식품이다.

한마디로 줄여 말하면, 가난하게 먹어야 한다. 소식, 절식, 채식. 거기다 좋은 물을 많이 마시자. 효소는 좋은 물을 적절히 섭취할 때 훨씬 더 활성화된다. 수분이 부족하면 효소가 제 능력을 발휘할 수 없다. 가능한 한 냉장고에서 꺼낸 찬물보다 실온의 미지근한 물을 마셔서 몸이 냉해지는 것을 예방하자. 차 마시는 습관을 들이는 것도 이상적인 방법이다.

필요한 만큼만 먹자. 음식을 먹어서 스트레스를 풀려고 하는 사람이 많다. 우리가 심심풀이로 먹는 각종 과자와 음료, 불안을 잠재우기 위한 폭식은 삼가자. 음식은 음식으로 먹어야 몸이 건강하다. 흡수하고 남은 영양소는 살을 찌우고 우리 몸에 독소를 퍼뜨린다. 식습관은 단순한 식습관에 머물지 않고 생활방식과 정서에도 영향을 미친다.

활성산소가 가장 문제라는 말을 자주 듣는다. 원래 활성산소는 외부로부터 침입하는 유해물질로부터 내 몸을 보호하기 위해 만들어지는 물질이다. 최근 환경오염이 심각해지고 가공식품을 지나치게 섭취하면서 우리 몸은 활성산소를 더 많이 생성하게 되었다. 자연 그대로 산에 자생하는 산야초라면 말할 필요 없이 좋겠지만, 친환경농법으로 재배한 채소와 과일을 먹도록 하자.

우리 몸을 보호해야 할 활성산소가 인체의 불균형에 의해 정상세포를 유해물질로 착각하여 공격하는 일이 벌어진 것이다. 그 결과 정상세포는 더욱더 빠르게 산소와 접촉하게 되어 노화가 촉진된다. 성인병에 도움이 되는 신선한 과일과 채소, 해조류, 곡류 등은 노화 방지에도 효과가 뛰어나다. 노화를 예방하기 위해 율무, 발아현미, 수수는 꾸준히 먹으라고 권장할 만한 식품이다.

땡볕 사이로 부는 시원한 솔바람

꽃잎이 떨어져 흐르는 계곡물 위로 바람이 머문다. 바람의 일은 본시 떠도는 것이지만 나뭇잎 위에 햇살이 반짝이거나, 꽃잎이 떨어지고 나비가 부르면 그곳에 잠시 머무른다. 꽃향기와 씨앗을 나르고 공기를 돌게 하는 바람을 계곡에서 만나면 유독 더 반갑다.

봄이 왔는가 싶으면 어느새 반팔을 입어야 하는 여름이다. 지구온난화를 걱정하지 않을 수 없다. 봄이 오고 채 한 달도 안 된 것 같은데 여름이 왔다. 가을도 왔는가 싶으면 어느새 찬바람 부는 겨울이다. 이러다가는 우리나라도 여름과 겨울밖에 없는 아열대성 기후가 될지 모르겠다. 겨울이 지루하고 힘겨웠던 만큼 따사로운 봄이 길면 좋으련만 잠깐 사이에 봄꽃이 지고 햇살이 뜨거워진다.

여름 땡볕이 초록 잎을 하루가 다르게 푸르고 단단하게 해주는 동안 열매도 나날이 영글어간다. 아무리 무더위가 기승을 부려도 꽃과 나비들이 곁에 있으니 참을 만하다. 이마와 목덜미로 흐른 땀이 따끔거릴 때면 바람이 지나가는 길목쯤에 앉아서 한숨 돌린다. 계곡 아래서 시리도록 차가운 물에 발을 담그고 세수를 한다. 쉬어 갈 참으로 나무 그늘에 앉아 눈을 감으면 공기 속에 섞여 있는 아련한 꽃향기에 스르르 잠이 들 때도 있다. 그럴 때면 언제 어디서 주워들었는지도 모르는 노래 구절을 중얼거린다.

> 푸른 나무 백 그루인들 이름 없는 들꽃 한 송이 향기를 어찌 당하리요
> 그댄 천상 아름다운 여자가 분명하니
> 나무를 바라지 말고 꽃이 부용꽃이 되시구려

누군가 꽃에게 반했든 여인에게 반했든 이 세상 가장 달콤한 향기를 꽃에 빗댄 그 마음만은 이해할 수 있다. 살면서 얼마나 많은 아름다운 사람을 만날까. 또한 얼마나 많은 속상한 일들을 겪을까. 꽃의 고귀함을 노래한다는 것은 그만큼 자신의 삶이 시름에 겹다는 뜻이기도 하다. 현실에서 잠시 눈을 돌려 꽃을 보고 꽃향기를 맡으며 쉬어가라는 말이다.

우리는 다 부처요, 내가 만나는 사람도 다 부처라는 여경 스님의 말씀은 힘들 때 큰 위로가 된다. 우리 눈이 어두워 부처가 있어도 알아보지 못하고 우리 귀가 어두워 고운 말을 듣지 못하는 거다. 나쁜 일이 분명히 있는데 무조건 긍정적인 눈으로 세상을 볼

수는 없다. 아무리 생각해봐도 아닌 것은 아닌 것이니.

무정할 수 없는 것이 인간이다. 항상 똑같아 보이는 바위도 풍화작용을 하며 조금씩 변하고 있다. 매 순간 흔들리는 사람의 마음은 어떠하겠는가. 유정하기 때문에, 정이 넘쳐나기 때문에 상처도 받고 상처도 준다. 땡볕을 몰고 오는 여름이 봄에게는 상처일 것이고 서리를 불러들이는 가을은 여름에게 적일 수도 있다. 찬바람과 눈을 부르는, 온갖 생물의 성장을 멈추게 하는 겨울은 또 어떤가.

내 의지와 상관없이 나는 누군가를 아프게 할 수 있다. 불교의 한 계열인 자이나교는 규율이 엄격하기로 유명하다. 내 숨이 공기 중의 미생물을 죽일 수 있기 때문에 항상 수건을 손에 들고 다니며 입을 막고 말을 한다. 빗자루같이 생긴 걸 갖고 다니며 앉을 때 그 자리의 벌레라도 죽일까 봐 바닥을 쓸고 앉는다. 그 정도로 나를 둘러싼 생명체의 존재에 대해 감정이입을 하고 측은지심을 갖는 것이다.

'내 인생에도 수문장이 필요해.'

이런 말을 되뇔 때는 또 얼마나 많은가. 절간에 들어설 때 일주문 앞에서 절을 지키는 사천왕상을 만나면 무섭다고 고개를 돌렸었다. 하지만 모진 일을 몇 번 겪은 뒤엔 내 인생에도 사천왕상이 있어서 괴로운 일을 막아주었으면 좋겠다고 생각한 적이 얼마나 많았던가.

대단한 걸 바라지는 않는다. 가슴에 맺힌 일이 있을 때 옆에서 내 얘기를 들어줄 사람이 필요하다. 해답을 찾아주지 않아도 그저 옆에 있어줄 사람. 내 편이 되어 터무니없는 얘기도 고개 끄덕여주며 들어주고 잠시 후 마음이 가라앉으면 한두 마디 염려 담긴 조언을 해줄 사람. 따끔한 말을 할 때조차 온기가 담긴 말로 전하는 친구가 필요하다. 인간이란 가지지 못한 것을 바라는 존재이니 늘 없는 것만 찾는다. 이런 글을 쓰며 스스로 마음을 달랜다.

〈사람〉

사랑하는 사람은 액체다.
그리하여 한 시도 쉬지 않고
내 마음속에 흐른다
내 몸에 흐른다

내가 사랑하는 것들은 그렇게
내 속에서 물이 되고 술이 되고 차가 된다

그들이 너무 딱딱한 고체여서 내 손이 다치지 않기를
그들이 너무 가벼운 기체여서 곧 사라지지 않기를
너무 오래 바라고 기다렸나 보다
기다리는 동안 내 속의 물이 얼어 얼음이 되지 않기를
바라는 동안 내 속의 물이 수증기로 날아가지 않기를

사랑하는 순간 그들은 내게로 와서 액체가 된다

머리맡의 자리끼가 되고

흐린 날 차 한 잔이 되고

텃밭에서 마시는 새참 막걸리가 된다

이제 내가 할 일은 그들과 함께 강물이 되어 흐르는 일

바위에 걸리면 돌아가고 송사리가 오면 품을 내주는 강물 되어 흐르리

산청에서
지리산을 바라보다

지리산은 1967년 12월 29일에 국립공원 제1호로 지정되었다. 남한 육지의 최고봉으로 주능선은 길이 45킬로미터, 높이 1,915.4미터다. 1,000미터가 넘는 주봉만 스무개다. 지리산을 어머니산이라고 부른다. 수많은 준봉과 계곡을 거느렸으면서도 부드럽게 펼쳐진 능선이 푸근함을 주기 때문이다.

백두산에서 시작한 백두대간이 힘차게 뻗어 내려와 지리산 천왕봉에 와서 그 위용을 마감하면서 주변에 높고 수려한 명산을 거느렸다. 산청군은 그 산들에 둘러싸인 형국이다. 지리산의 주봉인 천왕봉이 산청군과 함양군의 경계를 이루고 있다. 천왕봉의 행정구역은 산청군 시천면 중산리 산 208번지다. 지리산 10경으로는 노고운해, 피아골단풍, 반야낙조, 벽소명월, 불일폭포, 세석철쭉, 연가선경, 천왕일출, 칠선계곡, 섬진청류를 꼽는다.

조선 중기 실천도학자인 남명 조식 선생은 일찍이 많은 계곡과

봉우리를 호령하며 버티고 서 있는 지리산을 돌아보고 유람기에 이렇게 적었다.

“산을 보고 물을 보고, 그리고 인간을 보고 세상을 보다.”

많은 벼슬이 내려졌으나 그는 모두 거절하고 학문 연구와 후진 양성에 평생을 보냈다. 사화와 당쟁으로 피에 얼룩진 시대에 벼슬을 하는 것은 죄라고 생각했다. 남명은 예순한 살에 합천의 집과 재산을 동생에게 맡기고 덕산에 자리를 잡는다. 지리산을 스승으로 삼아 자신의 도덕과 학문을 더욱 높이고, 현실에 대한 비판을 꾸준히 전개한다. 그는 천왕봉이 한눈에 보이는 덕천강변에 ‘산천재’를 지은 뒤 그 감회를 시로 읊었다.

〈덕산에 묻혀 살다〉

봄날 어디엔들 방초가 없으리요마는
옥황상제가 사는 곳 가까이 있는 천왕봉만을 사랑했네
빈손으로 돌아왔으니 무엇을 먹고 살 것인가
흰 물줄기 십 리로 뻗었으니 마시고도 남음이 있네

남명의 초상화에는 허리춤에 방울 두 개가 달려 있다. 그 방울에는 ‘깨어 있다’는 뜻의 ‘성성자惺惺子’라는 이름이 붙어 있다. 남명은 움직일 때마다 방울 소리를 들으면서 늘 깨어 있으라고 자신을

깨우쳤다고 한다. 성성자 말고 또 하나 눈에 띄는 물건이 있었다. 바로 칼이다. “하늘이 울어도 천왕봉은 울지 않는다”란 글에서도 알 수 있듯이 칼날 같은, 타협하지 않는 정신을 유지하고자 하는 마음을 읽을 수 있다. 정파 싸움에 선비가 자신의 의지와 무관하게 끌려가는 세태에 환멸을 느꼈음이리라. 학문적 노력과 현실에 타협하지 않는 처신으로 수많은 학자들이 그의 문하에 모여들었다. 남명은 퇴계 이황과 동갑으로 당대 도학의 양대 산맥이었다.

왜 남명은 한 번 오르기도 힘든 지리산을 열두 번이나 올랐을까? 지금으로부터 450년 전이니 교통편도 등산로도 없던 시절이었다. 그는 자신이 밟았던 산길의 상세한 지도와 기행문 〈유두류록流頭流錄〉을 남겼다. 부조리한 세상을 어떻게 살아야 할지 고민하며 장기간에 걸쳐 지리산 지역을 차근차근 돌아보았음을 짐작할 수 있다.

산천재에는 본채를 중심으로 동재는 있는데 당연히 있어야 할 서재가 없다. 서재를 짓지 않은 이유는 매일같이 천왕봉을 바라보기 위해서였다. 서재를 지을 경우 지리산이 가려지기 때문이다. 더 이상 지리산을 오르는 것이 힘들어지자 본채와 동재에 앉아 천왕봉을 바라보는 것으로 위안 삼았다.

남명은 창녕 조씨로 지금은 그 후손이 남명학술연구소를 세워서 퇴계에 버금가는 남명의 사상과 학문을 널리 알리는 데 힘쓰고 있다. 수입의 대부분을 남명사상 연구에 투자한다고 들었다. 조상에 대한 자긍심과 한문 자료에 대한 보존과 연구를 무엇보다 중요하게 생각하는 후손 덕분에 남명에 대한 일반인의 인식도 훨씬 높아졌다. 문화 발전을 위해 이렇게 뒤에서 노력하는 사람들의 힘이 그 나라의 진정한 문화발전의 동력일 것이다. 돈만으로 되는 일이 아니라 정성과 신념이 있어야 하는 일이다.

산청군의 또 다른 자랑은 우리나라 최초로 목화를 재배한 곳이라는 점이다. 잘 알려져 있다시피 1363년 공민왕 때 문익점이 원나라 사신으로 갔다가 목화 씨앗을 붓 통에 넣어가지고 왔다. 그는 장인 장천익과 함께 목화 재배에 성공했다. 군을 상징하는 꽃인 군화群花도 목화다. 처음 이곳에서 목화를 본 건 어느 가을 단성 인터체인지를 빠져나올 때였다. 하얀 솜이 붙어 있는 목화가 길가를 따라 심어져 있었다. 가로화가 목화라는 게 신기하기도 하고 뭔가 옛날 정취를 느끼게 해주어 깊은 인상을 받았다.

우리나라 사찰 가운데 가장 높은 곳에 위치한 법계사 역시 산청군의 자랑이다. 중산리와 천왕봉의 중간지점인 높이에 속세가 훤히 내려다보일 듯 위치해 있다(1,450미터). 544년 신라 진흥왕 때 연기조사가 천하의 승지라 하여 법계사를 창건했다. 적멸보궁에 부처님 진신사리가 모셔져 있어 불상은 없다. 법당 앞에 보물로 지정된 삼층석탑이 있다. 화려한 멋은 없지만 소박하고 평화로운 기운이 감돈다. 뿐만 아니라 유학자가 많이 난 고장이라 서원을 비롯한 문화유적을 곳곳에서 발견할 수 있다.

앵두 효소 담그기

앵두나무 우물가에 동네처녀 바람났네
물동이 호밋자루 내사몰라 내던지고……
이뿐이도 금순이도 단봇짐을 쌌다네
석유등잔 사랑방에 동네총각 맥 풀렸네
올가을 풍년가에 장가들려 하였건만……
복돌이도 삼용이도 단봇짐을 쌌다네

봄바람이 잦아들면서 산천의 푸른빛이 짙어지면 땅 밑에서 몇 년을 기다려온 매미가 극성스럽게 울어댄다. 나른한 여름날, 잠깐 눈 좀 붙이려고 누웠더니 매미가 악을 쓰며 울어댔다. 낮잠도 내 맘대로 못 자나 싶어 더위에 지친 몸을 깨우기 위해 밀짚모자를 쓰고 계곡으로 간다. 더위를 식히는 데는 역시 계곡물이 최고다.

계곡에 이르자 힘차게 흐르는 계곡 물소리에 매미소리는 들리지 않았다. 맑은 물에 발을 담갔다가 그 시원함에 이끌려 점점 더 깊이 들어간다. 나중에는 목만 남고 온몸을 물에 담갔다. 어찌나 시원한지 그 순간만큼은 천국이나 극락도 부러울 게 없었다. 조금 전 숨 막혔던 더위는 잊고 몸은 지리산과 하나가 되어 평안을 되찾는다.

지리산에 살고 있는, 이 모든 자연의 축복을 누리는 내 일상이 천국이 아니고 무언가. 시원한 물소리만 들어도 더위는 물러가고 마냥 행복하다. 물이 차가워서 오래 물속에 머물 수는 없었다. 밖으로 나와 햇볕에 달궈진 바위 위에 앉아 몸을 말린다. 축 쳐졌던 몸이 어느새 기운을 회복하고 탱글탱글 살아났다. 동네를 한 바퀴 돌다가 눈에 가득 차는 초록 일색의 능선을 바라보다가 문득 발을 멈춘다. 보기만 해도 입안에 침이 가득 고이는 빨간 앵두를 발견한 것이다. 산호보다 더 아름다운 앵두 빛은 투명한 붉은색이다. 요즘 시골에 우물은 없어졌어도 어느 집이나 담 옆에 앵두나무 한 그루씩은 심어져 있다. 노랫말에서도 알 수 있듯이 수분이 많고 양지바른 곳에서 잘 자란다.

앵두나무는 3, 4월에 작은 흰 꽃을 피우고 6월 중순경에 루비 모양의 빨간 열매를 맺는다. 열매를 '앵두' 또는 '앵도'라고 하여 날것으로 먹기도 한다. 붉게 익는 열매를 보기 위해 관상용으로도 많이 심고 있는데 '앵두 같은 내 입술'이라는 말이 있듯이 열매는 붉고 윤기가 나며 탐스럽다. 앵두가 많이 열리면 그해 풍년이 든다고 해서 농부들은 앵두나무 가득 열린 열매를 보면 얼굴이 밝아졌다.

앵두에는 과당 등의 당분 외에 구연산이 많이 들어 있어 피로회복과 입맛을 돋우는 데 효과적이다. 앵두씨는 기침과 변비에 효능이 있어서 변비가 심한 사람은 앵두 효소를 먹으면 좋다. 앵두와 더불어 좋은 약성을 가진 효소의 공통적인 효능이 신진대사, 혈액순환, 피로회복을 도와준다는 점이다.

앵두를 집에서 가장 편하게 이용하는 방법은 화채를 만드는 것이다. 앵두과즙에 꿀을 넣어 화채를 만들고 나서 앵두를 띄우면 먹음직스럽다. 앵두화채는 5월 단오에 먹는 단오절식이기도 하다. 앵두주와 앵두주스는 향이나 풍미는 특별하지 않지만 선명한 붉은색이 식욕을 돋워주어 집에서 많이 만들어 먹는다.

앵두로 효소를 담글 때는 열매에 수분이 80퍼센트이므로 넣는 설탕의 양에 각별한 주의가 필요하다. 섬유질이 많고 수분이 적은 과일에 비해서 부패하기 쉽다. 설탕의 비율은 1:2가 안전하다.

건강은
밥상에서부터

대부분의 종합병원 앞에는 현대의학의 아버지로 알려진 히포크라테스의 동상이 있다. 기원전 460년경에 살았던 그리스의 의사인 히포크라테스는 식물 치료를 강조했다.

"당신이 먹는 음식이 치료제이어야 하고, 당신 병의 치료제는 음식이어야 한다."

동양에서도 인삼이나 마늘, 생강, 대나무 등의 각종 식물(쑥, 들깨, 미나리, 죽순나물, 취나물, 옻순, 두릅, 더덕, 도라지, 잔대)을 음식뿐만 아니라 치료제로 활용해왔다. 그 외에도 많은 강장제와 몸의 면역을 강화하는 식물(파, 마늘, 생강, 부추, 양파, 갓, 된장, 고추장, 간장)을 경험적으로 찾아서 즐겨 먹어왔다. 병을 일으키는 원인과 싸우기보다 병들기 전에 면역력을 높이는 데 주력했다.

"병원체란 아무것도 아니다. 내적 환경이 전부다"라고 하며 파스퇴르도 면역력의 중요성을 주장했다. 신체 각 기관에서 조절과 보정, 적응과 재생이 활발히 제대로 일어나는 상태가 건강한 몸이다. 더불어 유해물질을 막아내는 능력도 키워야 한다. 필요한 것을 몸이 스스로 찾아서 쓸 수 있는 상태로 유지하는 것이 건강이다.

우리 몸은 여러 종류의 약을 갖추고 있는 약국이나 다름없다. 뇌는 스스로 효능이 뛰어나고 부작용이 전혀 없는 진통제, 항우울제, 수면제를 만들어낸다. 몸이 건강하다는 건 면역체계가 조용히 효과적으로 일을 잘하고 있다는 뜻이다. 면역체계는 신체 여러 기관과 긴밀히 연결되어 있어서 공격받기 쉽다는 문제점이 있다. 그래서 신체 부위의 연계작용을 추적해가며 치료하는 한의학이 근래 들어 더욱 각광받게 된 것이다.

우리가 먹는 음식이 건강과 연결되어 있다는 인식이 생기면서부터 식생활의 문제점들이 하나씩 드러났다. 인스턴트로 급히 요리한 음식을 빠른 시간에 먹는 것이 건강에 해롭다고 밝혀졌다. 이는 위암환자가 늘어나는 것과 무관하지 않을 것이다. 그에 대한 반작용으로 천천히 제 시간을 다 들여 요리하고, 음식을 천천히 음미하면서 먹자는 운동이 일어나고 있다. 이른바 '슬로우 푸드'라는 것이다. 음식을 먹으면서 우리 몸이 잘 활동할 수 있도록 충분한 시간을 주는 기다림을 배운다. 사람이든 자연이든 기다리는 것을 어렵게 생각한다. 기다리지 않고 되는 일이 있는가. 사랑도, 꽃이 피고 열매 맺는 것도, 아이의 성장도 다 기다려야만 하는 일이다. 사람의 일도, 자연의 일도 시간을 들여야 올곧은 열매를 얻을

수 있다.

식탁에 있는 음식에는 흙과 미생물이 식물을 키운 시간, 계절마다의 바람과 비, 벌레, 햇볕, 지형이나 기후 등 농부가 논밭을 오가며 보낸 시간이 녹아 있다. 밥을 먹을 때는 그 채소가 식탁에 올라오기까지 들인 수고와 손길, 내가 만난 적도 없는 사람들의 노고를 생각한다. 천천히 식사를 즐기면서 나누는 대화 또한 음식 먹는 일에 포함된다.

심신을 안정시키고 균형을 유지하기 위해서는 들여야 할 충분한 시간을 들이는 생활양식이 필요하다. 밥을 먹을 때도 시간을 들이고, 음식을 할 때도 사람을 만날 때도, 일을 할 때도 급히 하면 긴장이 생겨 몸이 편안하게 자기 일에 몰두하기 어렵다. 조급증이 건강에 어떤 영향을 끼치는가는 급하고 예민한 성격의 사람이 잔병이 많다는 사실만 봐도 알 수 있다.

식사를 제때 챙겨 먹는 것은 두말할 필요 없이 중요하다. 몸의 본성과 요구에 맞는 생활을 하도록 노력하자. 하지만 면역력이 떨어져 있을 때, 아플 때는 굶어라. 질병과 싸울 힘을 벌어주기 위해서다. 대사 효소가 치유 효소로 바뀌는 것이다. 음식을 소화하느라 효소를 낭비하지 않고 오직 질병을 위해서만 일할 수 있는 환경을 만들어주는 거다. 아플 때 식욕이 떨어지는 것도 몸이 스스로를 지키려는 원리다.

가능하면 친환경농법으로 재배한 생채소와 생과일을 많이 먹

자. 충분한 햇볕, 공기, 바람, 미생물이 살아 있는 토양으로부터 지수화풍의 기운을 제대로 받은 채소와 과일을 말한다. 가게에서 판매하는 채소와 과일은 농약과 비료 때문에 제 성분을 갖추지 못한 것들도 많다. 천연과당은 분해되는 데 인슐린이 필요하지 않기 때문에 당뇨병 환자도 과일을 먹을 수 있다.

식생활 개선을 위해 몇 가지 제안을 하고 싶다. 우선 잘못된 식생활을 점검해보자. 무엇이 문제인가. 무엇을 어떻게 먹어왔나. 내 몸의 취약한 부분은 내 식습관의 어떤 점과 상관이 있나. 곰곰이 살펴보면 분명 문제점을 발견할 수 있을 것이다. 문제점의 심각성에 따라 하나씩 점차적으로 고쳐나가려는 마음가짐이 건강으로 가는 첫걸음이다.

그 다음 식이섬유 섭취를 늘이고 화식과 가공식품 섭취를 줄여라. 어떤 일로도 나를 채근하지 않고 쫓기지 않게 하는 시간을 일부러 만들려고 한다. 일정한 시간을 나를 위해 마련해두지 않으면 뭘 하는지도 모르게 바쁜 하루하루를 보내게 된다. 일주일에 하루, 하루에 한두 시간, 잠깐 일에서 떠나 있는 시간, 나를 되찾는 시간을 갖는 것이다. 그 시간에 에너지를 충전하고 나면 그 다음 일을 더 즐겁고 효율적으로 잘할 수 있다고 스스로 최면을 건다.

한 가지 더 확실하게 몸을 쉬게 해주는 방법은 한 달에 하루쯤 단식을 하는 것이다. 밥은 먹지 않고 차와 효소만으로 하루를 버틴다. 하루에 두세 번 효소를 연하게 타서 마신다. 감잎차나 백초

차를 꾸준히 먹어주어 몸속의 노폐물을 소변으로 빼낸다. 일은 하지 않고 가벼운 산행이나 명상과 요가를 하면서 충분한 휴식을 취한다.

한 달에 한 번씩 몸을 비우고 씻어내는 일은 긍정적인 의미의 중독성이 있다. 이젠 몸에 배서 특정한 날을 잡지 않아도 문득 하루 단식을 해야겠다는 생각이 든다. 몸을 비워보면 우리 몸이 그동안 얼마나 무거운 짐을 지고 바삐 움직였는지 알게 된다. 배 속이 비면 가벼운 느낌이 들면서 몸과 마음이 같이 편안해진다.

효소만 마시며 위를 비워두면 기운이 없는 게 아니라 오히려 몸이 가벼워지고 새 힘이 생긴다. 단식을 하는 동안 몸에 새로 리듬이 찾아지면서 심리적으로도 다시 시작한다는 느낌이 든다. 단식의 필요성에 대해 여러 사람이 주장하고 한 번 해본 사람이 거듭하는 걸 보면 분명 이점이 많은 거다. 한 번씩 비워주어 가볍게 하면 몸은 더 활기차게 움직인다. 절식 습관을 들여야 한다는 것을 다시 한 번 강조하고 싶다. 과식은 백해무익할뿐더러 몸에 독이 된다는 사실을 잊지 말자.

지나가던 여자도 돌아보게 하는 단어가 바로 '다이어트'다. 살이 찐 사람은 말할 것도 없고 날씬한 사람도 현재의 체중을 유지하기 위해 다이어트에 관심이 많다. 초등학생부터 노인까지 전 국민이 다이어트 열병에 걸렸다. 각자 다른 목적이 있겠지만 크게 몸매를 위한 사람과 건강을 위한 사람으로 나뉜다. 인터넷에 '다이어트'라는 단어를 치고 검색해보면 소개되는 방법만도 수십 가지다. 경험해본 사람은 다 고개를 흔든다. 잠깐 반짝 살이 빠질 뿐 '요요 현상'으로 곧 도로 살이 찐다고 한다.

사실 살을 빼는 방법은 단순하다. 덜 먹고 더 많이 움직여주는 것밖에 없다. 적절한 식이요법과 꾸준한 운동은 다이어트의 기본이다. 그게 힘드니까 괜히 이것저것 손을 댔다가 실패하는 것이다. 열량의 제한과 더불어 미네랄과 비타민을 보충해주고 기초대사량을 늘려야 다이어트에 성공할 수 있다. 숙면을 취하고 운동을 하면서 생활 속에서 근육을 충분히 사용해 신진대사를 활발하게 하면 살이 찌지 않는 체질로 바뀔 수 있다. 효소가 풍부한 식생활이 중요한 것도 바로 몸의 순환이 잘되어서 살이 찌지 않는 체질로 바꿔주기 때문이다.

규칙적인 운동이 힘들다면 생활 속에서 작은 실천을 하자. 엘리베이터 대신 계단을 이용하고 대중교통에서도 앉지 말고 허리를 펴고 엉덩이에 힘을 준 채 서 있자. 웬만한 거리는 걸어 다니는 습관을 기르자. 잡곡밥을 먹고 열량이 높은 음식 대신 식이섬유가 풍부한 과일이나 채소를 섭취하는 것이 좋다. 옛날 사람 중에 살찐 사람이 별로 없었다는 점을 상기하자. 그때의 식생활과 생활양식에서 우리가 배워야 할 점이 많다는 뜻이다.

오디 효소 담그기

뽕나무 열매인 '오디'는 초여름에 자줏빛 검은색으로 익는다. 쥐똥만 하게 작은 오디가 약성만큼은 황소만 하다. 오디 효소를 담글 때는 한 가지 주의사항이 있다. 손으로 만지면 물크러지니까 물이 많은 과일이라고 생각하기 쉽다. 실제로도 수분 함유량이 높지만 다루는 방법은 다르다. 오디는 수분이 90퍼센트라도 설탕을 많이 넣지 말아야 한다. 오디는 과육 안의 자체 과당이 높은 과일이다. 과당 때문에 설탕이 발효되는 데 시간이 더 많이 걸리므로 설탕을 조금만 넣는다.

또 한 가지 유의사항은 열매류를 씻을 때는 꼭 식초를 몇 방울 떨어뜨린 물에 씻어야 한다는 것이다. 하지만 오디처럼 겉껍질이 없는 열매의 경우는 액체와 당분이 빠져나가므로 되도록 씻지 않는 것이 좋다. 이 계절에 채집하는 열매로는 버찌, 오디, 앵두, 자두, 살구, 매실이 있다.

오디에는 혈압을 낮추는 성분이 뽕잎과 비슷하게 들어 있다. 모세혈관을 튼튼하게 하는 루틴은 메밀보다 많다. 《동의보감》에 이른 대로 뽕나무가 당뇨병에 이롭다는 의학상식은 널리 알려져 있다. 당뇨병 환자의 약 80퍼센트 이상을 차지하는 인슐린 비의존형 당뇨병 환자들에게 오디를 투여한 결과, 혈당을 현저하게 감소시킨다는 사실을 검증한 연구가 있다. 고서 또는 민간으로 전해오는 오디의 항당뇨 효능을 과학적으로 입증한 것이다.

흰 머리카락을 검게 만드는 오디에는 노화를 방지한다고 알려진 항산화색소인 안토시아닌이 포도의 23배, 검은콩의 9배, 흑미의 4배가 들어 있다. 오디를 장복하면 눈과 귀가 밝아져 늙지 않는다는 옛말이 그냥 나온 게 아니었다. 비타민, 칼슘, 포도당이 많아서 피부에도 좋고 빈혈과 불면증에 치료 효과가 있다. 없는 영양소가 없을 정도니 꾸준히 먹으면 신체의 모든 기능을 전체적으로 향상시켜준다. 그래서 예부터 과실 중의 황제라고 불려왔다. 이런 훌륭한 효소 재료인 오디를 볼 때마다 안 좋은 기억이 떠오른다는 건 안타까운 일이다.

옷깃만 스쳐도 인연이라 했다. 그만큼 내가 만난 사람과의 인연을 귀하게 여기라는 뜻일 것이다. 낯선 사람이 종종 나를 찾아온다. 책을 읽거나 TV를 보고 온 사람, 혹은 소개를 받고 온 사람, 이유도 다양했다. 병원치료를 거부하고 자연치료를 해보겠다는 뚜렷한 목적을 갖고 온 사람도 있지만 그냥 지리산에 왔다가 한번 들러

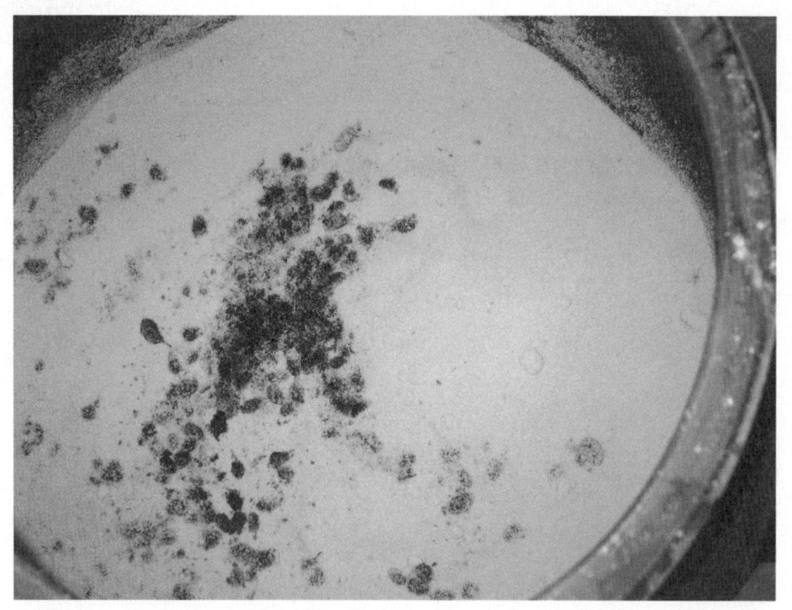

1차 발효 시작 시점

1차 발효 시작 1주일 후

봤다는 사람들도 적지 않다.

어느 날 대구에서 한 중년여성이 나를 찾아왔다. 그녀는 내가 쓴 책을 밑줄까지 쳐가며 열심히 공부했다면서 더 이상 도시에서 살 수 없어 왔다고 했다. 텃밭도 가꾸며 무공해 반찬과 산야초차로 건강을 찾아 지리산에서 살고 싶다고 했다. 기본생활비만 주면 내 곁에서 살림을 도맡아 해주겠다는 것이었다.

산에 따라다니면서 산야초도 배우고 간경화도 치료하겠다는 간곡한 결심을 모른 척 할 수 없어 함께 살기로 했다. 내가 손수 차려 먹다 남이 차려주는 밥상에서 마주앉아 먹을 사람이 있어 좋았다. 산야초 따러 산에도 함께 가고 차 덖을 때 옆에서 거들기도 했다. 집안일을 하다 갑자기 눈에 보이지 않을 때가 있었지만 산책 나갔으려니 했다.

그녀는 사라진 지 두세 시간이 지나 효소 담글 재료들을 채집해서 돌아왔다. 산에 혼자 가면 멧돼지가 무섭지 않느냐고 물었더니 자기 먹을 효소를 담그기 위해 산에 갔다는 것이다. 나는 식구들 먹는 효소를 아끼지 않았는데도 그녀는 자기 효소를 따로 담그느라 열심이었다. 낯선 곳에 와서 적응하고 사는 것도 힘든 일이라 소일거리 삼을 만한 일을 찾았다 싶어 더 이상 간섭하지 않았다.

몇 달이 지나고 집 옆의 언덕 위 늙은 뽕나무에 오디가 까맣게 익어갔다. 나무 아래 깨끗한 망을 깔고 털어냈다. 나무가 큰 덕분에 열매가 제법 많이 열려서 모으니 한 바구니가 되었다. 그녀는 마치 어린아이처럼 좋아했다. 오디를 손질하면서 주워 먹다가 입술과 혀가 핏빛으로 물든 걸 보며 서로 깔깔대고 웃기도 했다. 어느새 우린 가족이 되었다. 반년의 세월을 동고동락하는 동안 정도 꽤 들었다.

어느 날 그녀는 갑자기 사정이 생겨 당장 떠나야겠다고 했다. 무슨 일인가 싶어 놀라고 걱정도 되었다. 짐은 어떻게 가지고 갈 거냐고 물으니 내가 외출하고 없을 때 벌써 택배로 부쳤다는 것이었다. 정들자 이별이라더니 말할 수 없이 섭섭했지만 내가 무슨 자격으로 그녀를 붙잡겠는가, 눈물을 머금고 보내주었다.

그녀가 떠난 후 한참이 지났다. 오디와 산딸기로 담근 효소가 어떻게 되어가는지 확인하려고 발효실에 가보았다. 아무리 찾아봐도 효소를 담가두었던 단지들이 보이지 않았다. 빈 단지만 있을 뿐 내용물은 온데간데없어졌다. 한해 지은 농사가 증발해버린 셈이었다. 어떻게 이런 일이 있나 황당한 마음이었지만 도리가 없었다. 혹시나 싶었지만 들고 가는 걸 본 적이 없는데 사람을 의심한다는 사실이 더 죄스러웠다. 닭 쫓던 개 지붕 쳐다보는 식으로 멍하니 하늘만 바라보았다. 그러나 모든 것은 이미 지나간 일일 뿐이다.

다른 사람의 행동을 이해할 수 없을 때는 나 모르는 어떤 사정이 있을 수도 있다는 생각으로 마음을 달래는 수밖에 없었다. 꽃보다 더 고운 진보랏빛 오디와 투명하리만치 붉은 산딸기가 욕심날 만도 하다는 생각이 들었다. 인연은 잘 시작하는 것보다 잘 끝내기가 더 어렵다. 오죽하면 사랑과 이별, 인연이 얽힌 관계에는 해피

엔딩이 없다고 말하는 사람이 있겠는가. 아직도 그때의 쓰라린 마음이 다 지워지지 않고 오디가 익어가는 걸 볼 때면 문득문득 생각난다.

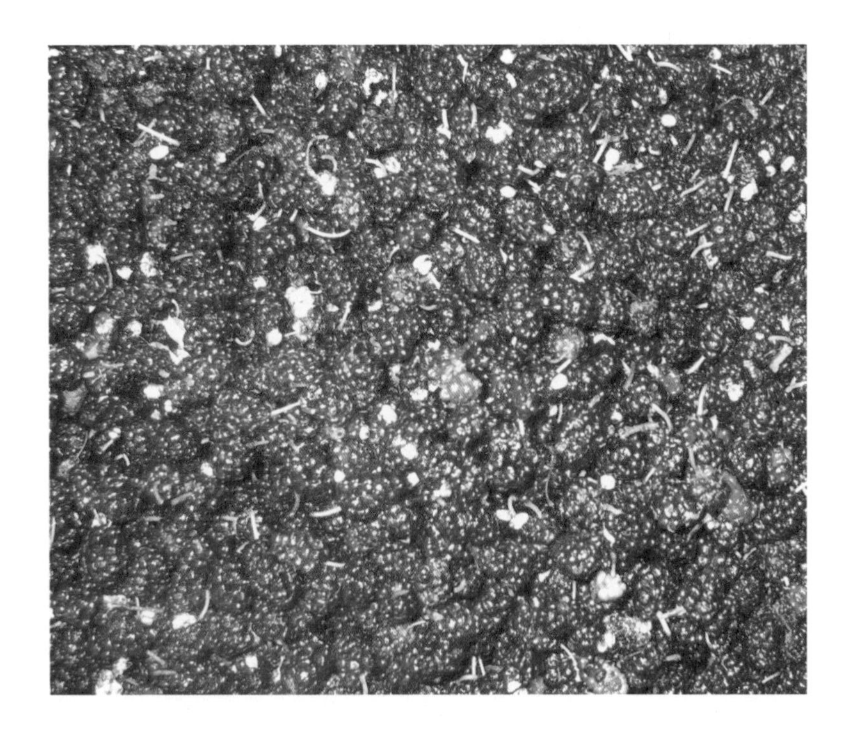

재회

잊었단 말인가 나를 타오르는 눈동자를
잊었단 말인가 그때 일을 아름다운 기억을
사랑을 하면서도 우린 만나지도 못하고
서로 헤어진 채로 우린 이렇게 살아왔건만

내가 즐겨 부르는 남궁옥분의 〈재회〉라는 노래는 이렇게 시작된다. 이 노랫말이 실제 우리들의 이야기가 되었다. 가수는 자기가 부른 노래대로 인생이 흘러간다는 속설도 있지만 우리들의 재회야말로 이 노래가 맺어준 것만 같았다. 소위 7080세대의 대표적인 여자 가수 중 한 명으로 꼽히는 남궁옥분 언니를 우연히 25년 만에 다시 만났다. 작년 여름의 일이다. 25년 만의 재회라는 말이 풍기듯이 그 갑작스럽고도 놀라운 만남 앞에서 우리는 서로 할 말을 잃었다.

내가 살고 있는 이 지역 단체장 사모님이 종종 내 차실에 들러 차를 마시고 간다. 그 날도 사모님이 천왕봉에 올라갔다 내려오는 길이라면서 들렀다. 우리는 둘 다 차를 좋아해서 한번 앉으면 차를 마시며 몇 시간이고 얘기를 하는 것이 보통이기 때문에 백초차와 5년 숙성된 발효차를 준비했다.

동행한 손님들과 함께 차를 마시면서 어제의 산행 얘기로 대화를 시작했다. 천왕봉에 올라가려던 중 천둥번개를 동반한 폭우에 갇혀 무척 고생했다는 얘기였다. 초여름 비라도 산에서는 무서울 정도로 쏟아 부을 때가 있다. 비를 피해 법계사에서 하루 묵고 다음 날 산행을 하고 내려오는 길이었다. 법계사는 천왕봉 바로 아래 있는 우리나라에서 가장 높은 곳에 위치한 절이다. 한참 얘기를 하다가 사모님이 함께 온 일행을 나한테 소개했다.

"여기 이분은 가수 남궁옥분 씨예요."

나는 어, 하고 깜짝 놀라 얼굴을 자세히 살펴보았다. 진짜네, 하면서 반가움을 어떻게 표현해야 할지 몰라 얼굴만 바라보고 있었다. 언니와 나는 예전에 개인적으로 알던 사이였다. 너무 오래된 이야기라 서로 상대가 그 사람이라고는 상상도 하지 못했다.

내가 스물 몇 살 때 대학축제에서 남궁옥분 언니와 친분이 있는 여러 연예인들을 만난 적이 있었다. 그 후 인연이 되어 몇 차례 만나다가 세월 따라 자연스럽게 잊고 살았다. 그때 일을 얘기하며 내가 문희라고 소개했지만 언니는 나를 얼른 알아보지 못했다.

"그때 아무개와 가끔 만나던 그 문희란 말이야? 글쎄."

잘 기억이 안 나는지 고개를 갸웃거렸다. 옛날의 내 모습과 지금의 내 모습이 너무 달라져서 잘 연결이 안 되는 모양이었다. 다른 일행들도 있어서 더 이상 얘기를 나누지 못한 채 서로의 전화번호를 핸드폰에 저장하고 그냥 헤어졌다. 다시 만난 기쁨도 잠시였고 아쉬운 이별의 시간이 우리 앞에 기다리고 있었다. '떠나가야 하는가 다시 나만 홀로 남겨두고'라는 〈재회〉의 노랫말을 마음속으로 불러보았다.

며칠 지나 옥분 언니에게서 전화가 왔다. 사람들이 많아서 정신이 없었는데 서울에 와서 찬찬히 생각해보니 기억이 나더라고 했다. 어렴풋한 기억 속에서 우리가 같은 사람들과의 추억을 갖고 있다는 걸 확인했다. 내가 도시를 떠나온 지도 어언 20년이다. 내 모습이나 생활이 달라진 사연을 길게 늘어놓기에는 시간이 너무 모자랐다. '잊었단 말인가 나를 타오르는 눈동자를…… 서로 헤어진 채로 우린 이렇게 살아왔건만'이란 노랫말이 우리의 마음을 대신 전했다. 언니의 맑고 청순한 목소리가 귓전을 울리며 내 가슴에 기쁨으로 차올랐다.

옥분 언니는 옛날에 보았던 모습도 좋지만 지금 산사람으로 살고 있는 내 모습도 보기 좋다면서 손을 꼭 잡았다. 바쁜 공연 일정에도 불구하고 내 책을 읽고 감상을 얘기해주기도 했다. 언니가 가끔 나를 보러 지리산에 오면 같이 산행을 했다. 평소 산을 좋아하는 언니는 나를 다시 만난 덕분에 지리산을 자주 오를 수 있게 되

가수 남궁옥분 언니의 차실에서 다담을 나누며……

어 기쁘다고 했다.

지방공연 왔다 들른 적이 있었는데 그때도 함께 지리산에 올라갔다. 계곡에 앉아 서로 못했던 지난 얘기들을 풀어놓기 시작했다. 하산해서 우리 집 황토방에 불을 때고 차를 마시며 이어가던 이야기가 다음 날 아침이 되어도 끝나지 않았다. 누군가와 이렇게 오래 차를 마시며 대화를 한다는 건 흔치 않은 일이다. 언니가 꽉 짜인 스케줄 속에서 잠시나마 벗어나 여유 있게 차 마시는 모습을 보니 나도 한없이 마음이 평화로워졌다.

언니는 내가 만든 차를 맛있게 마셨다. 언제나 마시고 싶을 때 바로 차를 마실 수 있는 다탁이 갖춰진 내 차실을 보더니 언니도 방 하나를 차실로 꾸미고 싶다고 했다. 그 말을 듣고 내가 가서 직접 차실을 꾸며주었다. 차실이 생긴 이후 언니도 나만큼이나 열렬한 산야초차 팬이 되었다. 거기서 틈나는 대로 차를 마시고 새 노래를 구상하거나 휴식을 취한다고 했다. 나 덕분에 건강을 위해 차 마시는 일을 생활화하게 되었다며 어린애처럼 좋아했다.

진심으로 누군가를 사랑한다면 그건 그 사람의 외모나 조건 때문이 아닐 것이다. 그에게서 나와 똑같은 영혼을 알아보았기에 사랑하는 것이라는 톨스토이의 말을 떠올렸다. 좋아하게 되면 서로 닮아가면서 공통점을 만들고 인생을 같은 방향에서 바라보고자 노력한다. 이런 발심이 생기는 건 내가 나와 관계를 맺은 사람을 그만큼 소중하게 여기기 때문이다.

한번은 너에게 좋은 선물을 하나 주고 싶다면서 언니가 만든 곡을 나한테 들려주었다. 언젠가 광복절 기념공연에서 종군위안부 할머니들을 위해 노래를 부르다가 영감을 받아 지은 곡이었다. 그 할머니들의 신산스러운 삶이 노랫말 구절마다 배어 있었다. 이 세상에 누군들 곡절 없는 삶이 있겠는가. 어느 여인이라도 들으면 눈시울을 적시지 않을 수 없게 애절한 노래였다. 그 노랫말은 이렇게 시작한다.

시간도 서러워 멈춰버린
고향도 추억도 묻어버린
눈이 부신 청춘의 이름마저도
잊혀진 채 살지만
사랑을 담아둘 가슴속엔
진홍빛 슬픔만 남았어도
가녀린 꽃잎 가슴에 맺힌 눈물로
그 꽃을 지켜내리

비를 기다려 울던 세월
하늘 보고 하소연했지
그 하늘 바뀌어도 낯선 바람
누굴 위해 불었던가

잊으려도 지우려도

죽어서도 죽지 못하네

아픔도 슬픔도 없는 곳에

단 하루는 욕심인가

구절구절 굽이치는 사연에 가슴이 시렸다. 가수에게 노래가 무엇인가. 자기가 가장 아끼는 곡을 남에게 준다는 건 영혼을 나눈다는 의미이기도 하다. 언니의 마음이 고스란히 나한테 전해졌다. 우리들의 재회가 나에게 가져다준 것은 참으로 귀해서 오래도록 아끼고 사랑할 것들이다. 나는 언니로부터 음악 얘기와 옛 추억을 되찾았고 언니는 나로 말미암아 지리산과 차를 좀 더 가까이서 만나게 되었다.

한평생 살아가는 험난한 노정에서 닳지도 않고 변하지도 않는 동반자가 있을까? 있다면 무얼까? 누가 나한테 묻는다면 나는 오래 망설이지 않고 대답할 것이다. 나에게 그것은 노래다. 노래하기를 워낙 좋아하다 보니 자주 혼자서도 부르고 여럿이 함께도 부른다. 양희은의 노래, 김광석의 노래, 옥분 언니의 노래를 부르면서 호흡을 고르고 마음을 가다듬는다. 분주하고 정신없는 날이 며칠 계속 이어질 때는 노래를 부르면서 생활의 리듬을 조절한다. 노래가 가져다주는 것들은 많다. 나는 오래전부터 그것을 잘 알고 있었다.

노래가 없었다면 나는 많이 울었을 것이다. 노래가 없었다면 나는 더 호들갑스러웠을 것이다. 노래가 없었다면 나는 작고 초라한 적이 더 많았을 것이다. 노래 덕분에 노래를 부르면서 나는 눈물을 삼킬 수 있었고 호들갑을 누그러뜨릴 수 있었다. 약해질 때도 노랫가락 속에서 초라해지지 않고 나를 지킬 수 있었다. 영혼에 따사로운 기운을 불어넣는 노래를 부를 때 화내는 사람도 없고 다투는 사람도 없다. 얼굴에 저절로 미소가 지어지고 마음은 풀어진다.

옥분 언니를 다시 만나게 해준 사모님에게 고마운 마음을 꼭 전하고 싶다. 인생은 만남에서 시작하고 만남 속에서 꽃을 피우고 열매를 맺는다는 사실을 다시 생각하게 해주었다. 여기서 잠깐 그 분에 관한 에피소드 하나를 소개하고 싶다.

채송화
한 아름을 안고서

《산에는 꽃이 피네》

법정 스님의 이 책 제목은 나에게 끝없는 상상을 불러일으키고 많은 이야기를 끌고 나온다. 그 이상 어떤 말도 덧붙일 필요가 없는 한 세계를 보여준다. 산이 있고 거기에 꽃이 피었다. 이 세상이 있고 거기서 사람이 살아간다는 말처럼 너무 평범하지만 우주가 담겨 있는 문장이다. 산에 꽃이 핀다는 말 다음에 이어질 것은 사실 침묵밖에 없다. 계절마다 피고 지는 꽃들의 각기 다른 색깔과 향기를 표현할 말을 찾기는 쉽지 않은 일이다. 입을 다물고 다만 눈 속에 담기는 산의 모습을 가만히 들여다볼 뿐이다.

봄, 여름, 가을 피는 꽃의 아름다움이야 새삼 말하면 무엇하리요마는 어떤 때는 도저히 입을 빌려 말하지 않을 수 없게 만드는 일이 생긴다. 채송화를 가득 담은 커다란 함지박을 안고 찾아온 사람에 대해 어찌 한마디 하지 않을 수 있겠는가. 분꽃, 봉숭아, 백일

홍, 나팔꽃, 백합, 모란 등 오랜 세월 사람들이 화단에 심어 사랑해 온 꽃은 많지만 나는 채송화를 특히 좋아한다. 땅바닥에 납작 엎드려 있는 앙증맞은 채송화는 방실방실 웃는 갓난애 같아서 보고 있으면 절로 웃음 짓게 된다. 단체장 사모님이 채송화를 한 대야 가득 담아서 우리 집에 왔을 때 나는 그 고마움을 표현할 말을 얼른 찾지 못했다. 놀랍고 기뻤다. 어떻게 이런 생각을 했을까? 며칠 전 만남을 떠올리며 고개를 끄덕였다.

경호강을 따라 차를 몰고 나들이 삼아 〈주몽〉 촬영지인 황매산에 갔다. 강가에 서 있는 나무들은 바람에 춤추듯 가지를 흔들었다. 시원한 바람과 눈이 탁 트이는 풍경 앞에서 마음이 더할 나위 없이 상쾌했다. 산행을 하고 절경으로 유명한 정취암에 들렀다가 내려오는 길에 근처 사는 사모님 생각이 나서 전화를 걸었다. 집에 와서 차 한 잔 하고 가라며 반갑게 맞아주었다. 누군가를 만나러 가는 발걸음이 가볍다는 건 참 기분 좋은 일이다.

정갈한 멋과 기품이 있는 한옥에 들어서는 순간 나는 환호성을 질렀다. 우와! 마당 가득 토종 채송화가 빽빽이 피어 있었다. 레드카펫을 펼쳐놓은 듯 피어 있는 키 작은 꽃이 대문에 들어선 사람을 반갑게 맞았다. 너무도 큰 감동이었다. 기쁨을 감출 수 없어서 감탄사를 연발했다. 툇마루에 올라앉아 연신 차를 마시면서 눈은 마당의 채송화에 가 있었다. 평소에는 둘이 길게 대화를 나누곤 했지만 그날만큼은 대화가 필요 없었다.

'참 아름답구나.'

이 어여쁜 채송화를 마당 가득 심은 사람의 마음은 얼마나 고울까. 그동안 내게 베풀어준 사려 깊은 마음씀씀이가 다 이해가 되었다. 내가 손님 때문에 스트레스를 받고 불평할 때면 부처님 말씀을 빌려 나를 위안해주었다. 바람도 좋은 바람 나쁜 바람 있듯이 인연도 내게 기쁨이 되는 인연, 고통이 되는 인연이 있는 법이거늘 왜 그런 일들에 얽매이느냐고 충고를 해주어서 늘 나를 반성하게 했다.

친정엄마 같은 속 깊은 배려에 가슴이 뭉클할 때가 한두 번이 아니었다. 우리 집에 손님도 많고 오다가다 들러 밥 먹고 가는 사람이 많다며 쌀이랑 김장김치도 챙겨주었다. 불경이나 명상, 요가, 대체의학 같은 공부를 오래도록 해온 분이라 무슨 얘기를 해도 막힘이 없었다. 사모님 말씀을 듣다 보면 평소 풀리지 않던 생각들이 정리되며 마음이 편안해졌다. 사람의 마음이란 그렇게 지어먹는 대로 되는 것이다. 마당을 온통 뒤덮은 채송화를 바라보면서 나는 말없이 구상 시인의 〈꽃자리〉라는 짧은 시를 속으로 외웠다.

반갑고
고맙고
기쁘다

앉은

자리가

꽃자리니라

네가 시방

가시방석처럼

여기는

너의 앉은 자리가

바로

꽃자리니라

반갑고

고맙고

기쁘다

우리들의 하루

바쁜 도시생활을 하는 현대인의 하루를 들여다보자. 이른 시간 무겁고 개운하지 않은 몸으로 일어나 간단히 아침을 때우거나 굶은 채 출근한다. 미어터지는 대중교통에서 시달리는 동안 파김치가 되어 일터로 간다. 일하다가 피곤이 밀려오면 자판기 커피 한 잔을 마신다. 점심때는 조미료 범벅의 식당밥을 먹고 오후엔 또 격무에 시달리다 퇴근한다. 퇴근 후에도 곧바로 집에 가지 않는다. 종종 회식을 하거나 동료들과 어울려 술자리를 갖는다. 밤늦은 시간이 되어서야 슬슬 집에 가려고 일어선다.

피로에 과음이 겹쳤으니 속은 울렁거리고 머리는 아프다. 편의점에 들러 숙취해소제나 피로회복제를 사서 마신다. 컴퓨터와 휴대폰, 각종 전자기계에 혹사당한 눈을 감고 휴식을 취할 시간은 12시가 넘어서나 가능하다. 주위를 둘러보면 눈에 띄는 건 회색 건물과 도로뿐, 초록색이라곤 드문드문 서 있는 가로수밖에 없다. 심신이 만성 피로 증후군에 절어 있다.

얼핏 극단적인 예를 든 것 같지만 대부분의 사람들이 이와 크게 다르지 않은 생활을 하며 산다. 아침 점심 저녁 세끼를 거르지 않고 평소에 제철 음식과 6대 영양소를 골고루 섭취하며 적당한 운동을 하고 숙면을 취하는 사람이 몇이나 될까? 아침은 거르기 일쑤이고 식사는 불규칙하며 인스턴트식품으로 끼니를 대충 때우는 일도 비일비재. 바쁘다는 핑계로 운동은커녕 종일 사무실 컴퓨터 앞에 앉아 보내는 게 일상이다. 불균형한 식생활, 운동 부족과 과로는 도시인의 만성적인 문제로 결국은 질병이라는 불청객을 불러온다. 그때서야 자신을 돌아보게 된다. 우는 아이 젖 준다고 아파야 몸을 보살피며 휴식을 취한다.

마음이 힘들 때도 몸이 힘들 때와 마찬가지로 휴식이 필요하다. 그럴 때 나는 산행을 하라고 말한다. 산에서 우리가 만나는 것들은 눈에 보이는 것 이상이다. 계절마다 다른 색깔과 냄새와 아름다움으로 눈과 코를 즐겁게 하지만 돌아온 뒤에도 며칠은 마음이 평안하다. 힘을 얻어온 것이다. 얽매인 생활을 하는 직장인들에게 등산을 꼭 권하고 싶다.

탁 트인 산에 일주일에 한 번, 안 되면 한 달에 한 번이라도 가서 마음에 영양분을 공급하기 바란다. 맨땅보다 울퉁불퉁한 산길을 걸을 때 내장운동이 활발해져 평평한 땅을 걷는 것보다 몇 배의 운동 효과가 있다. 산행할 땐 가능하면 많은 사람보다는 혼자 혹은 두셋 정도의 인원이 적당하다. 산행은 운동에다 명상의 기회까지 제공한다.

지리산 아랫동네에 살면 등산객을 많이 만난다. 안타까운 점도 많다. 천왕봉에 올라갔다 내려온 사람들은 지리산 초입의 막걸리집에서 하산주를 거하게 마신다. 기껏 산행으로 몸을 맑게 만들고서 다시 과음과 과식으로 몸을 고생시킨다. 그들의 대화도 거의 차이가 없다. 얼마나 빨리 등산을 해서 몇 시간 걸려 주파했느냐를 따진다. 게임이나 경쟁에 익숙해진 도시인의 습성을 산에 와서도 쉽게 버리지 못한다. 조금 처져 걸은 사람한테는 너 때문에 산행시간이 더 걸렸다고 탓하기 바쁘다. 산에 와서까지 스트레스를 받을 필요가 있나 싶다.

눈을 크게 뜨고 나무를 보고 꽃을 보라. 말을 되도록 줄이고 코로 산에서 나는 냄새를 맡자. 산에 와서는 산만 생각하고 산만 느끼자. 발에 걸리는 돌멩이, 풀잎 하나에 눈길이 머물면서 우리는 무엇을 생각하게 될까. 그때 미운 사람, 나쁜 일, 해결하지 않은 문제는 잠시 옆으로 미뤄두자. 다만 걷고 다만 깊은 숨을 쉬며 산과 함께 호흡을 하자.

냉이

정신의 과부하를 알리는 스트레스

하루에도 몇 번씩 우리 입에서 내뱉는 단어가 스트레스다. 좋은 상황일 때는 별로 없고 기분이 안 좋거나 피곤할 때, 주로 정신이 과부하에 걸린 상태를 스트레스 받는다고 말한다. 스트레스의 의학적 의미는 '적응하기 어려운 환경에 처할 때 느끼는 심리적 신체적 긴장 상태'라고 한다. 수시로 새로운 사람과 환경을 만나게 되는 것이 사회생활이다. 일시적이든 장기적이든 스트레스에서 자유로운 사람은 없다.

스트레스를 줄이기 위해선 마음가짐이 중요하다. 이미 발생한 문제는 돌이킬 수 없으니 그대로 받아들여야 한다. 그 문제가 일으킬 수 있는 상황에 대해 철저하게 대처하거나 같은 문제가 반복되지 않도록 주의하자. 쉽지 않은 일이다. 어떤 사람에게는 불가능할 수도 있다. 스트레스가 나를 상하게 하지 않고 그냥 지나가게 하는 것이 최선이다.

불가피하게 스트레스를 받으면 그때그때 풀어주어야 한다. 각자 나름의 노하우가 있을 것이다. 스트레스가 자기 파괴적인 행동으로 이어지지 않도록 주의하는 것도 잊지 말자. 스트레스를 받으면 정신이 취약해져서 술이나 도박, 폭식, 쇼핑 등 더 나쁜 상황을 초래할 수 있는 습관이 생기기 쉽다. 스트레스가 질병이나 불면증, 우울증, 노이로제로 나타나기 전에 예방하는 것만이 우리가 스트레스를 다루는 가장 현명한 자세일 것이다.

독일의 초등학교에는 '행복수업'이라는 교과목이 있다고 한다. 이 수업은 공부의 중요성보다 행복해질 수 있는 방법, 미래에 대한 자신감을 일깨워준다. 전문 분야별 교사들이 강의하는 행복수업이 꿈나무들의 상상력을 키우고 미래에 대한 건전한 비전을 갖게 해준다. 시험 스트레스로 자살까지 빈번히 일어나는 우리나라에도 그런 수업이 생길 날을 고대한다.

아무리 용을 써도 부지불식간에 누군가에게 상처를 주고 또 누군가에게 미움을 받을 수 있다. 우리가 불완전한 인간이기 때문이다. 걱정으로부터 자유로워지고 편안해지자. 내 인생이라도 내가 통제할 수 없는 부분이 존재한다는 걸 인정하자. 마음의 여유는 그때 생긴다. 쓸데없는 걱정으로 채웠던 마음의 공간을 비워두자. 그 빈 공간으로 행복이 찾아들어 온다.

거절 공포, 책임감, 완벽주의가 스트레스를 부른다. 어려운 일이 있을 때는 주위에 도움을 청하고 거절당해도 너무 마음 상해하지 말자. 적당한 스트레스, 긴장을 경험하면서 이겨내는 사람이 건강하다. 온실 속의 화초보다 들풀이 냉해나 가뭄에 훨씬 강하다. 고통은 우리 몸과 정신의 수용능력을 키워준다. 아픈 만큼 성숙한다는 노랫말도 있지 않은가.

스트레스에 대한 요즘의 연구는 방향이 달라졌다고 들었다. 어떻게 하면 스트레스를 줄일 수 있느냐가 아니라 어떤 사람이 스트레스를 빨리 회복하나, 스트레스에 내성이 있나에 집중한다고 한다. 어차피 스트레스는 피할 수 없다고 판단한 거다. 지금까지 알려진 바로는 무엇이든 나 혼자 힘으로 하려고 하는 완벽주의자보다 필요할 때 적절한 도움을 남에게서 적극적으로 끌어내는 사람이 스트레스도 덜 받고 스트레스도 빨리 극복한다. 타인에 대한 신뢰가 나를 구원한다는 말이다.

쉬운 일이 아니다. 마음에 안 드는 사람, 내 맘에 흡족하지 않은 사람과 일을 함께 하기는 힘들다. 당장 그 사람과 손을 끊고 싶지만 그조차 여의치 않다. 그럴 때 '피할 수 없다면 즐겨라'는 말을 기억한다. 정신없이 뛰지만 말고 가끔 멈추어서 제자리 뛰기를 하며 마음을 가다듬자. "그런데 내가 왜 뛰고 있지? 이 방향이 맞나?" 한 번쯤 물어보면서. 흘러가는 물에는 자신을 비춰볼 수 없다. 멈추어야 보인다. 멈춘 뒤 비우고 쉬었다가 다시 채우자.

불면증

경험해본 사람이라면 입에 거품을 물고 강조하는 것이 불면증의 괴로움이다. 잠을 잘 자는 사람들은 잠이 안 오면 안 자면 되지 뭐 그걸 가지고 난리냐고 쉽게 얘기한다. 보통 때는 나도 베개에 머리만 대면 잠이 들지만 긴 겨울밤에 이따금 잠을 설칠 때가 있어서 그 괴로움을 조금은 이해한다. 미친년과 바람은 낮에 제아무리 억세게 난리를 쳐도 밤에는 잔다는 말이 있지만 어떤 날은 겨울바람이 귀신울음소리같이 들려서 와락 겁이 난다. 별 수를 다 써도 잠은 안 오고 온갖 무서운 공상이 머리를 떠나지 않는다. 그럴 땐 아예 잠잘 생각을 포기하고 공상이 이끄는 대로 따라가며 누워 있다. 그러다 눈을 뜨면 어느새 아침이다.

불면증은 어떤 방법을 동원해도 잠을 이룰 수 없는 상태가 며칠 지속되는 것을 말한다. 보통 잠자리에 누운 후 30분 이내에 잠들지 못하고 이러한 현상이 2주 이상 계속될 때 의학적으로 불면증 진단을 받는다. 심신 모두 경각심이 필요한 상황이다. 이 상태를 병으로 인식하지 못한 채 방치했다가는 더 심각한 문제가 발생한다. 만성 피로에 두통, 집중력 저하 등으로 일상생활에 지장을 가져올 뿐만 아니라 장기적으로는 수명을 단축시킨다. 수면장애가 계속되면 자는 동안 뇌에 산소 공급이 잘되지 않기 때문에 노화가 촉진된다. 결국 뇌졸중, 치매, 수면 중 돌연사의 원인이 될 수 있다.

불면증은 단순히 숙면을 취하지 못하는 상태일 뿐만이 아니라 인체의 리듬과 관련된 문제이다. 내장기관이 밤에도 쉬질 못하니 간부터 망가지기 시작해서 모든 기관이 문제를 일으킨다. 불면증 환자는 각종 질병으로 고생하며 다들 약봉지를 옆에 끼고 산다. 사회생활에도 지장이 많고 심리적으로도 불안정해진다.

아침에 일어났을 때 상쾌하다고 느끼는 정도의 수면시간이 최적의 수면량이다. 일반적으로 4시간에서 10시간 사이이다. 개인에 따라 네 시간만 자도 개운한 사람이 있고 열 시간은 자야 피로가 풀리는 사람이 있다. 체질과 체력에 따라 달라서 일률적으로 말할 수는 없다.

수면주기도 수면시간 못지않게 중요하다. 옛날 사람들이 배꼽시계가 최고라고 했던 말이 알고 보니 진리였다. 해 뜨면 눈 뜨고 일어나고, 배고프면 밥 먹고, 밤에는 잠자고, 일하다 힘들면 쉬어야 한다. 해가 진 밤에 일을 하고 해가 뜬 낮에 잠을 청하면 몸에 좋을 리가 없다. 에디슨이 전기를 발명한 뒤로 인간의 삶이 더 고달파졌다고 말하는 학자도 있다. 불을 켜고 일할 수 있게 되면서 노동시간이 늘고 몸에 무리가 되는 야근과 과로를 하게 되었다. 쉬어야 할 때 쉬지 못하게 된 것이다. 밤늦은 시간의 텔레비전 시청과 야식, 컴퓨터 게임이나 늦은 술자리가 다 우리 몸의 주기에 역행하는 일들이다.

수면주기를 바꿔주는 방법 중에 '햇빛 쬐기'가 있다. 아침 일찍 가벼운 조깅이나 산책을 통해 30분 이상 햇빛을 쪼이면 그때부터 약 15시간 이후 숙면에 필요한 멜라토닌 호르몬이 분비되기 시작하기 때문이다. 취침 2시간 전부터 집 안의 조명을 어둡게 해 멜라토닌 분비를 활성화시키는 것도 좋다. 족욕이나 반신욕, 따뜻한 차 한 잔, 라벤더 오일을 비롯한 아로마테라피 등 숙면에 도움이 된다고 알려진 것들 가운데 자신에게 맞는 것을 선택하면 된다.

잠을 푹 자고 났을 때 골치 아픈 일이 저절로 해결된 적이 있을 것이다. 잠이 그만큼 우리에게 에너지를 충전해주고 뇌 속의 공기를 환기시켜 새로운 생각을 할 수 있도록 도와준다는 뜻일 것이다. 숙면이 우리에게 무엇을 주어왔는지는 숙면을 취하지 못할 때 알게 된다. 생활은 헝클어지고 판단력도 흐려지고 몸도 허공에 뜬 것처럼 중심이 잡히지 않는다. 쉬지 못한 몸은 우리에게 그런 식으로 항의를 하는 것이다. 잠을 위한 시간은 낭비가 아니라 내일을 위한 저축이다. 운동과 균형 잡힌 섭생으로 몸을 편하게 하여 잠이 찾아오고 싶은 곳으로 만들어라.

어떻게 해서든지 불면증의 원인인 긴장을 해결해야 한다. 풍선에 바람을 너무 꽉 채우면 터져버리는 것과 같은 이치다. 삶을 꽉 채워서 살지 않도록 하는 것, 70퍼센트 정도만 채우고 일부러라도 약간의 여유를 두자. 삶의 주도권을 내가 잡고 내가 선택한 방식대로 흔들림 없이 살자. 인정받기 위해 허덕이며 지나치게 완벽을 추구하는 태도는 스트레스를 부른다. 우린 숨이 턱까지 차올라오도록 너무 열심히 살았다. 앞뒤 돌아보지 않고 달려가던 습관을 고치자. 자신을 좀 봐주면서 살자는 말이다.

건강이 비단 몸이 병에 걸리지 않은 상태만을 말하지는 않을진대 마음을 위해, 마음의 평안을 위해 무엇을 해야 하나. 세상은, 바깥은 바람소리처럼 한밤중에 문을 두드리며 나의 잠을 방해하는데 나는 무엇으로 마음에 평화가 깃들게 할 것인가. 과연 마음의 섭생을 위해서는 무엇을 먹고 무엇을 마셔야 하는가. 생각하면 끝도 없고 답도 없고 답답한 한숨만 나온다. 걱정하지도 말고, 그렇다고 방심하지도 말고 눈과 귀를 밝게 하자는 마음만 먹는다.

잠 안 오는 밤, 문을 열고 밖을 내다보면 깜깜한 어둠 속에서 별이 조팝꽃처럼 피어 있다. 밤이면 모래알처럼 많은 별이 하늘 가득 핀 곳에 사는 것은 축복이다. 고개를 들어 하늘을 바라보며 별을 감상하는 여유를 부릴 수 있는 밤은 몇 날이나 될까? 한때는 별이 밤하늘에 핀 꽃이라고 생각한 적도 있었다. 서울의 하늘은 꽃조차 피우지 않는군, 한탄하기도 했었다. 그때나 지금이나 별들은 내가 보든 안 보든 소리 없이 떴다가 사라졌을 것이다.

'우리가 좋은 것들을 하나씩 잃어가는 동안 하늘의 별들도 하나씩 사라진 게 아닐까.'

저 하늘의 무수한 별자리들도 자기 자리를 지키기 위해 간절히 노력할 것이다. 혹여 뒤로 밀리거나 튕겨 나가거나 제자리를 잃어버릴까 봐 걱정하느라 어느 날은 별빛이 흐릿한 것일지도 모른다. 유난히 별빛이 맑고 초롱초롱한 날은 별들이 행복하게 제 빛을 낼 수 있는 순간을 찾았구나, 나도 안도한다. 별자리 지도처럼 내 인생 여기저기에 자리 잡은 나의 사람들. 그들도 가끔 제자리를 잃을까 전전긍긍 아파하겠지. 별이 많은 날도, 별이 적은 날도 생각은 똑같이 많다.

잃은 게 많다. 작고 여린 것들을 살피는 섬세함, 신기한 것을 보고 놀라는 호기심도 조금씩 닳아가고 있다. 그 대가로 얻은 것은 무엇일까. 잃는 것이 있으면 얻는 것도 있다는 게 인생에 대한 나의 믿음이다.

우리는 생존하기 위해 노동을 하고 살생을 하고 때론 다툼도 벌이며 끊임없이 방황한다. 지친 몸만큼 부대낀 마음을 위해 잠들기 전 하루를 돌아본다. 어느 하루도 쉽지 않았고 어느 하루도 조용하지 않았다. 고즈넉한 삶을 꿈꾸며 산 아래 마을을 찾아들었건만 나의 하루하루에는 한가로움이 좀체 찾아오지 않는다.

정중동이요, 망중한이라고 스스로를 위안하며 다가올 또 다른 하루를 위해 눈을 감고 잠을 청한다. 잠에서만큼은 몸과 마음이 아무 소동 없이 고요히 쉬기를 바라면서. 피로는 가장 좋은 베개라니까 얼른 그 베개를 베고 잠을 자야겠다. 아침은 황금을 입에 물고 나타난다는 말을 믿어본다.

아토피 환자가 왜 그렇게 많을까?

감기만큼 많은 아토피 피부병의 원인도 식생활에서 찾는다. 음식으로 인해 우리 몸이 받은 스트레스가 피부로 표현되는 것이다. 두말하면 입이 아플 정도로 많이 얘기되어왔듯이 건강은 몸과 마음이 함께 가는 것이다. 성인병을 비롯한 여러 가지 난치병을 음식으로 치료하고자 하는 사람이 늘어나고 있다. 그것만으로도 반가운 이야기지만 자연친화적인 생활과 명상을 통해 정신도 같이 다스려야 몸도 빨리 치유된다.

나는 건강 때문에 산에 와서 살게 되었다. 면역력이 약해 늘 조심조심 살아야만 했다. 몸에 해로운 음식이나 환경에 민감할 수밖에 없었다. 속성재배한 과일, 음료수, 빵과 과자, 튀김음식은 일체 먹지 않는다. 농약이나 제조과정에서 들어갔을 첨가물이 내 몸에 어떤 영향을 끼칠까 걱정되어서 아무 음식이나 함부로 먹을 수가 없다. 몸이 약하기 때문에 병에 걸리지 않으려고 때로는 지나칠 정도로 환경과 건강에 대해 많이 생각한다.

되도록 외식을 피하는 이유는 음식도 음식이지만 세제를 많이 넣고 제대로 씻지 않은 그릇이 암만해도 꺼림칙해서다. 엄청난 음식물 쓰레기나 과식에 대한 염려도 외식을 망설이게 한다. 아토피를 앓으면서도 식단에 주의하지 않으면 그 결과는 불을 보듯 뻔하다.

염려했던 것들이 하나씩 현실로 나타날 때의 착잡한 심정은 이루 말할 수 없다. 자연과 멀어지고 몸을 소외시키는 생활 리듬으로 살아가는 도시생활이 몸을 얼마나 혹사하고 학대하는지, 인간을 얼마나 고통에 빠뜨리는지 항상 걱정해왔다. 이미 병에 걸렸는데도 심각성을 깨닫지 못한다. 잘못된 생활 패턴을 고치지 않고 약만 먹고 병원에만 의존하는 사람을 보면 걱정을 넘어서 화가 난다. 생활의 변화 없이는 고통의 악순환에서 벗어나기 힘들다.

간혹 지자체 여성단체에서 건강강좌를 요청해 온다. 아토피 피부병을 앓는 아동의 부모를 상대로 건강강좌를 해달라는 것이다. 사람들은 이미 알고 있다. 아토피는 본인의 자세도 중요하지만 양육자의 태도와 주변 생활 환경이 치료에 결정적인 요인이다. 부모는 진드기가 서식하지 않도록 집 안을 깨끗이 하고, 천연염색한 자연섬유로 된 옷을 입히고, 천연세제로 옷을 세탁하고, 자연식 식단을 짜는 것을 우선으로 해야 한다.

당장 모든 걸 바꾸기 힘들다면 단계적으로 실천하면 된다. 일단

침구와 잠옷만이라도 친환경적인 것으로 바꾸고 백미밥을 점차 현미밥으로 바꿔가자. 인스턴트와 가공음식을 먹지 말고 친환경으로 비료와 농약을 치지 않고 키운 채소를 먹어야 한다.

스트레스를 받으면 가려움 증세가 더 심해지기 때문에 정서적으로도 안정할 수 있는 환경을 만들어야 한다. 일반적으로 사람들은 병은 한 가지인데 약은 백 가지, 만 가지라고 말한다. 크게 보면 병은 백 가지라도 치료법은 하나라고 할 수 있다. 몸이 싫어하는 것은 배제하고 몸이 원하는 것을 해주면 된다. 몸 중심으로 병과 치료법을 바라봐야 한다는 걸 종종 잊곤 한다. 어떤 병에 어떤 약, 그런 단순한 처방만으로 각기 다른 체질을 지닌 사람들의 병을 낫게 하기 어렵다. 먼저 몸을 대하는 방식을 점검해보라고 말하고 싶다.

인간은 신체, 정신, 영성으로 이루어진 존재다. 몸, 마음, 정신, 영혼 모두 어느 한곳 치우침 없이 조화롭고 굳세고 순수하고 건강해야 한다. 눈에 보이는 부분인 몸만으로 그 사람의 건강을 판단하는 것 자체가 무리가 있다. 현대의학이 문제점을 발견하고 대체의학에 대한 연구가 활달한 것도 그 점을 알았기 때문이다. 대체의학은 통합적인 신체관을 기초로 새로운 방식의 의료를 모색하고 있다.

산목련(함박꽃)
효소 담그기

산목련이라고도 불리는 함박꽃은 계곡 주변에 유난히 많이 피어 있다. 중산리 자연학습원에서 순두류 비트를 지나 법계사 가는 계곡길을 따라 산목련이 무리 지어 있다. 하얗고 큰 얼굴로 방긋방긋 웃으며 등산객을 반긴다. 산목련은 잎이 다 자라고 난 다음 5~6월 한여름에 꽃이 핀다.

산목련은 맑은 계곡물과 잘 어울리는 애기 천사 같은 꽃이다. 우윳빛 새하얀 꽃송이가 더할 나위 없이 곱다. 대여섯 살짜리 여자애 주먹만 한 탐스러운 꽃이 어른 키만 한 나무에 매달려 있다. 향기는 한참 떨어진 곳에서부터 알아차릴 만큼 진하다. 흔한 목련과 비슷하게 생겼지만 우아한 흰빛과 대조를 이루는 빨간 꽃술 덕분에 요염한 분위기를 자아낸다. 그 요염함은 색기 흘러넘치는 분단장한 여인이 아니라 흰 모시 한복을 입고 마루에 다소곳이 앉아 있는 단아한 여인을 닮았다.

나에게는 꽃향기와 더불어 산목련의 갖가지 약성이 발길을 멈추게 한다. 코 막힘을 뚫어주고 찬 기운을 발산하는 작용으로 장기간 꾸준히 마시면 알레르기 비염이나 축농증에 효과를 볼 수 있다. 민간에서는 잎을 당귀와 같이 달여서 보혈약으로 쓴다. 목련꽃 봉오리는 여러 균을 죽이고 혈압을 낮추며, 소변을 잘 나가게 하고 자궁을 흥분시키며 자궁수축을 강하게 하는 작용이 있다. 목에 생선가시가 걸렸을 때 목련 꽃봉오리를 달여서 마시면 곧 내려간다는 민간요법도 전해진다.

주로 습한 계곡에서 자라는 산목련은 아름다운 자태에다 뛰어난 약성까지 갖고 있어서 금상첨화가 아닐 수 없다. 꽃을 보는 순간 얼른 따다가 효소를 담그고 싶은 마음이 불쑥 솟는다. 저 고운 꽃을 앞에 두고 그런 마음을 먹다니 나 스스로 깜짝 놀란다. 욕심을 버리는 일이 이렇게 어렵다. 욕심나는 대상 앞에서 다짐은 한순간에 무너진다.

꽃이 피는 기간은 채 일주일이 안 된다. 꽃은 그 날을 위해 일 년을 준비했을 것이다. 처음엔 차마 그 꽃에 손을 대지 못하고 바닥에 떨어진 꽃만 줍는다. 한번 떨어지기 시작하면 이내 꽃들이 다 져버린다. 꽃송이가 통째로 떨어지는 게 아니라 한 잎 한 잎 떨어지기 때문에 떨어진 것만 주워가기에는 무리가 있다. 꽃을 따면서도 고마운 마음과 꽃이 아깝고 미안한 마음에 손길이 자꾸 느려진다.

산목련에 대해 한 가지 아쉬운 점은 이렇게 곱고 약성도 뛰어나지만 흔히 만나기 어려운 식물이라는 거다. 한두 군데 띄엄띄엄 핀 것을 따다가 효소에 섞어 넣기도 하지만 양이 얼마 되지 않아 언제나 아쉽다.

쇠비름 효소
담그기

여름이면 아무 데서나 흔히 볼 수 있는 쇠비름도 효소 재료로 그만이다. 텃밭이나 풀밭에 마구 자라니까 별 볼 일 없는 식물이라 여길지 몰라도 오색식물이라 한방에서는 약성을 높이 평가한다. 뿌리는 하얗고, 잎은 초록색, 줄기는 붉은색을 띠며, 꽃은 노랗다. 오행의 기운을 다 갖고 있어 사람의 기운을 보해주는 데 좋다. 청열과 해독 작용이 뛰어나 종기나 여드름, 치질에도 효과가 있다.

어린 시절 쇠비름을 뽑아 뿌리를 손으로 훑으며 '불난다, 불난다' 외우면 흰색 뿌리가 마찰열 때문에 빨갛게 변했다. 뿌리가 더 빨리 빨갛게 되는 사람이 이기는 놀이였다. 그땐 장난감이 따로 없어서 집 주변의 풀이나 꽃, 돌멩이를 갖고 놀았다. 여름에 보리타작하기 직전에는 밀과 보리 이삭을 따서 입에 넣고 껌 대신 씹기도 했다. 여기저기 침을 뱉다가 동네 어른들한테 야단맞았던 기억이 지금도 생생하다. 또 보리를 따다가 아궁이에 살짝 구워서 먹으면 보리알이 입안에서 톡톡 터지며 제법 군것질거리가 되었다.

쇠비름은 집 근처 텃밭에 많기 때문에 쉽게 뜯을 수 있는 반면 제초제와 비료에 주의해야 한다. 우리 집 고추밭에는 쇠비름이 마치 붉은 융단을 깔아놓은 것처럼 잔뜩 돋아 있다. 고추 그늘 덕분에 이파리가 부드러워 여름부터 초가을까지 덤으로 반찬으로 먹을 수 있다. 채송화처럼 위로 키를 자랑하지 않고 땅바닥에 납작하게 엎드려 자란다. 오행을 갖춰 약성이 높으면서 눈에 띄지 않게 몸을 낮춘 자세에서 나 또한 하심下心을 배워본다. 산야초에는 뛰어난 약성에도 불구하고 겉모습은 보잘것없어 보이는 것들이 많다. 땅에 쭈그리고 앉아 고개를 숙이고 쇠비름을 캘 때면 식물도 사람만큼 다양한 겉과 속이 있다는 생각을 한다. 겉만 보고 다 봤다고 할 수 없는데도 속은 보이지 않고 바로 알 수도 없으니 사람들의 진심을 안다는 것이 얼마나 어렵겠는가.

쇠비름은 잎도 통통하고 줄기도 굵고 튼실해서 수분이 많아 효소 재료로 제격이다. 깨끗이 씻어서 빠른 시간에 물기를 빼고 설탕에 재운다. 수분이 많은 식물이라 부패하지 않게 설탕을 넉넉히 넣어야 한다. 다시 한 번 강조하고 싶은 것은 설탕으로는 무공해 유기농설탕이나 황설탕을 넣어야 한다는 점이다.

요즘 쇠비름은 보잘것없는 잡초에서 귀한 약초로 많은 사랑을 받고 있다. 약성 때문이겠지만 자연식 식단에서 많이 응용한다. 연한 잎은 나물로 먹고 생채도 만든다. 샐러드나 비빔밥을 만들 수도 있다. 대장암 예방과 당뇨병에 좋은 약성 덕분에 새로운 요리법을 개발하려는 노력을 아끼지 않는다. 그럴 리는 없겠지만 너무 많이 먹으면 옥살산 때문에 요로 결석에 걸리니 주의를 요한다. 자주 해 먹는 익숙한 나물은 아니지만 독특한 맛이 있어서 한 번쯤 시도해 볼 만하다.

산길을 걷다

산청에 터를 잡고 산 지도 벌써 8년이 되었다. 남원골, 뱀사골, 피아골, 화개골, 구례까지 지리산 구석구석을 옮겨 다니며 살았다. 같은 지리산이라도 골짜기마다 그 느낌과 기운이 다르다. 꽃이 피는 시기와 겨울이 찾아오는 시기가 다른 것처럼 사람들의 성정과 사는 방식도 조금씩 차이가 있다.

골마다 계곡마다 나무도 다르고 깃들어 사는 짐승도 다르다. 이제는 어디 사는지 훤히 꿰고 있는 나무, 바위, 고라니, 노루, 토끼, 오소리, 뱀, 벌, 나비, 멧돼지들은 가는 곳마다 만난다. 짐승들도 자주 보니까 이제는 식구 같다. 처음에는 겁을 집어먹고 놀라기도 했지만 지금은 바위나 고라니가 그저 지리산에 깃들어 사는 나랑 똑같은 처지로밖에 안 보인다.

짐승들은 상대가 먼저 공격하지 않으면 해코지하지 않고 제 갈 길을 간다. 사람처럼 상대의 약점을 찾아내 깎아내리거나 잘못을 저질렀다고 지적하며 짓밟지 않는다. 짐승들은 너는 너대로 살고 나는 나대로 살면 된다는 식으로 각자 자기 살 궁리에 바쁘다. 배고프지 않으면 남의 것을 괜히 빼앗지도 않고 남을 해치지도 않는다.

산골도 사람 사는 곳이라 갈등도 있다. 이곳에 원래 살고 있던 사람들이나 살러 온 사람들 사이에 이따금 다툼이 생긴다. 산짐승처럼 말이 없고 욕심이 없는 산사람들은 짐승을 닮아 눈빛에 사심이 없고 맑다. 하지만 그들의 얼굴도 시름에 젖는 날이 많아 점점 어두워져 간다. 자원은 한정되어 있고 원하는 사람은 많으니 갈등이 빚어질 수밖에 없다. 산에서만 사는 사람들은 오랜 세월 가난한 살림을 꾸려왔다. 먹고사는 일이야 별 어려움이 없지만 자식을 서울로 보내 공부를 시키다 보니 돈을 벌어야 했다. 그 때문에 갈등과 시비가 생긴다.

산야초 연구회를 만들어 이곳에서 산야초를 채집하고 차츰 동네에 동화되어가며 살았다. 동네 사람들은 좋은 일을 한다면서 나를 도와주고 싶어 했다. 지나가다 들러 잘 지내나 안부도 묻고 도와줄 일이 없냐고 묻곤 했다. 나 역시 이웃의 어려운 사정을 듣고 도움을 주기 위해 차와 효소 만드는 법을 가르쳐주고 판매도 하게 해주었다. 좋은 관계가 끝까지 좋게 가면 얼마나 좋을까.

어느 날부턴가 좋지 않은 일들이 일어나기 시작한다. 효소 재료를 독차지하려고 하고 채집 일손을 가로채는 사람도 만나게 되었다. 도둑이 제 발 저린다고 돌아다니면서 괜한 험담까지 해서 이

웃마저 잃게 만든다. 그야말로 돈 잃고 사람 잃고 희망마저 잃는 것이다. 그럴 때가 지리산 생활에서 가장 힘든 순간이다. 산책 나간 길에 말순 할매한테 들러서 이 일 저 일 하소연하면 할매는 사태를 한마디로 정리해준다.

"아요, 전 선생! 그기 씹 주고 빰 맞은기라."

너무도 절묘하게 딱 들어맞는 말이었다. 나는 금방 안 좋은 일을 겪었다는 사실도 까맣게 잊어버린 채 깔깔대고 웃었다. 한참 웃다 보니 미움도 원망도 그 웃음소리에 다 녹아서 사라져버리고 마음이 깃털처럼 가벼워졌다. 그래, 그렇게 잊는 거다. 그래야 살고 그래야 또 사람을 만나서 사랑하고 함께 일할 수 있다.

누군가가 미울 때, 섭섭할 때 살아가는 일의 어려움 앞에 속수무책인 인간의 운명을 생각한다. 가엾다, 모두 가엾다. 홍수에 쓸려가는 살림살이와 허우적거리는 돼지와 뿌리 뽑힌 나무들을 바라보고 있는 심정으로 가슴을 친다. 화가 치밀고 눈물이 나고 부아가 끓지만 어쩔 도리가 없다. 그 사람들도 다 살려고 그러는 것이다. 그 사정을 아니 속은 더 답답해진다.

온갖 생각과 감정이 뒤엉켜 속을 복대길 때 머리를 깨끗이 하는 데는 두 가지 묘약이 있다. 하나는 책을 읽는 것이고 다른 하나는 산길을 걷는 것이다.

이 세계의 길은 대부분 미로다. 누구나 길을 찾기 어렵고 누구나 길을 잃을 수 있다. 헤맬 때가 있는 건 너무도 당연한 일이다.

원래 그렇게 설계되어 있기 때문이다. 불안을 느끼고 슬퍼하며 엉뚱한 데서 제 길을 찾으려고 끙끙거리는 사람들을 숱하게 만난다. 내 경우는 이럴 때 산길을 걷거나 방에 들어앉아 명상을 한다. 침묵하면서 마음이 고요해질 때까지 호흡을 고른다.

개복숭아 효소 만들기

여름 햇살이 뜨거워지면서 가만히 있어도 목덜미에 땀이 흘러내린다. 산에 열매들이 한창 익어갈 때이다. 봄날의 시골처녀 얼굴처럼 고운 복사꽃이 지고 나면 복숭아가 영글어가기 시작한다. 동양에서 복숭아는 불로불사의 상징으로 신선들이 먹는다는 전설의 과일이다. 몸 안에 있는 어혈, 뭉친 기운을 내보내기 때문에 무월경과 변비에 좋고 기침에도 효과를 볼 수 있다. 시골에서 돌복숭아라고도 부르는 개복숭아는 7, 8월에 딴다. 여름이 깊어 매실을 딸 무렵 개복숭아가 매실 크기만 해졌을 때가 채취 시기다.

우리말에서 '개'는 '참'이 아닌 가짜라는 뜻의 접두사다. 개라는 말이 앞에 붙으면 보통 낮추고 깔보는 의미를 담고 있다. 식물에 '개'가 붙었을 때는 야생이라는 뜻이다. 개복숭아를 효소로 담갔을 때의 맛이나 효능을 생각하면 '개'라는 접두사를 붙여 말하기가 미안하다.

어느새 다 자란 복숭아를 보고 있노라면 그 열매를 키운 세월이 눈에 보이는 듯하다. 열매 하나를 맺을 때까지 나무는 얼마나 애써 노동을 했겠는가. 양분과 물을 뽑아 올려 줄기와 이파리로 보내고, 꽃이 떨어져 열매가 맺히면 매일 조금씩 키워나갔을 것이다. 이파리 두께가 두꺼워지고 열매가 영글어갈 때까지 겸손한 마음으로 지켜본다. 더위가 기승을 부릴 때쯤 미리 점찍어둔 곳을 간간이 살펴보며 열매가 커가기만 이제나저제나 기다린다.

채취 시기가 됐다 싶어 마음먹고 찾아간 개복숭아나무는 엉망으로 찢겨 있었다. 여기저기 가지는 부러지고 채 익지도 않은 풋과일 조각이 바닥에 떨어져 뒹굴었다. 아직 익지도 않은 걸 누군가 막대기로 쳐서 억지로 떨어뜨려 일부는 줍고 깨진 건 버리고 간 것이다. 약성이 제대로 차오른 뒤에 따야 하는데 그때까지 기다리지 못하는 게 항상 문제다. 나무 밑동을 자르지 않은 것만도 어디냐 싶어 한숨을 거두고 몇 개 남은 것만 따 가지고 돌아왔다.

해마다 반복되는 일이다. 눈이 빠지게 기다리다 이제쯤 익었겠지 하고 따러 가면 벌써 다 따 가고 없다. 열매가 무르익을 때까지 기다리지 못한다. 그 차이다. 자연이 뭔지 안다는 것과 모르는 것의 차이는 바로 '때를 아는 것'이다. 자연의 이치를 알아야 제때를 기다릴 줄 안다.

서로를 알아주어야 자연도 우리에게 마음을 열고 손을 내민다.

제때를 맞추지 못하고 딴 개복숭아는 떫은맛만 받치고 약성은 별로 없다. 효소 발효액의 양만 늘리려고 하다 보니 이런 안타까운 일이 생기는 거다. 식물이 인간에게 주는 선물조차 제때 제대로 못 받아먹는 어리석음은 덜 익은 개복숭아보다 더 떫고 쓸모가 없는데도 쉬이 버리지 못한다.

개복숭아 효소를 담글 때는 열매에 보송보송 붙어 있는 털을 물로 잘 씻어낸다. 손질한 열매는 물기를 빼고 무공해 설탕이나 황설탕에 절여 항아리에 넣는다. 넓적한 돌로 눌러 햇볕이 들지 않는 서늘한 곳에서 100일 동안 발효시킨다. 1차 발효가 끝나면 열매는 건져버리고 고운 체에 걸러 국물만 항아리에 넣고 숙성시킨다.

백초, 오디, 개복숭아, 돌배, 당귀, 오미자로 각각 담근 효소

새 식구가 생기다

따오기 덕분에 생긴 거위 두 마리

초여름 장마가 시작되면 일손을 놓게 된다. 비가 내리면 산길이 눈길처럼 미끄러워 산에 갈 수가 없다. 무리를 해서 재료를 딴다 해도 젖어서 쓸 수가 없다. 누운 김에 쉬어간다고 장마 덕분에 나도 오랜만에 휴식을 즐긴다. 책을 읽거나 글을 쓰고 보고 싶은 사람들도 만나며 모처럼 한가한 시간을 보낸다. 밖을 내다보면 빗속에서도 모든 생물들이 제 목숨 지키느라 바쁘다. 그러다 잠깐 해가 나면 밖으로 나와 햇살을 받으며 다음 비를 대비한다.

마당의 풀 한 포기도 자기 목숨 갖고 나서 제 생을 다해 산다. 채소 이파리 위를 기어가는 달팽이도, 하루살이도 온 힘을 다해 제 생을 살고 있다. 삶이 무상하다 해도 멈출 수 없는 것이 목숨 가진 것들의 숙명이다. 어떻게든 살아야 하는 것이다. 톱으로 자른 나무에서 이듬해 삐죽이 돋아나는 새순이 눈물겹도록 반가운 것도 생명의 엄숙함 때문이다.

창녕 우포늪에서 보호받는 따오기

일을 쉬는 동안 이렇게 쓸데없는 잡념에 빠져 보내는 시간도 좋아한다. 조용한 시간을 보내다 보니 문득 어디로 떠나고 싶다는 생각이 들었다. 갈 만한 곳을 여기저기 떠올렸다. 남쪽 섬들을 보러 바닷가를 선택할까 하다가 우포늪이 생각났다.

산골을 빠져 내려가 원지에서 생비량면을 거쳐 의령 쪽으로 자동차를 몰았다. 20번 국도를 타고 산 언덕길을 굽어 달리는데 푸른 나무들이 비에 젖어 고개를 숙인 채 미끄러우니 조심하라는 듯 바람에 잔가지를 살랑거렸다. 자동차 속도를 줄이고 곳곳에 사람들이 살고 있는 시골마을들을 차창 밖으로 내다보았다. 산골마을 어디든지 꿈을 갖고 사는 사람들은 저마다의 계획으로 바쁠 것이며, 조금이라도 나은 내일을 위해 열심히 일할 것이다.

가장 큰 자연생태 늪지로 유명한 창녕에 도착했다. 창녕에 사는 지인 두 사람한테 우포늪이 보고 싶어 왔다고 전화를 걸었다. 반갑다는 인사를 할 겨를도 없이 지금 어디 있냐면서 우포늪과 따오기를 볼 수 있게 해주겠다고 답했다.

"사업하느라 바쁘신 분들 시간 뺏어서 어쩐다요."

말은 그렇게 했지만 너무도 고맙고 반가웠다. 내가 우포늪에 도착했을 때 지인 두 사람과 함께 우포늪 관리사업소 따오기 담당계장 이성봉 씨가 입구에서 기다리고 있었다. 습지 주변 이곳저곳 안내를 받았다. 많은 인력과 자원을 투자해 알뜰살뜰 우포늪을 보살피고 있었다. 자연생태환경 보존과 복원에 애쓰고 있는 모습에 마음이 든든했다. 이 세상에는 아름다운 사람도 많고, 관심을 기울여 살펴야 할 일도 많다는 걸 새삼 느꼈다.

따오기는 우리나라에선 멸종된 새다. 이명박 대통령이 중국에 갔다 오면서 선물로 받아온 따오기를 각고의 노력 끝에 부화하는 데 성공했다. 따루와 다미 사이에서 다손이와 포롱이가 태어났다. 어미가 스트레스 받을까 봐 따오기 우리 근처에서는 자동차 소리를 내지 않으려고 걸어 다닌다.

'보일 듯이 보일 듯이 보이지 않는, 따옥 따옥 따옥 소리 처량한 소리……'

동요에서나 만났던 전설의 따오기를 실제로 본 감흥은 이루 말로 다할 수 없었다. 한 달에 천 원씩 기부하는 '따오기 복원 후원회'가 있다는 말을 듣고 기쁨과 감사의 표시로 나도 가입하기로 했다. 따오기야! 어서어서 이 땅에 길들고 터 잡아서 새끼 많이 낳고 사람들의 사랑 듬뿍 받아라, 하고 기원하는 의미였다.

늪지를 돌아보고 따오기를 만난 뒤 일행은 차를 마시며 서로 살아가는 얘기를 주고받았다. 나의 지리산 생활이 어떠냐고 묻기에 몸이 열 개라도 모자라는 판에 여름에는 자고 나면 풀이 자라 마당에 풀 뽑을 시간도 없다고 하소연을 했다.

"우리 집 개새끼는 있어봤자 밥만 축내고 도둑 잡는 시늉이나 하지 별 도움이 안 돼요. 마당에 난 풀이나 뜯어 먹었으면 좋겠구만."

"원래 개 팔자는 하늘이 내린 복을 타고난다잖아요. 못난 삼순이 삼돌이 팔자보다 낫다니까. 사람은 제 목구멍 하나 해결하느라 손톱이 닳는데 개는 사람이 챙겨서 갖다 주는 밥 가만히 앉아서 받아먹으니 얼마나 좋은 팔잡니까?"

내 농담 섞인 푸념에 지인 하나가 좋은 방책이 있다며 어딘가로 전화를 걸었다. 얼마 후 창녕군 축산과 직원이 거위 두 마리를 데리고 나타났다. 대체 얼마 만에 거위의 실물을 보는 건지 기억도 나지 않았다.

"오늘 이 좋은 만남을 기념하기 위해 제가 이 거위를 선생님께 선물로 드리는 겁니다. 거위는 옛날부터 도둑지킴이로 유명하지만 이게 보통 쓸모 있는 짐승이 아닙니다. 잡식동물이라 음식물 찌꺼기 먹어치우는 건 물론 마당의 풀이란 풀은 다 뜯어주니 웬만한 일꾼 노릇은 한다니까요."

암수 한 쌍이라 알을 낳긴 하는데 사는 곳을 옮기면 스트레스를 받아 당장은 안 낳아도 한 사흘 지나면 알을 낳을 거라는 말도 덧붙였다. 마당의 풀만 해결해줘도 어딘가. 귀한 선물도 이런 귀한 선물이 없었다.

집에 가져와 마당에 풀어놓으니 꽥꽥거리며 돌아다녔다. 커다란 함지에다 물을 가득 받아놓으니까 거기서 물도 먹고 물장구도 치며 낯가리는 기색 없이 잘 지냈다. 그 다음 날 거위가 첫 알을 낳았다. 첫 번째 알이라 너무 귀하고 아까워서 먹을 수가 없었다. 부화시키려고 커다란 소쿠리에 넣어서 옆에 놔두었다. 우포늪 직원한테 그 사실을 알렸더니 물속에서 교미를 하고 낳은 알만 부화되고 그냥 낳은 건 무정란이라 부화가 안 된다고 했다.

요란스레 떠들며 마당을 돌아다니는 거위 덕분에 오랜만에 집이 사람 사는 집 같았다. 거위가 들어가 망치지 않게 텃밭과 꽃밭에 울타리를 쳐서 막아두었다. 정말 신통하게 거위는 마당에 웃자라 이제나저제나 하면서 뽑으려고 했던 풀들을 다 먹어치웠다. 올여름은 즐겁고 재미난 계절이 될 것 같아 얼굴에 미소가 절로 지어진다.

새 식구가 왔다. 무뚝뚝하지만 티 안 내고 제 일 열심히 하는 우리 집 거위 두 마리. 그것들이 내가 모르던 새로운 것들을 또 얼마나 가르쳐줄까. 내게 또 얼마나 소소한 기쁨을 줄 것이며, 또 얼마나 귀찮은 일들이 생길 것인가. 자못 기대된다.

‘사랑 :
중히 여기어 아끼는 마음’

《포켓 국어사전》에 정말 그렇게 씌어 있을까? 사랑은 상대를 중히 여기어 아끼는 마음이라 한다. 중히 여기는 것도, 아끼는 것도 참 어려운 일이다. 이기심이 먼저 발동하여 계산하고 따지기 바쁘지 상대를 살펴서 아껴주고 소중하게 생각하기 어려운 때가 많다. 나는 여태 사랑을 무슨 뜻으로 알고 있었나. 저릿한 열정, 희미한 슬픔, 뭉근한 고마움, 미안함, 미래를 바라보게 하는 충동질. 그 모든 것을 아우르는 마음이라고 사전은 가르쳐준다.

나는 혹시 사랑이라는 감정을 생각할 때 상대가 남자든 가족이든 친구든 그들이 나에게 줄 것만을 생각했던 건 아닐까. 나에게서 나간 마음이 타인에게 가는 것이라고는 생각하지 않았었다. 무엇이 내게로 오는지만 따졌다. 내가 상대에게 무엇을 어떻게 해야 하는지 많이 생각하지 않았다. 관심조차 없었던 건 아닐까. 그런데 그게 아니라고 한다.

어찌해야 하는가.

어찌하여 나에게서나 남에게서나 서로 중히 여기는 마음, 아끼는 마음을 찾아보기 힘든 걸까. 어찌하여 상대에게 바라기만 하는가. 각자 자기 아픔만 아픔으로 아는 이기적인 인간이라서일까. 내 상처는 크고 남의 상처는 너무 작아서 보이지 않는 걸까. 그리 나쁘게만 생각하지는 않으련다. 그런 마음 때문에 반성하고 후회하고 실수를 되풀이하지 않으려고 노력하게 되었으니까.

남자 둘만 모이면 시작하는 군대 얘기 중에도 흥미로운 게 있다. 군에서 야간 보초 설 때 '주변시'라는 걸 해야 한다고 한다. 한 곳만 보지 말고 여기저기 둘러보면서 경계하라고 주의를 준다. 어둠 속에서 한 사물만 오래 보고 있으면 상상하는 대로 보이기 때문이다. 예를 들면 바위가 여자나 곰으로 보여서 엉겁결에 총을 쏘는 사고를 일으킬 수 있다. 사는 게 어두울수록 우리한테도 주변시가 필요하다. 암담한 상황에서는 오판을 하기 쉽다. 큰일을 무시하고 지나치거나 작은 일을 큰일로 착각해 기운을 낭비할 수 있다. 겁에 질려 대상을 있는 그대로 보기가 어렵다.

둘러보라. 너무 한곳에 시선을 집중해서 판단력을 잃은 건 아닌가 수시로 살펴보라. 미처 보지 못한 곳에 내게 필요한 것, 내가 알아야 하는 것이 숨어 있을지도 모른다. 누구나 자기를 표현하는 데 서툴다. 더구나 마음은 더욱 말로 하기 어려워 서로 오해가 깊어졌다면 한 번쯤 내가 먼저 손을 내밀고 내가 먼저 속마음을 열어 보이는 너그러움을 갖고 싶다.

모든 무덤에는 다 사연이 있고, 감옥에 갇힌 사람은 모두 억울한 법이다. 사람살이를 법이나 간단한 말 한두 마디로 정리하고 해결할 수는 없다. 그래서 마음을 살피고 깊이 상처를 들여다보는 종교나 예술 같은 것들이 생겨났을 것이다.

자기한테 집착하거나 오만하다기보다 자기 자신을 중히 여기어 아끼는 마음, 곧 귀하게 여기고 싶은 마음이겠지. 나약하니까, 부족하니까 자기를 먼저 살필 수밖에 없는 거겠지. 남에게 원하는 것을 자신에게 해주는 것이다. 남도 그럴 것이다. 내가 원하는 것을 남에게도 똑같이 해주는 것을 잊지 말자. 여전히 모자란 것투성이지만 이것 하나 알게 된 것도 어딘가. 작은 걸음으로 한 걸음씩만 옮기자. 오늘은 여기까지다.

매일 새로운 것을 배운다.

여름 효소 담그기

재료

질경이, 쇠비름, 인동덩굴꽃(금은화), 닭의장풀, 어성초, 삼백초, 버찌, 오디, 앵두, 살구, 산머루, 칡꽃, 매실, 씀바귀, 짚신나물, 꿀풀, 소루쟁이, 도꼬마리, 꼭두서니, 까마중, 개똥쑥, 갈퀴콩, 마디풀, 산딸기, 수세미오이, 감꽃

주의사항

❖ 꽃의 재료를 물에 씻으면 꽃 속에 화분과 향기가 물에 씻겨나가 약성이 손실된다.
❖ 버찌, 오디, 앵두를 물에 씻으면 열매 속의 과당이 빠져나가 영양이 손실된다.

재료에 따른 1차 발효기간

꽃 1차 발효기간이 약 60일 정도면 발효된다.(꽃은 잎이나 열매보다 1차 발효기간이 짧다.)
새순 1차 발효기간이 100일 정도 걸린다.(열매와 뿌리보다 발효기간이 짧다.)
열매 여름 열매는 수분이 많아서 가을 열매보다 설탕을 더 넣는다.
가을 열매 중에서 섬유질이 많고 수분이 적은 열매는 설탕을 1:1로 절인다.
뿌리 섬유질이 많은 약초 뿌리는 설탕을 1:1로 절인다.
수분이 많은 약초 뿌리는 1:1.5로 설탕량을 늘린다.

◎ 손질하기

- 채집해온 재료들을 펼쳐놓고 다듬는다.
- 시든 잎과 낙엽들을 골라낸다.
- 깨끗한 물에 먼지와 흙을 잘 씻은 후 그늘에서 물기를 뺀다.
 (물기를 완전히 제거하되 재료가 시들지 않게 주의.)

◎ 담그기

- 물기를 뺀 재료를 무공해 설탕 또는 황설탕에 버무린다.
 (백설탕은 식물이 발효되기 전에 설탕이 먼저 녹고,
 흑설탕은 발효한 뒤에도 녹지 않아서 적합하지 않다.)
- 설탕의 비율은 1:1로 한다.(식물의 특성에 따라 조정할 수 있다.)
- 잘 버무린 재료를 항아리에 차곡차곡 넣어 눌러준 다음,
 넓적한 돌멩이를 올려놓는다.
- 항아리 입구를 위생 비닐로 밀봉한다.

◎ 보관하기

- 햇볕이 들지 않는 서늘한 곳에서 보관한다.
- 온도 변화가 없는 굴속에 보관하면 가장 좋다.

◎ 발효기간

- 상온 17도에서 약 100일이 적당하다.
 (햇볕이 들고 따뜻한 곳에서는 너무 빨리 발효가 진행되므로 좋지 않다.)

◎ 찌꺼기 거르기

- 발효가 끝나면 찌꺼기는 건져내고 액체만을 고운 체나 삼베 자루에 넣고 짠다.
 (걸러낸 액체에 건더기가 들어가지 않도록 주의.)

◎ 숙성시키기

- 맑게 걸러낸 액체는 최소한 1년 이상 서늘한 곳에서 숙성 보관한다.
 (반드시 무공해 항아리에 효소액을 넣고 보관한다.)

◎ 마시기

- 잘 숙성된 효소를 따뜻한 차에 타서 식후에 마시면 소화에 도움이 된다.

가을 효소 이야기

자연치유력을 회복하자

몸이 계속해서 건강한 세포를 만들어 내려고 노력하는 것이 자연치유력이다. 누누이 말했다시피 이때 효소가 몸에 필요한 물질을 운반하고 새로운 조직을 만드는 동시에 몸 안에 들어온 물질들을 우리 몸에 유익하게 분해하는 역할을 한다. 효소 공급이 잘되어 대사활동이 활발해지면 건강한 세포가 만들어지는 것이다.

효소가 몸의 독소를 제거하는 역할을 제대로 하면 그만큼 피가 맑아진다. 성인의 건강은 혈액의 건강이라고 해도 지나친 말이 아닐 정도로 피는 건강의 바로미터다. 혈액의 좋고 나쁨은 전적으로 우리가 먹는 음식에 달려 있다. 우리의 혀끝에서 건강이 결정되는 것이다. 입속으로 들어간 음식물이 소화 분해되어 피가 된다는 걸 생각하면 밥알 하나도 소홀히 할 수 없다. 입에 단 음식만 찾지 말

자. 입에 쓴 약이 몸에 좋듯이 먹기에 거친 채소가 섬유질이 풍부하며 장에 좋고 피에 좋은 음식이다.

병을 빨리 쉽게 치료하는 데 익숙한 현대인들은 점진적으로 생활에 뿌리를 내려야 하는 효소와 친해지는 데 어려움을 겪는다. 효소 담그기는 재료 채취, 만들기, 거르기, 숙성까지 오랜 시간 정성을 들이며 기다려야 하는 과정이다. 그 과정이 성가시고 번거로워서 간단히 병원을 찾아 약을 지어 먹고 끝내고 싶어 한다. 약 한 알에 물 한 잔! 얼마나 손쉬운가. 그러는 동안 몸에서는 점점 효소가 메말라가고 면역력이 떨어져 자연치유력을 잃게 된다.

평생 일정량밖에 생산되지 않는 효소를 젊어서 다 소비하고 나면 노화가 빨리 찾아온다. 육체의 과도한 소비가 필연적으로 빠른 노화를 불러오는 것이다. 동물 세계에서는 출생 후 빨리 제구실을 하게 되는 것일수록, 즉 성장 속도가 빠른 동물일수록 수명이 짧다. 그것이 자연의 섭리이자 철칙이다. 부족한 몸 안의 효소는 음식을 통해 섭취해야 한다. 이때의 음식은 효소가 풍부한 생야채, 생과일, 발효식품이어야 한다. 이 점은 아무리 반복해서 강조해도 지나치지 않다. 생채식 위주의 식사가 내 몸을 맑고 깨끗하고 생생하게 만들어준다.

현대의 화식 위주 식단에는 우리 몸에 필요한 효소가 부족하기 때문에 효소액을 따로 먹어서 보충해줘야 한다. 건강한 몸을 갖기 위해선 효소를 가까이해서 면역 기능을 높이고 몸의 독소를 제거해야 한다. 그래야 체지방도 줄고 체질 개선이 이루어져 질병과 멀어질 수 있다. 쉽다면 쉽고 어렵다면 또 한없이 어려운 방법이다.

몸을 많이 움직여야 한다는 점도 꼭 기억하자. 고개만 들면 눈앞에 산이 보이는데도 오르지 않는다. 그러면서 운동 부족을 호소한다. 우리의 몸은 끊임없이 움직이도록 설계된 구조다. 두 다리와 양팔을 가진 인간의 몸은 지속적으로 움직여주어야만 건강한 상태가 유지된다. 우리는 답을 알고 있다. 배운 대로, 몸이 원하는 대로 먹고 몸을 움직여주자.

비타민의 발견은 과학 역사에서 거의 혁명적인 사건이었다. 비타민의 필요성과 역할은 생활과 의식에 많은 변화를 가져왔다. 결핍이나 과잉에 따른 질병이 밝혀지면서 의학에도 획기적인 전기를 마련했다. 현대에 와서 효소가 비타민만큼 획기적인 존재가 된 것이다. 효소가 발견되고 그 세분화된 역할이 알려지면서 몸에 일어나는 많은 문제점의 단서들을 찾을 수 있었다. 왜 우리가 피로를 느끼며 왜 알 수 없는 질병이 많아졌는지 풀어내는 데 효소의 존재는 결정적이다.

어떻게 효소를 섭취해야 하나

산야초 효소는 재료를 채취하여 설탕에 재워두었다가 발효과정을 거쳐 얻게 된다. 발효는 유산균이 갖고 있는 효소를 이용해 유기물을 분해하는 과정이다. 넓은 의미의 발효는 미생물이나 균류 등을 이용해 인간에게 유용한 물질을 얻어내는 것이다. 좁은 의미로는 산소를 사용하지 않고 에너지를 얻는 무산소 당분해과정이다.

발효와 부패는 미생물에 의한 유기물의 분해과정이라는 점에서는 똑같다. 유용한 성분을 얻으면 발효고, 미생물이 유기물을 분해할 때 불필요한 잡균이 침입하여 악취를 내거나 유독물질을 생성하면 부패다.

산야초 효소가 좋다는 건 다들 잘 알고 있지만 약초에 대한 두려움 때문에 만드는 것을 망설이는 경우가 많다. 독초 감별 능력은 하루아침에 생기는 것이 아니다. 많은 사람들이 독초를 약초인 줄 알고 잘못 먹어 부작용으로 고생하게 될까 걱정한다. 그렇다면 자기가 잘 아는 약초나 산나물부터 시도해보는 것이 좋겠다. 우선 만들어 파는 효소를 구해서 복용하는 것도 하나의 방법이 될 수 있다. 효과를 실감하고 나면 스스로 만들어볼 수 있는 동기부여가 될 것이다.

옛날에는 음식 재료들에 식이섬유가 풍부했기 때문에 따로 효소를 섭취할 필요가 없었다. 현재는 건강보조식품을 먹어서라도 효소를 보충해야 하는 실정이다. 오랜 세월 선조들이 먹어왔던 음식이 바로 효소 덩어리들이었다. 우리 밥상 위에 올려져 왔던 쌈이나 생채 위주의 식사를 하면 그게 보약이다. 친환경농법으로 재배한 신선한 녹황색 채소와 과일은 지수화풍의 기운을 그대로 품고 있는 천연 섬유질이다. 우리 몸에 들어가 효소를 만들 수 있는 식이섬유다.

강력한 질산염으로 만들어진 질소화학비료는 흙 속의 미생물을 죽이고 수질을 오염시킨다. 사람 몸에 들어와서는 암을 일으킨다. 친환경으로 재배한 채소가 아니면 살짝 데쳐 요리하라고 농업진흥청에서도 권고하고 있다. '살짝 데치기'가 농약 제거 효과가 있다는 연구 결과를 발표했다. 날로 먹기 위해서는 반드시 농약과 비료를 치지 않은 채소를 골라야 한다.

사실상 요즘 시중에 나와 있는 채소는 식이섬유가 부족한 것들이 태반이다. 환경오염으로 무늬만 채소인 경우가 많다. 비료와 농약을 치는 것은 물론 제철이 아닌 때 비닐하우스에서 속성으로 재배한 것들이 대부분이다. 이런 채소들은 지수화풍의 기운을 충분히 받지 못했기 때문에 섬유질이 많지 않다. 땅 살리기 운동의 필요성을 역설하는 사람이 늘어나는 이유도 거기에 있다.

귀농해서 비료와 농약을 쓰지 않고 자연농법으로 채소를 재배하던 한 농부의 자조 섞인 한마디가 가슴을 아프게 한다.

"도시 놈들은 음식을 눈깔로 먹는당께."

윤기가 나고 겉만 번드르르한 채소를 선호한다는 뜻이다. 비료나 농약을 치지 않아서 벌레가 먹고 볼품없는 채소와 과일은 거들떠보지도 않는다고 하소연한다. 눈 밝고 판단력이 있는 소비자가 올바른 상품을 만든다. 그런 사람이야말로 우리 사회를 건강하고 유익하게 만드는 진정한 효소 같은 존재이다.

가을이 오는 소리

논에서는 벼가 익고 밭에서는 콩과 깨가 익어간다. 이 계절 농부는 논밭을 바라보기만 해도 배가 부르다. 봄과 여름의 수고와 고생이 까마득하고, 봄 가뭄과 여름 장마 때의 애타는 마음도 벌써 아득하다. 첫 수확하는 날의 기쁨은 땀 흘린 농부만이 알 것이다. 나무에 과일이 풍성하게 매달리고 햅쌀로 지은 밥이 상에 오르면 먹기도 전에 배가 부르다. 마음도 덩달아 넉넉해진다.

산을 바라보고 사는 나한테도 가을을 알려주는 전령사들이 있다. 늘 다니는 산길에 핀 노란색 산국과 감국과 더불어 하얀 구절초와 연보라색 쑥부쟁이의 냄새가 매일 조금씩 더 짙어진다. 국화의 진한 향기는 봄꽃 향기에 뒤지지 않는다. 배롱나무 꽃이 지고 나면 뒤이어 가을 국화가 피기 시작한다. 길가고, 산길이고, 집 안 마당이고 국화 천지다. 가을은 가히 국화의 계절이라 할 만하다.

가을 산길에서 드문드문 만나는 보랏빛 용담꽃의 화려함은 또 어떤가. 황실 여인들의 비단옷처럼 격조가 있다.

봄꽃은 산 아래서부터 피기 시작해서 위로 올라간다. 가을 단풍은 위에서부터 물들어 아래로 내려온다. 붉디붉은 붉나무 단풍은 꽃보다 아름답다. 담장이 넝쿨도 고운 빛깔에서는 어느 단풍과 비교해도 빠지지 않는다.

초록색 일색이다가 울긋불긋 물든 산을 바라보면 세월이 성큼성큼 가는 소리가 들리는 듯하다. 긴 소매 옷을 꺼내 입고 옷깃을 여미며 고운 단풍을 보면서 쓸쓸한 기분을 느끼지 않는 사람은 별로 없을 것이다. 날마다 선명하게 물드는 나뭇잎은 곧 땅으로 떨어질 시간이 다가오고 있음을 예고한다. 저 봄의 여린 이파리가 짙고 두꺼운 진초록 잎으로 변했다가 마지막으로 아름다운 빛깔을 자랑하며 자신의 한해 삶을 마감한다고 생각하니 마음이 애잔하다. 모든 것에는 때가 있는 법. 단풍은 단풍대로 열매는 열매대로 꽃은 꽃대로 자기 몫의 삶이 있다. 이형기 시인의 〈낙화〉가 유명해진 것도 제때 떠나는 이의 뒷모습을 잘 포착했기 때문이다.

〈낙화〉

가야 할 때가 언제인가를

분명히 알고 가는 이의

뒷모습은 얼마나 아름다운가

봄 한철

격정을 인내한

나의 사랑은 지고 있다

분분한 낙화

결별이 이룩하는 축복에 싸여

지금은 가야 할 때,

무성한 녹음과 그리고

머지않아 열매 맺는

가을을 향하여

나의 청춘은 꽃답게 죽는다

헤어지자

섬세한 손길을 흔들며

하롱하롱 꽃잎이 지는 어느 날

나의 사랑, 나의 결별

샘터에 물 고이듯 성숙하는

내 영혼의 슬픈 눈

무슨 조화인지 햇살도 봄과 여름, 가을이 각기 다르다. 봄볕은 어딘가 보드랍고 여름볕은 찌르는 듯하고 가을볕은 푸근하다. 젖먹이가 엄마 품을 파고들 듯이 그 따사로운 가을 햇살 속에 한참씩 서

있곤 한다. 가을볕으로 열매들은 속을 채우며 단단히 여물어간다.

벌들도 막바지 꿀을 모으느라 분주하다. 한번 쏘였다 하면 그 맛이 어찌나 지독한지 한참 고생한다. 가을에는 수확할 거리가 많은 만큼 뱀과 벌을 조심해야 한다. 꽃향기가 짙어질수록 벌과 나비도 제 세상 만난 듯 야단들이다. 꽃향기와 나비에 얽힌 재밌는 이야기가 있다.

중국의 송나라에 휘종이라는 황제는 그림을 몹시 사랑했다. 자신도 화가였던 황제는 자주 궁중에 화가들을 불러 모아 그림대회를 열었다. 그때마다 황제가 그림 제목을 직접 정했다. 보통 유명한 시에서 한 구절 따온 제목이다. 한번은 이런 제목이 걸렸다.

'꽃을 밟고 돌아가니 말발굽에서 향기가 난다.'

말을 타고 꽃밭을 지나가니까 말발굽에서 꽃향기가 난다는 말이다. 화가들에게 말발굽에 묻은 꽃향기를 그려보라고 주문한 것이다. 향기는 코로 맡는 것이지 눈으로 보는 것이 아님을 황제가 몰랐을 리 없다. 화가의 상상력을 시험해보고 싶었던 거다. 화가들은 그림에 손도 못 대고 쩔쩔맸다. 그때 한 젊은 화가가 그림을 제출했다. 사람들 눈이 일제히 그 그림으로 쏠렸다. 말 한 마리가 달려가는데 그 꽁무니를 나비 떼가 뒤쫓아 가는 그림이었다. 말발굽에 묻은 꽃향기를 나비가 대신 보여준 것이다.

자연에는 이렇듯 눈에 보이지 않으면서도 존재하는 것들이 있다. 냄새로, 소리로, 빛깔로 서로를 부른다.

아침에 방문을 열고 나가보면 마당에 서리가 허옇다. 며칠 분주하게 움직인 보람이 있었다. 상강霜降이 닥치기 전에 뒤늦게 열린 고추를 다 따고 고춧잎을 거둬서 장아찌를 담갔다. 여린 호박잎을 골라 따서 먹기 좋게 썰어 냉동실에 넣어놓았다. 가을부터 한겨울까지 호박잎으로 된장국을 끓여먹으면 무시래기만큼 맛이 있다. 가을 호박잎국은 노루고기, 쇠고기하고도 안 바꾼다는 말이 있을 정도다.

찬바람이 불고 서리가 내리면 무, 배추를 뺀 채소는 다 얼어 죽고 만다. 깜빡 한눈파는 사이에 비타민의 보고인 고춧잎이나 호박잎을 챙기지 못해 애를 태운 적도 있었다. 노랗게 익은 호박도 얇게 썰어서 가을 햇볕에 바싹 말려 보관한다. 긴 겨울에 별미로 팥 넣고 호박죽도 끓이고 호박떡도 해 먹는다.

수확의 시기를 지나 서리가 내리고 겉옷을 두껍게 껴입어야 할 때가 되면 그때부턴 집 안을 둘러보고 겨울 채비를 한다. 지금이야 옛날처럼 땔나무나 연탄을 쟁이고 메주를 쑤고 쌀과 김장을 마련해두는 일을 그리 다급하게 하지 않지만 겨울은 아직 겁나는 대상이다.

추위를 막아줄 보일러를 점검하고 헐거운 창고 문이나 방문 틈 같은 데를 찾아 손본다. 나 어릴 적에는 코스모스 잎사귀나 단풍, 국화 같은 걸 말려서 모아두었다가 뚫어진 창호지문을 새로 바를 때 장식으로 쓰곤 했었다. 꽃잎을 잘 맞추어 붙여 예쁜 모양이 만들어지면 얼마나 뿌듯하던지. 옆집에 놀러가서 그 집 창호지에 붙은 꽃이 더 예쁘면 샘을 내기도 했다. 그것도 일종의 디자인이라 예쁜 꽃을 골라 위치를 잘 잡아서 센스 있게 붙여 놓으면 동양화 한 폭처럼 운치가 있다. 꽃이 피지 않는 겨울 동안 방문을 보면서 꽃구경을 하는 거다.

추운 계절을 대비해 보통 추석을 앞두고 문풍지를 발랐다. 뚫어진 방문에 새 창호지를 바르고 문틈에 바람이 새들어오지 않도록 문풍지를 붙이면 반쯤은 추위를 막은 기분이 든다. 새로 문풍지를 바르던 때는 새 계절을 맞이하는 마음이 지금과 같지 않았을 것이다. 몸으로 새 계절을 대비한다는 것은 닥쳐올 추위와 한 걸음쯤 친해지는 일이다. 방문에 나뭇잎이나 꽃을 붙이는 마음은 다가올 추위더러 제발 살살 다뤄달라고 비는 애교쯤으로 보였다.

꿈에서나 볼 수 있는 나의 어머니

어머니 기일이 다가오면 유난히 어머니 생각이 많이 난다. 이제는 너무도 아련한 기억들이지만 내 마음이 부대낀 날은 용케 알고 어머니가 꿈에 나타난다. 슬프다. 궂은 날 꿈에서나 만나는 어머니. 홍화색 저고리에 남색 치마 입고 쪽진 머리로 내 꿈에 찾아오셨다. 손을 내밀어도 손이 잡히지 않았고 다가가도 거리가 좁혀지지 않았다. 그래도 좋았다. 어머니를 꿈에서 뵌 날은 하루 종일 마음이 든든하고 평온하다. 어머니가 어디선가 나를 지켜준다는 믿음이 생긴 거다.

어머니가 돌아가셨을 때는 꽃 위에 앉은 나비가 조금만 오래 머물러도 어머니의 영혼이 나를 찾아온 거라고 생각했다. 꽃이고, 나무고, 새고, 무엇에서고 어머니의 존재를 느꼈다. 밤하늘에 뜨는 별도 달도 나를 지켜주는 어머니라고 믿었다. 그리움이 깊으면 병이 된다고 한다. 다행히 시간이 흐르면서 격랑처럼 일던 그리움이 잔잔한 물결로 가라앉았다.

"어릴 때 업어주시던 어머님 모습 달처럼 곱던 그 모습, 지금은 사라졌네. 어머니, 어머니, 우리 어머니."

패티김의 〈어머니〉 노랫말을 흥얼거린다. 꿈에서 본 어머니 얼굴은 검버섯도 기미도 없는 해맑은 처녀 때 얼굴이었다. 나이 들면 얼굴에 생기는 거뭇거뭇한 둥그런 모양의 잡티가 검버섯이다. 흔히 사람들은 검버섯을 저승꽃이라 부른다. 저승이라는 끔찍한 말과 꽃이라는 어여쁜 말을 같이 붙여놓았다. 저승을 꽃처럼 여기라는 말일까. 저승이 꽃 같다는 말일까. 그 말을 되새기다 보면 서글픔보다는 웃음이 나온다. 무거운 주제를 희화시켜 웃게 만드는 해학의 정신은 우리 조상들이 후손들에게 남겨놓은 선물이다.

도시에서야 노인도 대부분 화장을 하고 다니니까 저승꽃을 보기가 쉽지는 않다. 뙤약볕 아래서 일하는 시골생활을 하다 보면 얼굴에 기미와 잡티, 저승꽃이 생기는 것을 피할 길이 없다. 자연의 정해진 이치로, 한 흐름으로 자연스럽게 받아들이며 꽃이 피었다고 농담하는 여유를 보고 있으면 마음이 편안해진다.

노인들 말로는 얼굴이나 손등에 저승꽃이 생긴 사람이 오래 산다고 한다. 저승사자가 왔다가 저승꽃이 핀 얼굴을 보면 도로 돌아간단다. 그 말이 어찌 사실이겠는가. 얼굴에 생긴 잡티 때문에 속상해하는 사람을 위로하려고 지어낸 말일 것이다. 아니면 저승꽃이 피어서 곧 죽을 줄 알았는데 올해도 내년에도 후년에도 계속 살아 있으니까 기뻐서 나온 말일 수도 있다.

내게 생긴 안 좋은 일을 그렇게 웃으며 넘길 수 있다면, 심지어 죽음이라는 엄청난 사건이 눈앞에 닥쳤는데도 안달하지 않을 수 있다는 것은, 자연 속에서 제행무상함을 깨달았기 때문이다. 나는 노인들의 얼굴에서 저승꽃을 볼 때마다 자연의 섭리에 고개 숙이지 않을 수 없다. 나 또한 다가올 죽음 앞에서 두려워하지 않고 편안하게 수긍할 수 있기를 간절히 바란다.

얼굴에 저승꽃이 피었든 어쨌든 어머니도 오래오래 사셨으면 얼마나 좋았을까. 평생 손발이 닳도록 고생한 것도 모자라 긴 병을 앓다 가셨으니 어머니라는 단어만 떠올려도 눈물이 난다. 그래도 꿈속의 모습은 언제나 곱고 언제나 웃으신다. 가신 곳에서 평안히 잘 지내고 계신다는 걸 알려주러 내 꿈에 오신 것만 같다. 내가 힘이 빠져 있을 때 손이라도 잡아주고 싶어서 부랴부랴 오셨을 거다. 태어나고 늙고 병들고 죽는 생로병사의 운명을 인간은 누구도 피해 갈 수 없다. 생과 사의 윤회를 이해한 지금은 어머니의 죽음을 마음 편히 받아들인다. 다음 세상에서는 복 많이 받으셨으리라 믿으며 어머니의 평안을 기도한다.

어릴 때 이런 일이 있었다. 시골 장날이면 장에 가는 어머니를 몰래 따라나섰다. 어머니는 짐도 많은데 나를 데려가기가 번거로우니까 데려갈 수 없다면서 집이나 보라고 했다. 팥죽이나 아이스께끼 하나라도 얻어먹을 욕심으로 어머니 뒤를 살금살금 쫓아갔다.

"호랭이 물어갈 년아! 에미 애간장 그만 녹이고 얼릉 집에 가그라."

그래도 내가 포기하지 않자 돌멩이를 던지며 쫓아 보내려 했다. 돌멩이에 발목이 맞은 나는 펄쩍펄쩍 뛰면서 울었다. 내 고집에 지친 어머니는 치맛자락을 붙들고 늘어지는 나를 가만 놔두는 것으로 반승낙을 했다.

돌아보면 지난 시간들은 누군가와 친해지고 또 다른 누군가와는 멀어지는 나날들이었다. 무언가가 내 인생의 앞문으로 들어오면 또 다른 무언가는 뒷문으로 빠져나갔다. 산에 들어온 뒤 매화가 열여섯 번 피고 열여섯 번 지는 동안 얼굴에는 주름이 늘고 흰머리도 많아졌다. 내 곁에 많은 사람이 왔고, 왔던 사람이 또 떠나갔다. 그들이 서성이던 자리엔 발자국이 남았다. 이따금 비 오는 밤이면 그 발자국들이 소리를 낸다. 그 사람들은 지금 안녕할까? 짧은 안부를 속으로 전한다.

곤줄박이가 깨우는 아침

아침형 인간이라는 말이 유행한 적이 있었다. 요즘도 심심찮게 아침형 인간이냐고 묻는 소리를 듣는다. 나한테는 아침 일찍 일어나는 게 보통 힘든 일이 아니다. 늦게 자고 늦게 일어나는 체질인 나는 중요한 일은 주로 밤에 한다. 글을 쓴다거나 맘 맞는 친구랑 느긋하게 대화를 하는 일은 밤에만 가능하다. 지인들은 내가 시들시들하다가도 해만 설핏해지면 눈이 반짝인다고 농담을 한다.

일이 무섭긴 무섭다. 그래도 봄에는 새벽같이 일어난다. 산야초 채집은 아침 일찍 움직여야 하는 일이라 어쩔 수가 없다. 아침 6, 7시쯤 곤줄박이가 창가로 몰려들어 시끄럽게 울어대기 시작하면 늦잠꾸러기인 나도 벌떡 일어나 산으로 간다. 봄도 잠깐, 여린 잎도 잠깐이라 게으름 피웠다간 보들보들한 이파리가 금방 뻣뻣해진다. 눈 깜짝 할 사이 어제까지 피었던 꽃이 시들거나 떨어져 버려 때를

놓치기 십상이다.

아침에 일찍 일어나면 하루가 길다. 하루를 무척 알뜰하게 쓴 것 같아 부자가 된 느낌이다. 하지만 자연스럽게 체질을 바꾼 게 아니라면 몸을 망칠 수가 있다. 일찍 일어났으면서도 밤에는 늦게까지 잠이 안 와 늦게 자면 그만큼 몸이 축난다. 생활 리듬을 바꾸기란 쉽지 않다. 몇 번 시도해보다가 몸에 심하게 무리가 오고 피로가 풀리지 않으면 그만두어야 한다. 남이 한다고 따라했다간 큰 일 나기 십상이다.

화분의 꽃도 물을 많이 먹는 것, 조금 먹는 것, 햇볕을 좋아하는 것, 싫어하는 것 등 가지가지인데 하물며 사람이 획일적인 방식으로 통제될 리 없다. 이런 말도 있다. 모든 사람이 똑같기를 바랐다면 하느님이 애초에 그렇게 만들었을 거라고. 우리가 남과 다른 것은 우주의 진리다.

건강을 위해서 아침밥을 꼭 챙겨 먹으라고 강조하는 사람도 있지만 아침밥을 많이 먹는 것이 반드시 좋은 건지는 각자 생각해볼 일이다. 빈 공간에 소리가 크게 울리듯 우리 몸도 가끔은 속을 비워서 피가 잘 돌게 해야 할 때가 있다. 몸도 꽉 차 있을 때보다 여유 공간이 있을 때 가벼워져서 씩씩하게 제 역할을 잘한다. 심장이 약하고 오전에 신체활동이 느린 사람일수록 아침을 조금 먹어서 몸에 큰 부담을 주지 말아야 한다.

아침이 얼마나 만만치 않은 시간인가. 전날 무슨 일이 있었든지 말짱한 얼굴로 새 하루를 꾸려나가야 한다. 온갖 사건사고와 불행한 개인사들이 넘치는데 아무 일도 없던 것처럼 무심히 내일이 온다. 안 좋은 어제를 보낸 건 내 사정이고 아침은 태연한 얼굴로 다시 나타난다. 장사하는 사람들이 자주 하는 말 중에 이런 말이 있다.

"재수 없게 아침부터 왜 이래?"

그 신경질적인 반응에는 새로운 하루를 시작하는 사람의 무거운 마음이 실려 있다. 누구에게나 아침을 맞고 하루를 시작하는 일은 쉽지 않은 것이다. 그러니까 아침에는 되도록 안 좋은 얘기는 피하고 밝은 인사를 해서 서로를 안심시켜주어야 한다. '인사를 받으면 웃음을 거슬러주는 게 이웃 간의 정리'라고 하지 않는가.

'걱정 마. 아무 일도 없을 거야. 오늘은 어제보다 나은 하루가 될 거야. 힘내자!'

솔잎 효소 담그기

지리산 산청 9경 중 제1경은 천왕봉이고 그 다음이 대원사 계곡이다. 지리산 어느 계곡이나 아름답지 않은 계곡이 없지만 대원사 계곡의 풍광은 이루 말할 수 없이 멋지다. 절 입구 양옆으로 금강송이 울창한 숲을 이루는 일주문을 지날 때면 몸과 마음에 안식이 찾아온다. 지리산에 터를 잡고 살아온 세월이 짧지 않은데도 이 골짜기 저 골짜기 발길을 옮길 때마다 늘 새롭다.

대원사는 신라 진흥왕 때 연기조사가 창건한 대표적인 비구니 참선도량이다. 비구니 스님들의 해맑은 미소와 깊은 골짜기의 짙은 나무 냄새, 이따금 바람에 흔들리는 풍경소리는 무엇과도 견줄 수 없는 아름다움을 선사한다. 내가 사는 곳과는 산 하나가 가로놓여 있지만 골이 깊어 차로도 30분 이상 걸린다.

대원사에서는 해마다 연례행사로 솔잎 효소를 담근다. 절에 찾아오는 손님에게 대접하기도 하고 신도들에게 선물도 한다. 무더위가 한풀 꺾인 늦여름, 하안거를 끝낸 스님들을 울력에 동원해서 절 주변 골짜기에서 솔잎을 딴다. 보통 선방 스님들은 하안거가 끝나면 해제철엔 만행을 떠나거나 성지순례를 간다. 이곳 스님들은 일 년 동안 중생들에게 대접할 솔잎 효소를 담그는 일로 분주하다.

솔잎의 밑받침을 떼어내고 푸른 잎만을 깨끗이 다듬어 효소를 담근다. 밑받침이 들어가면 맛이 정갈하지 않을 뿐더러 떫은맛이 받치기 때문에 솔잎 다듬기에 특히 신경을 쓴다. 다른 식물의 새순과 꽃, 열매는 황설탕에 절이지만 솔잎은 수분이 거의 없어서 항아리에 넣고 돌로 누른 뒤 솔잎이 잠기도록 시럽을 만들어 부어 솔잎 발효액을 만들어낸다. 발효가 끝나면 찌꺼기는 짜서 버린다. 국물만을 모아 충분한 숙성기간을 거치면 효소액이 된다. 좋은 물에 타서 마셔야 효소액 맛이 좋다는 건 말할 필요도 없다. 천왕봉에서 흘러내려 온 계곡물은 맑아서 손으로 떠먹어도 될 정도다.

대원사의 솔잎 효소는 특별히 맛있다고 소문이 자자하다. 깊고 맑은 골짜기에서 채집한 솔잎이라는 좋은 원재료에다 스님들의 정성을 더해 만들었으니 어찌 맛이 없겠는가. 백 일 동안 참선 수행을 하고 하안거를 막 끝낸 청정한 마음으로 울력에 동참한 스님들의 정성은 값으로 따질 수 없다. 대원사는 골짜기가 깊어 아무리 더운 여름이라도 시원한 바람이 불어 밤에는 춥다. 특별한 맛을 낼 수밖에 없는 환경이다. 절에 찾아오는 사람들에게 솔향기 나는 효

소 한 잔을 대접하려는 그 마음이 감사하다.

가을이 되어 솔방울 안에 솔씨가 여물어지면서 씨앗은 가벼워져 바람결에 날아간다. 씨앗 끝에 잠자리 날개 같은 게 달려서 멀리까지 날아갈 수 있다. 산꼭대기든 들판이든 산길이든 어디든 떨어져 뿌리를 내린다. 하지만 씨앗의 운명은 제각각이다.

어떤 씨앗은 낙엽이 썩어 비옥한 땅에 떨어져 별 어려움 없이 무럭무럭 자란다. 또 다른 씨앗은 산꼭대기 바위틈에 떨어져 거름도 없고 흙도 부족해서 겨우 목숨을 부지한다. 좋은 조건을 만난 소나무는 튼튼하게 잘 자라 재목으로 베어졌다. 조각조각 잘라져서 대들보나 판자로 쓰이고 땔감으로도 쓰였다. 못난 산꼭대기 소나무는 사람 눈에 띄지 않는 곳에 버려지다시피 해서 기신기신 목숨을 이어갔다.

세월이 한참 흘렀다. 어느 날 한 사람이 그 길을 지나가다 못난 소나무를 발견했다. 그 사람은 눈을 휘둥그렇게 뜨고 소나무를 짯짯이 살펴보았다.

"세상에, 믿을 수 없는 일이군. 이런 깊은 산골에 비할 데 없이 훌륭한 소나무가 자라고 있다니. 어떤 분재도 흉내 낼 수 없는 멋이야. 오늘 내가 귀중한 보물을 만났구나."

그는 그 분야의 전문가여서 소나무의 가치를 대번에 알아보았다. 이리저리 뒤틀리고 구부러진 소나무는 가지 하나, 잎 하나 손대지 않고도 그 자체로 하나의 예술작품이 된 것이다.

어른들이 이 얘기를 해줄 때는 환경을 탓하지 않고 열심히 살다 보면 좋은 날이 올 거라는 희망을 전하고 싶었을 것이다. 부모 잘 만나서 좋은 환경에서 자란 사람이 갑자기 어려움을 만나면 이리저리 상처입고 망가지기 쉽다. 거친 환경에서 자란 사람은 잡초처럼 온갖 고초를 겪는 동안 인간적으로 성숙할 기회를 얻는다. 강인한 정신력으로 어떤 어려움도 잘 헤쳐나갈 수 있다. 젊어 고생은 꾸어서라도 한다는 말이 괜한 소리가 아니다.

아무것도
하지 않는 날

인도에 가는 사람들이 많다. 나도 불교 성지순례 일행에 끼어 두 번 다녀왔다. 인도는 불편하고 더럽고 끔찍한 곳이라고 체머리를 흔드는 사람을 더러 만난다. 다시는 가고 싶지 않다고 불평한다. 해마다 인도에 다녀오지 않으면 일도 잘 안 되고 사는 재미가 없다는 사람도 있다. 뼈와 살이 풀어지는 것처럼 긴장이 풀린다고 말한다. 끔찍하다는 것도 긴장이 풀린다는 것도 다 맞는 말이다. 그런데 그들은 왜 자꾸 그곳에 가는 것일까.

나는 이렇게 이해한다. 그들은 고독해지기 위해서 인도에 간다. 혼자 갠지스 강가의 계단에 앉아 사람 시체가 둥둥 떠 있는 강물을 바라보기 위해서, 그 강물에 비치는 일몰을 보기 위해서 간다. 한마디로 아무것도 하지 않기 위해서 가는 것이다.

그들은 거기서 뒤에 두고 온 현실에서 강요하는 것은 어떤 것도 하지 않으려고 몸부림을 친다. 끼니도 아무 때나 챙겨 먹고 더러운 옷을 입으며 낮과 밤을 바꾸기도 하고 아무 데나 앉고 아무 데나 눕는다. 마리화나를 기웃거리고 정상인과 장애인을 구분할 수 없게 불구자가 흔한 그 나라를 부랑아처럼 돌아다닌다.

아무 말도 하지 않고 아무 말도 듣지 않는 시간이 그들에겐 필요한 것이다. 무엇이나 할 수 있게 허락하는 땅, 분별심이라는 잣대를 들이대고 사람을 판단하지 않는 땅, 머리를 밀어도, 머리를 길러도, 옷을 벗어도, 겹겹이 입어도 하나도 이상하지 않은 땅. 우리는 그런 곳이 필요한 것이다. 강요가 없는 곳. 비록 잠시일지라도 나 자신 말고는 아무것도 생각할 필요가 없는 곳.

거리에 자욱한 냄새 때문이었을까. 소와 원숭이는 길거리를 마구 돌아다니며 똥을 쌌다. 사람의 자식들도 밖에서 용변을 해결하는 걸 부끄러워하지 않았다. 어디에서나 사람 냄새가 아닌 짐승 냄새에 가까운 지독한 냄새가 났다. 나는 거기서 지리산에서처럼 야생의 기운을 느꼈다. 그곳에선 인간이 동물이라는 사실이 너무도 당연하게 받아들여졌다. 그토록 가난한데도 모든 사람들이 아침이면 꽃을 사들고 사원에 가서 기도를 한다. 하나도 나아질 것 없는 내일이 올 게 빤한데 대체 뭘 기도하는 건지 나로서는 이해가 가지 않았다. 그땐 기도는 기도하는 행위 자체로 이미 완성되는 것이라는 사실을 알지 못했다.

백 가지 단점이 있어도 그 한 가지 이유 때문에 사람들은 그곳에 가는 것이다. 부족한 점 많은 인간에게 현실을 살아낸다는 것은 그리 만만치 않다. 강한 척, 센 척 폼을 잡지만 우리들 대부분은 나약한 인간들이다. 멀쩡해 보여도 속으로는 피눈물을 흘리고 고름을 흘린다. 이 산속 마을에 터 잡고 사는 이들도 그런 이유로 도시를 떠나 이곳에 온 사람이 꽤 많다. 우리는 무엇을 하고 싶다는 생각을 하는 만큼 무엇을 하고 싶지 않다는 생각도 많이 한다. 하고 싶은 것도, 하고 싶지 않은 것도 내 마음이 시키는 일이다. 본성이 원하는 일이라는 말이다. 본성을 거스르지 않고 살아야 몸도 마음도 건강하다.

인도에 가보면 우리나라에 금지가 너무 많다는 걸 알게 된다. 학교에서도 집에서도 '하지 말라'는 것투성이다. 텔레비전에는 끊임없이 잘생기고 잘나가는 사람들만 나와서 자기를 따라 하라고 손짓한다. 몇 명이나 그 기준을 통과할 수 있을까. 행복해지기 위한 조건이 너무 까다롭다. 학력도 높아야 하고, 돈도 많아야 하고, 미모도 갖추어야 사람 취급을 받을 수 있다고 느낀다. 행복해지기 위해서는 '저 정도는 돼야지' 하는 생각을 버려야 한다. 나는 나다. 나는 그들처럼 될 수도 없으며 되어서도 안 된다. 남과 비교하고 남을 의식해서는 나만의 삶을 살 수 없고 행복할 수도 없다.

캐나다의 환경운동가가 만든 '아무것도 사지 않는 날No Buying Day!'의 의미를 다시 생각하자. 우리도 그런 날을 하루 정해서 아무것도 사지 않는 거다. 조금이라도 소비를 줄여 환경을 보호하자는 취지이겠지만 남을 따라 하지 않는 나만의 생활을 지키기 위해서

쇼핑을 자제하는 방편으로도 괜찮은 선택이다. 덜 쓰고 살면 그 속에서 돈으로 살 수 없는 삶의 질을 알게 된다. 물질적인 소비로는 알 수 없는 만족감과 다른 사람에 대한 감사를 배운다. 지구를 아끼고 더 가난한 사람들과 우리가 가진 것을 나눌 수도 있다.

시장이나 백화점에는 뭔가를 사러온 사람들로 언제나 북적인다. 대체 그들은 뭘 사는 것일까? 집집마다 각종 살림살이와 물건으로 넘쳐난다. 한 번도 입지 않은 새 옷도 옷장에 걸려 있다. 그래도 또 산다. 쇼핑이 필요한 것을 구매하는 행동이 아닌, 결핍감을 채우기 위한 이벤트로 탈바꿈한 거다. '쇼핑 중독'이라는 말을 들으면 그만큼 사람들의 마음이 허전한 거구나, 하는 생각이 들어 뒷맛이 씁쓸하다. 나는 많은 것을 자급자족하기 때문에 사실 살 게 별로 없다. 시골생활에서는 필요한 것도 많지 않다.

'가질 때의 기쁨도 크지만 갖고 싶은 걸 자발적으로 포기했을 때도 나름의 충족감이 있지 않을까? 더 갖고 싶어서 안달하는 게 인간이라지만 꼭 그렇지만도 않지 않을까?'

삶을 한 번쯤 다른 각도에서 바라보는 것, 언제라도 환영이다. 그러기 위해서 우리는 여행을 떠난다. 장소가 바뀌면 몸도 바뀌고 생각도 바뀐다. 그때 바뀐 생각이 당장 우리 삶을 변화시키지는 못해도 우린 분명 이전과는 조금이라도 다르게 살려고 노력할 것이다. 먼 곳에서 내 삶을 거리를 두고 바라보기, 소위 '익숙한 것과의 결별'은 나이 먹을수록 꼭 해야 하는 일이다. 가까운 관계에서 애

중에 시달리는 일이 많아질 때도 잠깐 거리를 두고 상대를 생각할 시간을 갖고 나면 그 관계는 더 건강해지고 다른 차원의 친함으로 발전한다.

내가 이곳에서 절대적이라고 믿었던 가치가 사실은 꼭 그렇게 중요하지 않을 수 있다는 걸 가르치는 다른 나라를 갈 수 있다면 더 좋겠다. 다른 문화의 사람을 만나고 돌아오면 나와 다른 사람들 틈에서 힘든 일이 생겨도 한발 물러서서 생각할 여유를 가질 수 있다. 다른 건 틀린 게 아니라고 아무리 주장해도 소용없다. 달라도 아무 일 없이 잘 살고 있는 사람들을 한번 보는 것만 못하다.

바닷가에 살던 사람은 산에 한번 가보고, 산에 살던 사람은 바다에 한번 가보라. 바람의 가치도 비와 햇살의 가치도 제각기 다르다. 이 얼마나 경이로운 일인가. 이렇게 가까운 곳에서 이렇게 다른 일들이 아무렇지 않게 일어나고 있다는 것이. 도시에 산다면 가까운 산에 감으로써 비슷한 경험을 할 수 있을 것이다. 그곳에 가면 될 수 있으면 무엇을 하기보다는 하지 않는 것이 좋다. 비어 있는 하루를 가져보는 것이다.

얼굴의 주름살도 자연의 일부

세월이 훌쩍 흐른 뒤 만났는데도 여전히 아름다울 뿐만 아니라 품위와 우아함까지 갖춘 사람을 보면 기분이 좋다. 중년 이후에는 타고난 아름다움보다 자기 관리를 잘한 사람이 매력적으로 느껴진다. 나이가 들어도 아름다움을 잃지 않은 사람이 되는 것은 모두의 꿈이다. 평균수명이 늘면서 건강하게 나이 먹는 것에 대해 그 어느 때보다 관심이 많다. 한발 나아가 나이 들수록 더 깊이 있는 아름다움을 갖고, 더 나은 인간이 되자는 얘기도 나온다.

시간은 대체 어떻게 생겨먹었기에 이리도 난폭한가. 몸과 정신을 잘 키워줬다가 어느 날 갑자기 보이지 않는 손톱으로 얼굴에 빗금을 긋고, 머리칼 색깔을 바꾸고, 뼈를 망가뜨리고, 패기를 빼앗는다. 어찌 보면 불한당과도 같은 시간 속에서 우리는 어떻게 살아가야 할 것인가. 싸워서 이길 수 없는 상대와 싸움을 계속하는 것은 어리석다. 각자 제 갈 길 가자는 마음으로 초연해지는 수밖에 없다. 뜻대로 안 되더라도 그리하도록 노력해야 내가 편하다.

누구나 늙기를 두려워한다. 얼굴이나 몸에서 눈엣가시 같은 노화의 징후들을 발견하면 없애려고 몸부림을 친다. 말은 쉽지만 노화를 자연스럽게 받아들인다는 건 보통 일이 아니다. 젊음이라는 큰 재산을 잃는 것이니. 피할 수 없다면 잘 다스려 내 것으로 만드는 수밖에 없다. 요즘은 4, 50대 여자들 중에서도 탱탱한 피부와 몸매를 가진 사람을 많이 볼 수 있다. 남들은 모르는 피나는 노력과 자기 관리가 있었기에 가능한 일이다. 겉만큼 속도 함께 가꾸어야 그 아름다움이 진짜 아름다움이다. 미인은 피부 한 꺼풀이라는 말이 있듯이 내면의 깊이가 없는 미인에게 감동과 매력을 느낄 수 없다.

프랑스의 여배우 줄리엣 비노쉬의 인터뷰 기사를 신문에서 읽고 이 사람이야말로 자연의 법칙을 아는 사람이다 싶어 동지를 얻은 기분이었다.

"주름은 마치 가을에 나무에서 낙엽이 떨어지는 것처럼 자연스러운 일이에요. 내 얼굴의 주름은 자연의 일부라고 생각해요. 주름이 생긴 얼굴도 여전히 아름답다고 느껴요."

그녀의 말은 우리에게 아름다움에 대해 다시 생각하게 한다. 당당하고 자신 있는 태도가 그녀의 아름다움을 빛나게 한다는 말조차 군더더기다. 그녀는 세월이 우리에게 경험과 지혜와 겸손을 가르치는 선생임을 알고 있었다. 그래서 항상 새로운 영역에 도전하는 젊은 영혼을 가질 수 있었을 것이다. 마음을 다스리고 절제하며 사는 모습은 그 사람의 표정에 나타난다. 애정을 갖고 세상과 사람을 바라보는 태도, 진실한 마음이 얼굴에 빛을 더한다.

옛날에는 노인이 사회의 좌장으로 존경을 받았다. 현대에 와서 늙음은 쇠약하고 추한 것, 가능하면 피하고 싶은 것이 되었다. 싫다고 피할 수 있으면 얼마나 좋을까. 늙지 않는 게 불가능하다는 데서 인간의 비극이 시작된다. 각종 노화 억제 제품이 쏟아져 나오고 사람들도 어떻게든 젊어지려고 안간힘을 쓴다. 노화를 약간 늦출 수는 있을지라도 피할 순 없다.

우리가 가진 직선적인 시간 개념을 돌아볼 때다. 인생은 직선이 아닌 끝없이 순환하는 원 모양을 하고 있다. 노인이 된다는 것은 누군가의 도움을 받아야만 살 수 있는 어린이로 돌아가는 거나 마찬가지다. 성숙한 사회는 늙음을 우리가 거쳐야 할 다양한 시간 중의 하나임을 인정하고 관용적으로 받아들이며 세대 간의 소통을 도와주는 사회다.

노인의 시간도 쓸모가 없는 시간이 아니라 무엇이든 할 수 있는 생산적인 시간이다. 노년은 남아도는 시간을 써버리는 인생이 아니다. 시골에 와서 보라. 여든 살 넘은 노인들도 다 일을 한다. 표정도 행동도 당당하다. 매스컴이 걸핏하면 떠들어대는 고령화 사회다. 생산성이 있는 성인만을 유용하게 생각하는 사고방식으로는 이 고령화 사회를 이끌어갈 수 없다.

"서두르지 마라. 씨앗을 뿌리는 사람이 걷는 속도로 걸어가면 된다."

시간은 자연이다. 시간 속에서 이루어진 노화는 자연의 흐름이다. 우리의 삶이 자연과 멀어지면서 노화를 거부하게 되었다. 할 수 있는 일을 찾아 하루에 몇 시간씩이라도 일을 하며 활기찬 생활을 하는 것이 건강한 노년의 생활이다. 지혜 창고이자 문화 전승의 담당자였던 노인이 텔레비전 앞에서 오락거리에 빠져 장시간 무기력하게 앉아 있다. 늙음에 대해 함부로 생각하지 말라고 옛날이야기는 넌지시 충고한다.

기로국이라는 나라가 있었다. 그 나라에는 일흔 살이 넘은 노인을 산에 갖다버리는 가혹한 법이 있었다. 한 신하가 아버지를 차마 버릴 수가 없어서 토굴을 파고 아버지를 숨겼다. 아침저녁으로 몰래 밥을 갖다 드리며 모셨다. 그러던 중 나라에 큰일이 일어났다. 천신이 왕을 불러 다섯 가지의 수수께끼를 내고서 못 풀면 나라를 쑥대밭으로 만들겠다고 위협했다. 다섯 개의 수수께끼는 다음과 같다.

1. 뱀 두 마리 중에서 암수를 가려내는 법
2. 코끼리의 무게를 다는 법
3. 네모난 향나무 판자의 어느 쪽이 뿌리로 만든 건지 가려내는 법

4. 암말 두 마리 중에서 어느 것이 어미이고 새끼인지 가려내는 법
5. 바가지로 물을 퍼서 바닷물처럼 써도 마르지 않는 물 만드는 법

얼핏 들어도 머릿속이 하얘지며 감을 잡을 수 없는 질문들이다. 나라 안은 발칵 뒤집혔고 학식 높은 신하들이 머리를 맞댔지만 한 문제도 풀지 못했다. 이리저리 궁리해도 뾰족한 수를 찾을 수 없었다. 임금은 머리 좋다고 잘난 척하던 신하들이 꿀 먹은 벙어리처럼 아무 말도 못 하는 걸 보고 대노했다. 수수께끼를 풀지 못하면 다 죽이겠노라 선언했다. 신하들은 겁에 질려 어쩔 줄 몰라 했지만 대책이 없었다. 며칠이 지나도 좋은 소식은 들리지 않았다.

상심한 신하는 하직인사라도 올리려고 토굴 속의 아버지를 찾아갔다. 죽기 전에 아버지 얼굴 한 번 뵙고 가자는 마음이었다. 아들의 어두운 얼굴을 본 아버지는 무슨 안 좋은 일이 있느냐고 물었다. 신하는 나라에서 벌어진 일의 자초지종을 전하며 눈물을 흘렸다.

"걱정 마라. 그건 하나도 어려운 문제가 아니다. 이제부터 내 말을 잘 듣거라."

아버지는 수수께끼에 대한 답을 아들에게 조목조목 알려주었다.

"뱀 두 마리를 부드러운 솜 같은 천에 올려놓으면 많이 움직이는 놈이 수놈이고, 가만히 있으면 암놈이다. 코끼리 무게를 다는 법도 간단하다. 코끼리를 큰 배에 싣고 바다로 들어가라. 배에 물이 닿은 지점에 금을 그어 표시를 해서 그만큼 돌멩이를 실어라. 나중에 그 돌멩이를

저울에 재서 무게를 합하면 그게 코끼리 무게가 될 것이다."

신하는 놀라움을 금치 못했다. 천하의 학자들이 머리를 짜내도 풀지 못한 문제가 이리 간단히 풀리다니 감탄사가 절로 나왔다.

"향나무 판자를 물에 넣어보면 아래로 가라앉는 쪽이 뿌리 부분이다. 뿌리는 줄기보다 무거운 법이거든. 그리고 말 두 마리에게 꼴을 먹이면 옆으로 밀어주며 양보하는 쪽이 어미니라. 마지막 문제는 잘 생각해보면 알 일이다. 물이란 게 무엇이더냐? 없으면 하루도 못 사는 것이 물이다. 그중에서도 병든 사람, 목마른 사람에게 물을 떠다 먹이면 그 고마움은 영원히 잊지 않고 기억할 것이다. 다급한 사람에게 주는 물, 그게 물을 영원히 쓸 수 있는 방법이다."

이 소식을 전해 들은 왕은 크게 기뻐하며 신하에게 큰 상을 내렸다. 어떻게 그 어려운 문제를 풀 수 있었는지 그의 영특함을 침이 마르도록 칭찬했다. 신하는 자신의 죄를 고백하지 않을 수 없었다. 자기 능력으로 푼 것이 아니라 토굴 속에 숨겨둔 아버지가 가르쳐준 것이라고 이실직고했다.

"그랬구나. 너와 네 아비가 나를 가르친 바가 크다. 나이는 그냥 먹는 게 아니라 경험에 의해 지식과 생각이 쌓이는 것이니 그것은 남이 뺏을 수 없는 고귀한 재산이구나."

그 후 왕은 노인이 자신의 명대로 장수하면서 살 수 있도록 법을 고쳤다.

끝내 암을 이기지 못하고 저 세상으로 간 김푸름

사람 살아가는 길이 어때야 하는가를 몇 마디 말로 정리하기는 어려울 것이다. 보통 때는 그 문제를 물고 늘어져서 길게 생각할 여유조차 없다. 하지만 살아가다 보면 그런 날이 찾아온다. 하나는 아주 훌륭한 삶을 살고 있는 사람을 만날 때이고, 다른 경우는 불행한 사람을 만날 때이다. 왜 저 사람은 행복하게 살지 못하고 이런 고통을 겪어야 하는 걸까. 내게 많은 숙제를 남기는 질문을 하게 된다.

작년에 한 여자가 나를 찾아왔다. 첫눈에도 병세가 몹시 위중해 보였다. 결혼도 하지 않은 마흔두 살 처녀였는데 삼 년 전에 유방암 진단을 받았다고 했다. 방송과 책을 통해 나를 알게 되었다면서 만나보고 싶어서 왔다고 했다. 그녀로부터 그간의 사정을 들으니 기가 차서 말도 안 나올 지경이었다. 병든 것도 모자라 어떻게 그런 혹독한 시련들이 연이어 찾아오는지 듣는 것만으로 그녀의 고통이 전해져 가슴이 저렸다.

암수술을 하고 나서 의사의 권유로 절제한 유방을 복원하는 수술을 했다. 건강한 옆구리 근육을 떼어다가 복원수술을 했다. 이번에는 양쪽 유방의 크기가 다르다며 우울증이 생길지도 모르니 똑같이 축소수술을 해야 한다는 청천벽력 같은 말을 들었다. 그래서 암세포가 없는 멀쩡한 반대쪽 유방까지 수술을 하게 되었다.

항암치료는 계속되었고 항암효과가 없다며 새로운 항암제로 바꿔가면서 계속 치료했다. 표적치료, 방사선치료까지 몇십 번의 치료를 받았다. 상황은 악화일로로 치달았다. 이 병원 저 병원 다니며 검사와 치료를 받느라 3년이라는 세월을 보냈다. 암세포는 폐로 전이되었고 척추와 임파선까지 퍼졌다. 겉으로 봐서도 거봉만한 종양이 목 주변에 세 개나 돌출되어 있었다. 또 다른 이식수술 권유와 항암제를 바꿔야 한다는 말에 죽기를 각오하고 자연치료를 받기로 결심하고 나를 찾아온 것이다.

산에 들어와 내 옆에 살면서 자연요법을 해보고 싶다고 구슬 같은 눈물을 흘리며 사정했다. 종종 있는 일이라 우선 그녀의 마음을 가라앉히고 다시 태어난 삶을 살라고 이름까지 '김푸름'으로 새로 지어주었다. 봄이 오면 산에서 거둔 먹을거리들이 살려줄 테니 겨울 추위가 갈 때까지 잘 견뎌보자고 격려했다. 작년 봄에 갈무리해둔 산나물과 밑반찬, 청국장, 된장을 먹으며 살 집을 구하는 동안 같이 지냈다. 산야초 효소를 먹이고 뜸도 뜨게 했다. 가까이서 병세를 지켜보며 희망이 없다는 걸 알게 되었다. 너무 늦은 것이다. 한 생명이 사그라지는 걸 지켜보는 일은 참으로 힘들다.

어느 순간 겁이 덜컥 났다. 내 집에서 빨리 내보내야 한다고 주위에서 걱정 어린 충고를 했다. 회생할 수 없는 상태까지 온 것 같으니 가족 곁으로 보내라고 했다. 김푸름은 갈 곳이 없다며 울기만 했다. 부모님이 진해에 살고 오빠와 남동생도 있었지만 남보다 못한 사이로 지낸다고 했다. 그녀는 서슬 퍼렇게 가족을 원망하며 가지 않겠다고 버텼지만 나는 냉정한 선택을 해야 했다. 어차피 떠나야 할 운명이라면 풀 건 풀고 가야 한다는 결론을 내렸다. 가족들에게 전화해서 사정을 알리고 따뜻한 음식과 사랑으로 잘 보내주라고 부탁했다. 얼마 후 가족이 와서 데려갔지만 마음은 천근만근 무거웠다.

얼마 후 기쁜 소식이 왔다. 원망만 하고 지내던 부모님과 화해를 하고 마음이 편안해졌다는 소식이었다. 가족의 사랑을 알게 해줘서 고맙다는 말을 들었을 때는 내가 더 고마웠다. 용서한다는 것은 내가 상대를 용서해주는 권력행사가 아니라 어디에도 얽매이지 않게 스스로 마음의 자유를 얻는 것이다. 그러니까 용서의 최대 수혜자는 바로 용서하는 사람 자신이다. 받은 상처는 뚜렷하고 내가 준 상처는 흐릿하지만 세월이 흐르고 나면 사정이 달라진다. 받은 상처는 아물어 추억이 되고 준 상처는 갈수록 후회로 남는다. 김푸름은 가족을 용서하고 자신이 마음의 평화를 얻었다.

가족과 마음을 풀고 사랑을 회복한 그녀도 끝내 암은 이기지 못했다. 예상했던 대로 그녀의 죽음 소식이 전해졌다. 드는 자리는 몰라도 나는 자리는 안다고 그렇게 누군가 왔다가 떠나면 한동안은 마음이 많이 부대낀다. 인간으로 살아간다는 것이 과연 무엇인가, 하는 생각이 자꾸 목에 걸린다. 부디 업보를 다 소멸시켜 좋은 세상에서 건강한 몸으로 태어나라고 몇 번이고 기도를 올렸다.

돌배 효소 담그기

사람이 인위적으로 키운 과수원의 배 꽃도 아름답지만 돌배나무 꽃은 산속에서 피기 때문에 그 기운이 유별나다. 돌배나무는 다른 나무들과 생명력을 경쟁하며 저 혼자 우뚝 서 있다. 천지의 나무들이 연초록빛으로 피어날 때면 저만치에 돌배나무 한 그루가 당당하게 꽃을 피우고 있다. 온몸이 흰 꽃으로 뒤덮인 돌배나무가 구름을 뒤에 두르고 흰빛을 발하는 모습은 승무를 추는 여인처럼 숭고함마저 감돈다. 달밤이면 배꽃은 더 환하게 빛난다. 고려 때의 시인 이조년도 그 배꽃을 보고 교과서에도 실린 그 유명한 시를 지었을 것이다.

이화(梨花)에 월백(月白)하고
은한(銀漢)이 삼경(三更)인 제
일지춘심(一枝春心)을 자규(子規)야 알랴마난

다정(多情)도 병(病)인 양 하야 잠 못 들어 하노라.

마음 앓느라 새벽까지 잠을 못 이루는 사람에게 달빛 아래 하얗게 빛나는 배꽃은 작은 위안이 되었으리라.

돌배는 약성이 좋아 찾는 사람이 많아서 산사람들의 푼돈벌이에 적지 않은 보탬이 되어왔다. 내가 돌배 효소를 담근다는 소문을 듣고 이 산골 저 산골에 공부하러 온 사람들이나 동네 노인들이 돌배를 따온다. 예전에는 허리가 휠 만큼 무거운 자루를 겨우겨우 들고 왔는데 요즘은 어깨에 가볍게 메고 올 정도의 양밖에 안 된다. 여전히 꽃은 피고 열매가 열려도 해마다 수확량이 줄어든다. 욕심 많은 사람들이 열매를 따려고 나무를 베어버려서 돌배나무 숫자가 계속 줄어들기 때문이다.

예전에는 돌멩이만큼 흔한 게 돌배였는데 요새는 금덩이만큼 귀해졌다. 돌배가 몸에 좋다고 너도나도 마구잡이로 나무를 베어 따 가는 바람에 멸종 위기를 맞고 있다. 그런 상황을 하도 많이 보니까 이젠 어떤 약초가 어디에 좋다는 말을 하기가 무섭다. 좋을수록 잘 보존해서 두고두고 써먹을 줄을 모른다. 단번에 왕창 따서 끝장을 보려는 그 조급증이 귀한 식물들을 멸종시킨다는 걸 왜 생각하지 못하는지 안타깝기 그지없다.

돌배나무는 4, 5월에 흰 꽃이 핀다. 열매는 다갈색으로 지름 3센티미터 크기다. 시골에서는 아그배라고 불리는 더 작은 돌배가 있었다. 색깔은 덜 익은 배 같고 크기는 포도만 하다. 맛은 배와 비슷한데 속에 씨가 가득 들어 있어서 먹을 수 있는 과육은 적다. 어릴 때는 따서 공기놀이도 하고 찧어서 갖고 놀다 버리곤 했다. 익기도 전에 다 따서 절단을 냈다가 야단맞기 일쑤였다.

돌배는 진액을 만들어주어 건조한 부분은 촉촉하게 해주고 열을 식히고 담을 없애준다. 해열, 기침, 천식, 위궤양, 변비 등에 효험이 있다고 알려져 있다. 특히 어린아이의 기침과 감기에 예방 효과가 있다. 감기, 천식 기관지 계통 질환에 예방 효과가 있고 당뇨도 개선시킨다.

돌배는 수분이 많고 과당은 적어 설탕을 많이 넣는다. 2:1 비율이 적당하다. 향긋한 단맛이 나는 과일이라 효소액을 만든 뒤에도 맛이 좋다.

길고양이를 만나다

별 좋은 봄날, 고양이 한 마리가 길거리를 어슬렁거린다. 동네를 지나다 보면 가끔 길고양이를 만난다. 금방 눈앞에 나타났다가 잽싸게 어디론가 사라진다. 길고양이는 누구와도 눈을 마주치지 않는다. 오랫동안 핍박을 받아서 사람을 경계하고 두려워하고 거부한다는 느낌이 든다. 집 없이 떠돌며 사는 동안 어지간히 구박을 받은 모양이다.

등줄기의 털을 꼿꼿이 세우고 지나가는 고양이를 사람들은 괜히 욕한다. 꼬리를 세우고 털을 세우는 것이 개들에게 싸우자는 의사 표시인 것과 달리 고양이들에겐 호의의 표시이다. 개와 고양이의 의사 소통 방식이 그렇게 서로 달라서 만나기만 하면 으르렁거리는 거다.

호랑이 계열의 짐승인 고양이가 열 마리 중 아홉은 살이 쪄서 배가 나오고 굼뜨다. 처음에는 그게 참 이상했다. 정상적인 동물은 과식을 하지 않기 때문에 살이 찌지 않는다. 집도 없이 떠돌면서 밥을 얼마나 많이 먹었으면 비만에 걸려 저렇게 뒤룩뒤룩 살이 쪘을까. 그 탐욕스러움도 사람들한테 구박받는 이유 중 하나다. 자기가 밥을 준 것도 아니면서 자기 음식을 뺏어 먹고 살찐 것처럼 공연히 미워한다.

이 문제에 대해 동물보호협회 관계자가 하는 말을 듣고 깜짝 놀랐다. 진실은 딴 데 있었다. 길고양이들은 대부분 사람들이 버린 음식물 쓰레기를 뒤져서 먹고살기 때문에 지나치게 염분이 많은 음식을 먹는다. 그래서 대개 신장이 망가져 수분 배출이 안 돼 몸이 붓는 거라고 한다. 식물이 염분을 싫어하는 건 알았는데 동물도 마찬가지였다. 음식물 찌꺼기를 퇴비로 쓸 때도 물에 헹궈서 염분을 빼주어야 제대로 거름 역할을 한다.

세상에! 그 사실을 몰랐다면 가엾은 고양이를 제 처지도 모르는 탐욕스러운 동물이라고 계속 욕했을 것이다. 그걸 알고부터는 길고양이도 음식물 쓰레기도 예사로 보이지 않았다. 이 지구상에 발을 디디고 사는 우리는 서로 연결되어서 누구도 따로 존재할 수 없는 것이다. 내 이웃의 이해할 수 없는 행동도 제 나름의 곡절이 있을 수 있다.

달라이 라마는 인간이 위대한 이유 중 타인의 고통을 함께 할 수 있는 공감 능력을 으뜸으로 꼽았다. 요즘 사이코패스를 주인공으로 하는 영화가 많이 나온다. 사이코패스는 타인의 고통을 전혀 공감하지 못하는 정신질환자이다. 영화는 현실을 반영하는 것일 테니 그만큼 사이코패스의 숫자가 늘어났다는 뜻이다. 그들은 성폭행을 하고 살인을 저지르고도 죄책감을 느끼지 못한다고 한다. 어릴 때부터 누군가와 감정을 교류하거나 타인에게 충분한 사랑과 보호를 받지 못해 교감을 경험한 적이 없는 사람들이다. 받은 적이 없으니 있는 줄도 모르고 줄 수도 없다.

옛날에 할머니들은 여기저기 돌아다니는 끄나풀을 주워서 돌돌 말아 아궁이에 던졌었다. 노끈이 새들 발에 걸리면 발가락이 끊어진다고 그렇게 했다. 날아오를 때의 힘이 너무 세서 뭐가 걸리면 의외로 큰 힘이 작용해 발가락이 부러져버리는 거다. 공원에서 만나는 비둘기들의 상당수가 발가락이 한두 개 없는 것도 그래서이다. 지금은 옛날보다 비닐끈이 더 많아졌지만 새를 걱정해서 노끈을 함부로 버리지 않는 사람이 몇이나 될까.

약육강식의 생존 논리가 판을 치는 세상이다. 자동차와 기계가 넘쳐나는 현대사회에서 언제 누가 장애인이 될지 장담할 수 없듯이 갑자기 하던 일이 실패해서 길고양이처럼 집을 잃고 떠돌 처지에 놓일지도 알 수 없다. 인생을 망망대해의 가랑잎 같다고 표현한 사람도 인간이 약한 존재임을 알았던 거다. 길에서 차에 치어 죽은 고양이나 고라니를 볼 때마다 광명진언을 외운다. 어쩌다 이 길가에서 횡사를 당했지만 다음 생에서는 좋은 곳에서 귀한 인연으로 태어나기를 진심으로 빌어준다.

탱자 효소 담그기

탱자는 5월경에 꽃이 흰색으로 하나씩 핀다. 탱자는 10월 초가 되면 노란색으로 익어가는데 맛이 시고 떫다. 10월이 다가도록 나무에 노랗게 달려 있다. 열매는 귤과 비슷하게 생겼지만 조금 작다. 호랑나비의 먹이식물이다. 시골에서는 도둑도 방지하고 액도 물리치기 위해 주로 울타리에 심었다. 저승의 사자를 출입 못하게 막기 위해 심기도 했다. 날카로운 가시가 특징이어서 집 둘레에 빙 둘러 심어 귀양 온 죄인이 달아나지 못하도록 막았다.

귤화위지橘化爲枳라는 말은 중국 회수淮水 이남의 귤을 회수 북쪽으로 옮겨 심으면 탱자가 된다는 데서 유래했다. 환경이 변하면 귤도 탱자로 변하듯이 사람도 상황에 따라 변할 수 있다는 비유다.

남쪽 지방에는 집집마다 울타리에 탱자나무를 심지 않은 집이 별로 없다. 시골 애들은 탱자를 따서 공 대신 발로 차고 손으로 굴

리면서 갖고 놀았다. 시디신데도 애들은 그걸 먹다 국물만 빨아먹고 뱉었다. 과일이라고 해도 과육은 별로 없고 속에는 씨가 꽉 찼다. 소쿠리에 담아두었다 마르면 달여서 가려움증이나 두드러기 날 때 바르고 먹었다. 알고 보니 한방에서도 피부병 약으로 좋다고 알려진 과일이었다.

친구들이랑 바닷가에 가서 고동을 따러 다니는 재미가 쏠쏠하다. 주워온 고동을 삶아서 탱자 가시로 알맹이를 빼먹곤 했다. 한 번은 고동을 줍다 껍데기에 발바닥을 찔려서 어머니한테 된통 얻어맞았다. 다시 한 번만 더 고동 줍는다고 바닷가를 맨발로 돌아다녔다간 다리몽둥이 부러질 줄 알라며 등짝을 어찌나 세게 때리는지 눈물이 쏙 빠졌다. 탱자 가시는 길이가 길고 두꺼워서 이쑤시개 대용으로 쓰기 딱 좋았다.

열매 껍질은 진통제, 해열제, 이뇨제로 쓴다. 아토피 피부병을 비롯한 각종 피부질환, 알레르기, 기침에 효과가 있다. 식중독이나 두드러기가 났을 때는 말린 탱자인 지실을 달여 마신다. 아토피, 가려움증 피부는 달인 물로 씻어준다.

효소를 담글 때는 깨끗이 씻어서 물기를 뺀다. 담그는 방법은 다른 과일과 비슷하지만 설탕을 너무 많이 넣지 않아야 한다.

좁쌀 한 알의 지혜

시인 김지하의 스승이며, 유기농 농산물 도농직거래 조직인 '한살림'을 창립한 무위당 장일순 선생님이 장사가 잘 안 된다며 걱정하는 밥집 주인에게 이런 말씀을 하셨다.

"자네 집에 밥 잡수시러 오시는 분들이 자네의 하느님이여. 그런 줄 알고 진짜 하느님이 오신 것처럼 요리를 해서 대접을 해야혀. 장사 안 되면 어떻게 하나, 그런 생각은 일절 할 필요 없어. 하느님처럼 섬기면 하느님들이 알아서 다 먹여주신다 이 말이야."

장사를 하다 보면 잘되는 날도 있고 안 되는 날도 있다. 주인 입장에서는 마음이 거기에 매여 일희일비할 수밖에 없다. 다른 직업을 가진 사람도 비슷한 처지일 것이다. 그럴 때 무위당 선생님의 말씀을 한 번쯤 떠올려볼 만하다. 우리는 무얼 해도 만족하지 못하고 실패할까 조바심을 내는 게 버릇이 되었다. 학교에서든 사회에서든 일등만 강조하고, 못하면 야단맞는 분위기라 그런 태도가 몸에 배었다.

"어느 대학이냐에 매이지 마라. 무슨 말이냐 하면, 간판에 매달리지 말라는 거야. 그런 것에 사로잡히면 세상을 옳게 볼 수 없어. 소위 일류대학 나온 사람들이 세상을 다 망치고 있지 않아? 다들 좋은 간판 얻어갖고 남 위에 올라서서 살면 잘사는 줄 아는데 다 허망한 거다. 그걸 제일로 알고 따라가는 데서 문제가 생기니까 너는 그런 데 휘둘리지 말거라."

진로 선택으로 고민 중인 수험생에게 들려준 말씀이다. 고등학교 3학년이면 더 나은 학교에 가려고 열심히 공부하게 마련이다. 성적이 아슬아슬할 경우 학교를 먼저 선택하느냐, 학과를 먼저 선택하느냐로 고민이 많다. 남 보기에 그럴 듯한 선택을 했다가 나중에 자기 인생은 없고 허울만 남게 되어 허무감에 빠지는 사람이 한둘이 아니다. 두고두고 선생님의 말씀을 거울삼아 들여다볼 일이다.

무위당 선생님이 아홉 살 때 이런 일이 있었다. 돈을 꿔가고 안 갚는 사람에게 찾아가서 독촉을 하겠다는 아버지를 붙잡으며 할아버님이 들려준 말씀이다.

"가지 마라. 너도 자식을 키우잖니? 돈을 줬으면 그만이지 달라는 소리를 해서는 안 된다. 갚을 마음이 있어야 되는 것이지, 갚을 마음이 없는 사람에게 돈을 달라 하면 돈은 받지도 못하면서 사람을 잃고, 또 갚을 마음은 있는데 돈이 없어 못 갚는 사람은 마음이 얼마나 안타깝겠니. 그러니 그런 슬기롭지 못한 짓은 하지 마라."

이 말씀이 어디 꼭 돈 얘기만이겠는가. 어떤 행동을 하려고 할 때마다 상대의 마음과 처지를 살피라는 말씀일 것이다. 지금 이 얘기를 듣고 시대착오적이고 비현실적이라고 생각하는 사람도 있을 것이다. 그럴지도 모른다. 비록 지킬 수는 없어도 우리가 어떤 염치를 갖고 살아야 하는지는 알고 살아야 한다. 사는 일이 매 순간 부끄러운 일투성이지만 가끔은 선생님의 말씀을 떠올리며 마음에 쉼표를 찍는다.

선생님은 어떤 글씨가 잘 쓴 글씨냐는 물음에 이렇게 답하셨다.

"추운 겨울날 저잣거리에서 군고구마를 파는 사람이 써 붙인 서툴지만 정성이 가득한 '군고구마'라는 글씨를 보게 되잖아? 글씨를 보고 있으면 저절로 고구마가 머리에 떠오르고, 손에는 따신 고구마를 쥐고 싶어지고, 가슴에는 따뜻한 사람의 정감이 느껴지지 않나. 그게 진짜야. 그 절박함에 비하면 내 글씨는 장난이지. 못 미쳐. 그 글씨는 어설프게 보여도 진짜고, 내가 쓴 것은 죽어 있는 글씨야."

책에만 씌어 있는 엄청난 철학보다 살면서 나를 돌아볼 수 있는 실질적인 말씀은 쉬우면서도 정이 담겨 있어서 더 가슴에 와 닿았다.

"밥 한 그릇을 우습게 봐서는 안 돼. 온 우주가 힘을 합해야 그게 만들어지잖아? 엄청난 거지. 반찬 투정하는 사람은 뭘 몰라도 한참 모르는 사람이야."

장일순 선생님의 글씨와 그림을 모아 만든 책《좁쌀 한 알》에서 이 말씀을 발견했을 때 전율을 느꼈다. 밥 한 그릇에 김치 한 사발만 있어도 그밖에 더 바랄 것이 없는 그 깊고 너른 마음에 고개가 숙여졌다. 공교롭게도 불교의 식사 기도도 이렇게 시작한다.

"한 방울의 물에도 천지의 은혜가 스미어 있고, 한 알의 곡식에도 만인의 노고가 담겨 있다."

모든 좋은 말씀은 일맥상통하는 부분이 있다. 매 순간 흐트러지려는 마음에 이런 말씀들은 가뭄에 단비 같은 역할을 한다. 부처님은 2,000년도 더 전에 어떻게 지금의 일들이 벌어질지 알고 이런 말씀을 해주셨을까? 우리나라의 많은 스승들도 우리의 어깨를 두들겨주는 말씀을 많이 하셨다. 돌아보면 감사할 일이 많다. 내 목숨 하나도 쌀 한 알처럼 온 우주의 힘이 모아졌다고 생각하면 감격스러워 목이 멘다.

가을 효소 담그기

재료

돌배, 으름, 구기자, 오미자, 오가피열매, 탱자, 귤, 솔잎, 돌갓, 국화, 석류, 모과, 백년초(선인장열매), 둥굴레, 유자, 명자나무 열매

주의사항

❖ 으름, 구기자, 오미자를 씻을 때는 가급적 빨리 물에서 건져내야 한다.
❖ 물에 오래 담가 씻으면 약성이 물에 씻겨나가 약효가 덜하다.
❖ 국화꽃은 향기와 화분이 물에 씻겨 약성이 손실되므로 주의한다.

재료에 따른 1차 발효기간

꽃 1차 발효기간이 약 60일 정도면 발효된다.(꽃은 잎이나 열매보다 1차 발효기간이 짧다.)
새순 1차 발효기간이 100일 정도 걸린다.(열매와 뿌리보다 발효기간이 짧다.)
열매 여름 열매는 수분이 많아서 가을 열매보다 설탕을 더 넣는다.
가을 열매 중에서 섬유질이 많고 수분이 적은 열매는 설탕을 1:1로 절인다.
뿌리 섬유질이 많은 약초 뿌리는 설탕을 1:1로 절인다.
수분이 많은 약초 뿌리는 1:1.5로 설탕량을 늘린다.

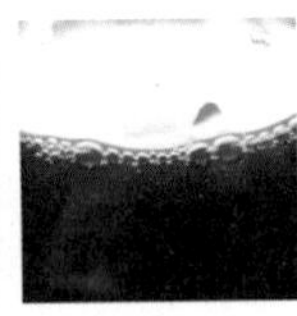
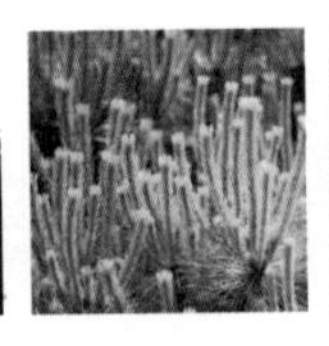

◎ 손질하기

- 채집해온 재료들을 펼쳐놓고 다듬는다.
- 시든 잎과 낙엽들을 골라낸다.
- 깨끗한 물에 먼지와 흙을 잘 씻은 후 그늘에서 물기를 뺀다.
  (물기를 완전히 제거하되 재료가 시들지 않게 주의.)

◎ 담그기

- 물기를 뺀 재료를 무공해 설탕 또는 황설탕에 버무린다.
  (백설탕은 식물이 발효되기 전에 설탕이 먼저 녹고,
  흑설탕은 발효한 뒤에도 녹지 않아서 적합하지 않다.)
- 설탕의 비율은 1:1로 한다.(식물의 특성에 따라 조정할 수 있다.)
- 잘 버무린 재료를 항아리에 차곡차곡 넣어 눌러준 다음,
  넓적한 돌멩이를 올려놓는다.
- 항아리 입구를 위생 비닐로 밀봉한다.

◎ 보관하기

- 햇볕이 들지 않는 서늘한 곳에서 보관한다.
- 온도 변화가 없는 굴속에 보관하면 가장 좋다.

◎ 발효기간

- 상온 17도에서 약 100일이 적당하다.
  (햇볕이 들고 따뜻한 곳에서는 너무 빨리 발효가 진행되므로 좋지 않다.)

◎ 찌꺼기 거르기

- 발효가 끝나면 찌꺼기는 건져내고 액체만을 고운 체나 삼베 자루에 넣고 짠다.
  (걸러낸 액체에 건더기가 들어가지 않도록 주의.)

◎ 숙성시키기

- 맑게 걸러낸 액체는 최소한 1년 이상 서늘한 곳에서 숙성 보관한다.
  (반드시 무공해 항아리에 효소액을 넣고 보관한다.)

◎ 마시기

- 잘 숙성된 효소를 따뜻한 차에 타서 식후에 마시면 소화에 도움이 된다.

겨울 효소 이야기

산야초 효소의 효능

산야초 효소는 봄부터 겨울까지 산과 들에 나는 초목들 중에서 뿌리, 잎, 껍질, 열매, 꽃 등을 채취하여 발효시켜 숙성한 것을 말한다. 친환경 채소만 해도 몸에 좋은데 온 산의 기운을 다 받고 자란 산야초의 효능은 새삼 강조할 필요도 없다.

산야초 효소를 만들 때는 무엇보다 원재료가 결정적인 요소다. 오염이 되지 않은 청정지역에서 채취한 산야초여야 한다. 산야초를 잘 손질해서 황설탕에 재웠다가 100일 동안 숙성시킨 뒤 찌꺼기를 걸러서 원액을 6개월 이상 숙성시키면 산야초 효소가 된다. 오래 숙성된 효소액일수록 더 좋은 효과를 얻을 수 있다.

산야초 효소가 우리 몸에 끼치는 영향은 일일이 열거하기 어려울 만큼 많다. 영양분 및 산소 흡수 촉진, 소화 촉진, 체질 개선, 노화 방지, 신진대사 촉진, 비만 방지, 해독정화작용. 한마디로 피와 조직을 깨끗이 해주며 신진대사로 생긴 가스나 노폐물을 배출시켜 주는 것이다. 몸의 새 조직을 형성하는 데도 도움을 준다.

매일 효소 한두 잔을 꼬박꼬박 챙겨 먹는다면 그만큼 건강에 관심을 갖는 사람이다. 그런 사람은 몸의 변화나 반응에도 민감하다. 즉, 몸에 이상이 생기면 빨리 발견할 수 있다는 뜻이다. 또 얘기하지만 장 속의 이로운 균을 활성화시켜 독소를 빨리 몸 밖으로 내보내는 것이 효소의 대표적인 역할이다. 효소작용이 활발해지면서 장의 운동을 도와 배변을 쉽게 할 수 있으니 몸이 가뿐하다는 걸 실감한다. 이것을 생활화하면 인체에 해로운 물질과 발암물질이 생기는 것을 막아준다.

효소 한 잔으로 당장 뭐가 달라지리라고 기대하기보다는 꾸준히 복용하면서 생활을 건전하게 만들어가려는 마음가짐이 필요하다. 천리 길도 한 걸음부터다. 아침에 효소 한 잔을 마시면서 몸을 생각하고 마음을 가다듬다 보면 차츰 자연을 가까이하는 생활로 바뀌게 된다. 효소는 공복 때보다는 식사 후에 마시는 것이 몸에 부담이 없다. 효소를 접하고 몸이 자연에 가까운 상태로 돌아갈수록 내 주변에서 자연친화적이지 않은 환경들이 눈에 띄게 될 것이다. 몸에 해로운 생활환경과 나쁜 습관을 점차적으로 개선해나가면 삶도 달라진다.

장이 튼튼해야 몸도 튼튼!

대장이 우리 몸의 면역체계의 90퍼센트 이상을 담당하고 있다. 우리는 배고픔의 시절을 지나 영양 과잉의 시대를 살고 있다. 아직도 우리 식생활은 영양가 높고 맛있는 음식을 먹는 데 치중하고 있다. 섭취보다 배설이 문제가 된 지 오래지만 무엇을 어떻게 해야 할지 잘 알지 못한다. 장이 튼튼해야 몸이 튼튼하다는 단순한 진리를 되새겨야 할 때다.

"잘 먹고 잘 싸는 게 최고야!"

옛날 사람들의 이 말에는 큰 지혜가 담겨 있다. 임금에서부터 머슴까지 똑같이 적용되는 건강 원칙이다. 아무리 잘 먹어도 잘 싸지 않으면 당장 몸에 문제가 생긴다. 왕의 대변은 '매화'라고 높여서 불렀고 아침마다 어의가 매화를 검사했다. 매화를 받아두는 변기는 '매화틀'이라 불렀다. 어의가 매화틀을 가져다 꼼꼼히 살펴본 뒤 그 상태를 기록했다. 왕의 건강을 진단하는 가장 직접적이고 효과적인 방법이었다. 변이 몸의 건강 상태를 있는 그대로 보여주기 때문이다. 어린애의 황금색 똥을 예찬하는 것도 똑같은 이유에서다. 지독한 냄새가 나지 않는 시큼한 황금색 변을 본다면 장의 상태가 건강하다고 할 수 있다.

성인의 건강에는 특히 먹는 것보다 배설이 더 중요하다. 어릴 때는 성장을 위해 영양분을 섭취해야 하지만 성인이 되면 더 이상 성장을 위한 영양이 필요하지 않다. 기초 대사량이 떨어지기 때문에 먹는 양을 줄이고 배설을 도와주는 음식으로 식단을 짜야 한다. 사회생활을 하면서 외식을 자주 하다 보면 과식할 때가 많다. 몸 안에 음식 찌꺼기를 만들고 가스를 만드는 고칼로리의 회식은 최대한 자제하도록 노력하자. 좋은 물과 식이섬유와 효소가 많은 생채소를 먹도록 노력하지 않으면 몸속 효소는 곧 바닥나고 말 것이다.

밖에서 비싼 돈 주고 맛있는 음식을 잔뜩 사 먹은 뒤 몸에서 효소가 유해균과 유해물질을 걸러내지 못하면 독소가 쌓인다. 가공식품에는 배설을 돕는 식이섬유와 효소가 없다. 왜 입만 열면 가공식품, 인스턴트식품이 나쁘다고 강조하겠는가. 첨가물이 독소로 변하여 장에 숙변으로 쌓이기 때문이다. 악균이 대장에서 번식해 독이 혈액을 오염시키면 질병이 발생한다. 장내 면역력을 조절하는 물질로는 효소, 비타민, 미네랄, 식이섬유가 있다. 몸의 노폐물과 가스를 제거하는 역할도 한다. 불에 끓인 음식과 인스턴트 음식으로 차려진 밥상에는 효소도 미네랄도 식이섬유도 턱없이 부족하다.

식생활 변화에 따른 문제점이 질병으로 나타나면서 효소에 대한 인식이 점점 높아지고 있다. 효소의 필요성이 절박해졌고 많은 사람들이 효소가 건강에 중요하다는 사실을 알게 되었지만 당장 무엇을 어떻게 해야 할지 구체적인 방법까진 아직 모른다. 거듭 강조했다시피 생식의 양을 늘리고 발효식품을 꾸준히 먹어야 한다. 부족한 부분은 효소액으로 보충해주면 된다. 자연친화적이고 건전한 생활 습관이 몸에서 병을 몰아낸다. 생활이 건강해야 몸이 건강하다는 사실을 절대 잊어선 안 된다.

전통방식의 발효와 과학적 견해

생체 내에서 일어나는 무수한 화학반응과정에는 반드시 효소의 힘이 필요하다. 세포가 움직이는 과정마다 효소가 필요하기 때문에 체내에 효소가 없다면 그 순간 죽음을 맞을 수밖에 없다. 제1의 불은 활활 타는 불, 제2의 불은 전기, 제3의 불은 원자력, 그리고 제4의 불은 효소라고 할 정도로 효소가 인간의 생활에 끼치는 영향은 막대하다. 몸속 효소의 역할이 절대적인 만큼 식품을 통한 섭취도 중요시되어왔다. 발효식품이 발달하게 된 계기도 그렇게 이해할 수 있다.

발효는 인류의 역사와 함께 해온 대표적인 음식 만드는 방식이다. 벌써 기원전 6000년에 효모가 맥주 제조에 사용되었으며, 치즈 생산에 곰팡이를 이용했고, 식초를 만드는 데는 초산균이 오래전부터 이용되었다. 더욱이 동아시아 음식의 역사는 발효의 역사라 해도 좋을 정도로 발효음식이 발달했다. 우리 조상들은 삼국시대부터 술, 장, 젓갈 등 다양한 발효음식을 먹어왔다. 조선시대에는 산나물장아찌와 물김치, 배추김치를 담가 먹었다.

효소와 발효가 건강에 절대적으로 필요하다는 사실이 알려지기 시작하면서 또 다른 문제점이 생겼다. 웰빙이라는 단어를 달고 나타난 식초 만드는 사람, 된장 만드는 사람, 효소 만드는 사람이 갑작스럽게 많아졌다. 아직 효소가 완전하게 자리매김했다고 볼 수 없기 때문에 여러 실험단계를 거쳐 발전해가고 있는 중이다.

내가 지리산에서 16년 동안 효소를 연구하고 지켜올 수 있었던 것은 언제고 효소의 시대가 올 거라는 확신이 있었기 때문이다. 효소가 대중의 관심을 받으면서 불과 1, 2년 사이에 엄청난 양의 효소 상품이 쏟아져 나왔다. 너도 나도 효소를 만들고 효소를 팔고 있는 실정이다. 그러다 보니 거기 따른 부작용으로 원료와 숙성과정을 믿을 수 없는 효소가 나돌고 있는 것도 사실이다. 효소액 만들기에서 무엇보다 중요한 것은 좋은 원료로 발효시켜 제대로 된 숙성과정을 거쳐야 한다는 것이다. 시중에 나와 있는 상품이 숙성과정에 필요한 시간과 인내를 갖고 기다려서 만든 것인지 생각해보지 않을 수 없다.

오래전부터 전통발효비법을 전수해준 스승님이 계신다. 스승님의 스승님으로부터 물려받은 비법을 나를 포함한 세 명에게 전수해주시면서 정직한 마음으로 전통방식을 꼭 지키라고 당부하셨다.

그리고 장삿속만 챙기지 않을, 믿을 수 있는 사람 세 명에게 비법을 전수해주라고 나에게 말씀하셨다. 전통발효법을 후손에게 전하고 싶은 그 깊은 마음을 나도 오래도록 끝까지 지켜나가고자 한다.

발효를 연구하는 미생물학 박사들은 과학적 데이터에 근거해서 모든 것을 분석할 수밖에 없는 위치에 있다. 하지만 우리처럼 발효문화의 전통이 깊은 나라에서는 과학보다 오랜 경험으로 먼저 입증된 많은 발효방식들이 암암리에 전래되고 있다. 과학이 경험과 실재를 검증시켜줄 필요도 있겠지만 전통적인 우리 방식에 대한 관심과 존중도 중요하다고 생각한다. 과학자도 아니고 식품학자도 아닌 내가 무리라는 것을 알면서도 경험을 바탕으로 한 연구에 기대어 이 책을 내는 이유 가운데 하나가 이것이다.

다시 새로운 아침을 꿈꾸며

아침은 우리 모두에게 공평하게 찾아 온다. 어제 하루를 잘 살았건 겨우 살았건 밤이 지나고 나면 똑같은 길이의 하루가 주어진다. 밤사이 새 힘을 얻어 다시 하루를 시작한다. 오늘은 아마도 똑같은 양의 새로운 힘과 희망도 준비해두었을 것이다. 그것을 챙겨 하루를 열심히 사는 것은 우리들의 몫이다. 고통에 빠진 사람에게는 내일 아침이 온다는 것이 희망이다. 변화를 기대하며 오늘을 견뎌낼 수 있다.

아우슈비츠 수용소 사람들에게는 금기의 언어였던 '내일 아침'이 매일 어김없이 온다. 언제 죽을지 모르는 수용소의 유태인들은 감히 내일을 꿈꿀 수 없었다. 만약 내일 아침이 존재하지 않았다면 힘든 처지에 있는 사람들은 오늘을 버티기 힘들 것이다. 내일 아침에는 모든 것이 달라져 있을 거야, 더 나아질 거야, 위로하며 자신을 격려하며 살았던 날들을 우리 모두는 지나왔다. 어제 죽은 사람이 그토록 갖고자 원했던 '내일'을 우리는 오늘 공짜로 받았다. 천만금을 주고도 살 수 없는 하루, 귀하고 소중하게 잘 살아내자.

새로운 아침 햇살이 창문에서 나를 비출 때 오늘은 또 어떤 하루가 될까, 머릿속으로 그려본다. 하나는 확실하다. 나는 지치지 않고 어제와 똑같으면서도 다른 또 하루의 내 인생을 만들 것이다. 어려운 일이 있으면 산을 넘듯 넘어설 것이고 즐거운 일이 있으면 산을 내려오듯 많이 웃고 즐길 것이다.

아침! 반갑다. 오늘 하루 잘해보자!

추운 겨울 아침에도 내 곁을 떠나지 않는 아름다운 곤줄박이의 새소리를 들으며 산뜻한 마음으로 아침을 맞이한다.

장 담그는 날 금줄을 치다

산야초를 채취하지 않는 시기인 겨울, 정월에 꼭 해야 할 일이 있다. 장 담그기다. 별다른 조미료가 없고 반찬을 사 먹을 수 없었던 옛날에 장 담그기는 한해 농사를 짓는 일에 버금가게 중요한 일이었다. 보통 3월까지도 장을 담글 수는 있지만 정월에 담가야 날이 추워서 소금도 덜 들고 변질의 가능성도 적다.

예부터 장은 말날午日에 담근다. 대개 20일경이다. 혹시 말날을 놓쳤을 경우에는 토끼날卯日이나 범날寅日을 잡는다. 단, 소날과 개날에는 장뿐만 아니라 김치, 동치미도 담그지 않는다고 한다. 소와 개는 침을 질질 흘리는 동물이라 장이나 김치에 물이 흘러 맛을 버리게 될 거라는 우려 때문이다. 12일마다 각각 다른 동물들이 있지만 웬만하면 맛있다는 속설이 내려오는 날로 택일을 하는 게 좋겠다. 2월에 담근 장으로는 제사를 지내지 않는 법이라고 2월은 피한다.

우리 조상들은 장 담글 때는 택일부터 집안 단속까지 신중하게 한 건 물론이고 몸가짐을 조심했다. 장맛이 변하면 집안이 망한다고 생각했기 때문이다. 그 당시는 그만큼 장이 식생활에서 차지하는 역할은 절대적이었다. 귀신이 다가오지 못하게 장독대에 금줄을 두르기도 하고 버선 모양으로 종이를 오려 거꾸로 붙여놓기도 했다. 장 담그는 동안은 아무나 드나들지 못하게 대문에도 금줄을 쳤다.

장 담그는 일보다 더 중요한 건 메주 만드는 일이다. 메주 만드는 일만큼 중요한 것이 좋은 콩을 고르는 일이다. 대설 즈음에 콩을 삶아서 메주를 만들어 바람이 잘 드는 곳에서 서서히 말려야 한다. 겉에 노란 곰팡이가 피고 메주를 잘랐을 때 속이 마치 곶감처럼 샛노란 색이면 메주가 잘 뜬 거다. 푸른곰팡이가 피면 발효가 아니라 부패가 일어난 것이다. 장맛을 결정하는 것은 장을 발효시키는 미생물이다. 현재까지 인류가 미생물에 대해 밝힌 것은 20퍼센트도 안 된다고 한다. 그만큼 발효의 세계는 무궁무진한 것이다.

집에서 간장 담글 때는 대충 눈짐작으로 물 한 동이에 다섯 대접의 소금을 넣는다. 농도는 계란으로 재면 된다. 계란을 넣어봐서 가라앉고 소금물 위로 올라온 부분이 오백 원짜리 동전만 하면 적당하다. 십 원짜리 만큼이면 소금을 조금 더 넣어 맞춘다. 메주는 물에 씻어 먼지를 제거한 뒤 말려서 넣는다. 이때 참숯을 불에 달궈서 소금물에 넣는다. 그 열로 잡균이 죽는다. 잘 알려져 있다시피 세균 감염을 막기 위해서다. 붉은 고추 대여섯 개와 대추 서너 개를 같이 넣는다. 항아리 뚜껑은 볕이 나면 열어두었다가 흐린 날은 닫는다. 소금물에 넣은 메주는 45일 정도 지나면 건져내고 간장은 팔팔 끓여서 보관하면 된다.

장 담글 때 메주 말고 중요한 게 또 있다면 물이다. 건강에 있어서 물의 중요성은 두말할 필요가 없을 정도다. 여기서 몇 가지만 짚고 지나가자. 물은 혈액의 점성을 완화시켜 순환을 원활하게 하고 결과적으로 노폐물의 배출을 도와준다. 특히 술의 독성이나 알레르기 물질 등을 중화시켜주며, 변비 해소에도 탁월하다.

물을 마실 때 음식을 먹듯 씹어서 삼키면 타액 속의 아밀라아제라는 효소가 함께 위 속으로 들어가 소화에 도움이 되고 몸의 면역력도 높여준다. 음식물 분해 후 남은 독소들이 배출되지 못하면 유해한 물질이 체내에 축적되고, 피부에 영양분과 수분을 공급해주는 말초 혈관들의 혈행과 신진대사를 방해한다.

간장을 담글 때 항아리에 빨간 고추와 숯을 같이 넣는 것은 과학적으로도 증명되었다. 부패와 발효의 민감한 경계도 이 세균 번식이 어떤 역할을 하는지와 상관이 있다. 생각할수록 지혜로운 조상의 생활 속 비법이 어디 이것뿐이겠는가. 숯이나 고추나 솔가지가 제대로 방어막 역할을 하던 일은 따로 있었다.

옛날에는 엄마가 아이를 낳으면 집 앞에 금줄을 쳤다. 심신이

지친 산모를 보호하고 면역이 약한 아이를 지키려는 깊은 뜻이 숨어 있을 것이다. 엄마 배 속에서 280일을 살다가 무방비로 바깥세상에 나온 생명의 여린 숨결을 살필 줄 아는 그 마음이 아름답다. 금줄 친 삼칠일 동안 새 생명은 앞으로 닥칠 삶에 대해 워밍업 할 기회를 얻는다. 준비운동의 중요성은 아무리 강조해도 지나치지 않다. 반면 이런 생각도 든다. 아이를 낳고 금줄을 쳐야 할 만큼 그때는 서로 너나없이 가깝게 지내왔구나. 아무나 사립문을 열고 드나들 만큼 서로 친하고 믿을 수 있었던 시절의 이야기이다.

요즘은 초인종을 누르던 시절도 지나 새로 짓는 아파트에는 건물 외부에 대문에 해당하는 문이 하나 더 있다. 문 옆의 비디오 화면으로 상대의 얼굴을 확인해야만 문을 열어주고, 자기 집 앞에서 다시 한 번 목소리를 듣고 확인과정을 거쳐야 남은 관문을 통과할 수 있다. 몇 번이고 타인의 존재를 확인해야 안심한다. 불안이 깊다는 건 영혼이 쉬지 못한다는 뜻이다. 그때의 경계심은 옛날 대문에 쳤던 금줄과는 완전히 다르다.

금줄에는 나를 지키기 위해 꼭 필요할 때조차 타인에 대한 배려를 잊지 않는 마음이 담겨 있다. 얼굴 붉히지 않고 내가 안전하지 않은 상태이니 나중에 만나자는 뜻을 알린다. 거기에는 곧 만나게 될 희망이 내재되어 있다. 타인으로부터 거절당하는 것을 반기는 사람은 없으므로 잠깐만 기다려달라는 부탁의 역할을 한다.

더 재미있는 건 금줄에 아무거나 매달지 않는다는 점이다. 아들을 낳으면 숯과 고추를 달고 딸을 낳으면 솔가지와 숯을 달아 상대가 가장 궁금해하는 정보까지 전달해준다. 행여 마음에 금을 그으려거든 금줄을 쳐다오, 이 정도의 애정이 담긴 금을 긋는 거라면 얼마든지 받아주마. 혼자 그런 생각을 해본다.

콩은 메주 만드는 데 말고도 과자가 귀하던 시절에 겨울 주전부리로 그만이었다. 정월이면 집집마다 콩 볶느라 동네에 구수한 냄새가 가득했다. 일부러 콩 볶아 먹는 날까지 정해서 그날만큼은 맘 놓고 콩을 실컷 볶아서 먹었다. 정월 초하루부터 십이지일, 대보름, 이월 초하루에 콩을 볶아 먹는 세시풍속이 있었다. 콩알이 터지는 소리와 함께 이런 노랫소리를 쉽게 들을 수 있었다.

"새알 볶아라, 콩 볶아라."

조상들은 콩을 볶을 때 나는 '톡톡' 소리가 곡식 여무는 소리와 비슷해서 풍작을 부른다고 여겼다. 섣달 그믐날에는 콩으로 새해 운을 점치기도 했다. 수수깡에 끼운 열두 개의 콩을 물에 담갔다가 이튿날 꺼내 콩이 불은 정도를 보고 풍흉을 예상했다. 콩밥을 지어 먹거나 콩으로 소를 넣은 송편을 나이만큼 먹기도 했다. 긴 겨울이 지루해서 재미 삼아 이 일 저 일 즐거운 일을 만들어냈다. 아울러 콩으로 단백질을 보충할 수 있었으니 일거양득이었다.

히말라야의 성스러운 기운을 전하는 엄홍길 대장

불교TV 출연은 뜻하지 않은 일이었다. 〈이상벽의 이야기쇼〉라는 토크쇼에 이상벽 씨와 동반 패널로 나와서 출연자와 사는 얘기를 나누는 역할을 맡았다. 잠깐 나가려고 했던 게 벌써 이 년째 출연하고 있다. 꽉 짜인 시간표대로 살아야 하는 도시생활이 내겐 발에 맞지 않는 신발처럼 불편했다. 맞추려고 노력했지만 따라잡기 버거울 때가 많았다.

고속버스를 타고 갈 때 유일한 낙은 지리산을 벗어나 함양을 거쳐 덕유산에 이를 때까지 산자락을 내다보는 것이다. 우리나라에 산이 어디 지리산뿐이겠는가. 금수강산 어디든 아름다운 산이 없는 곳이 없다. 서울까지 자면서 가려고 했지만 지리산 못지않은 바깥 풍광에 정신이 맑아져 잠이 달아나버린다.

푸른색 일색이던 풍경이 대전부터는 회색 빌딩으로 바뀐다. 그 때부턴 눈을 감고 간다. 반사적으로 그렇게 된다. 초록색을 보면 눈이 가고 정신이 맑아지며 마음도 차분해진다. 반대로 자동차와 아파트 건물을 맞닥뜨리면 정신이 하나도 없고 고개를 돌리고 싶어진다.

지리산 산골에서 한 달에 두 번 녹화하러 서울까지 가는 게 쉽지는 않다. 느린 호흡의 시골생활에 길이 든 나에게 눈이 돌아가게 복잡한 도시풍경은 좀체 정이 가지 않았다. 이번 개편 때는 어떻게 빠질 수 있겠지, 하고 버텼지만 매번 여러 이유로 남게 되었다. 담당 피디와 작가 말대로 내 '인연' 따라 이루어진 일이었다.

방송국에 오기까지는 힘들어도 막상 녹화가 시작되면 어느새 즐거운 대화가 오가며 분위기가 화기애애해진다. 출연자의 인생 얘기를 들으면서 배운 점도 많았다. 무엇보다 이 일의 매력은 우리나라에서 내로라하는 연예인과 명사를 직접 만나 얘기까지 나누는 영광을 누릴 수 있다는 점이다. 성공한 사람의 인생에도 희로애락이 있고 눈물이 있었다. 더 큰 쓰임을 위해서 부처님의 가피를 받아 고난을 극복했다는 말을 들을 땐 마음에 큰 위안이 되었다. 어떤 어려운 일도 다 나름의 뜻이 있는 거라고 믿게 된다.

평소 내가 존경하고 만나고 싶었던 사람이 출연하는 날은 서울로 가는 발걸음이 가볍고 마음도 설렌다. 산악인 엄홍길 씨를 만났을 때가 그랬다. 그와 나 사이에는 산이 있었다. 똑같이 산을 사랑하고 산과 함께 하는 삶을 사는 사람이라는 생각에 만나서 무슨 얘기를 나눌지 기대가 되었다.

그의 첫인상은 온화하고 해맑아서 마치 개구쟁이 소년 같았다. 첫 대면을 하는 순간 히말라야가 내 앞에 우뚝 선 것처럼 사람을 압도하는 힘이 느껴졌다. 대화를 나누면서는 그의 내면에 깃든 강인한 정신력과 내공에 절로 고개가 숙여졌다. 그는 세상에서 가장 높다는 8,000미터급 16좌를 세계 최초로 모두 올랐다. 보통사람은 상상할 수도 없는 세계를 보고 경험한 사람이다. 감히 넘보지 못할 아우라가 느껴졌다.

그와의 인연은 거기서 끝나지 않았다. 며칠 후 집으로 택배가 왔다. 뜯어보니 엄홍길 씨가 직접 사인을 하고 짧은 인사말까지 적어서 보낸 책이었다. 그의 에세이집《꿈을 향해 거침없이 도전하라》였다. 내 생애 이처럼 큰 선물을 받다니 감격에 겨워 가슴이 뛰었다. 마치 히말라야의 산신님이 나에게 축복을 내린 것 같았다. 지금도 우리 집 벽에는 그가 사인한 '엄홍길 사랑의 학교 짓기' 포스터가 붙어 있다. 네팔에 초등학교와 병원을 세우기 위한 모금운동으로 그의 자연사랑, 인간사랑 실천의 하나다.

"히말라야의 성스러운 기운과 감사한 마음을 드립니다."

나는 종종 그가 책 앞 장에 적어준 그 말을 떠올린다. 그 따뜻하고 곡진한 한마디가 오래도록 내 가슴에 남아 있다. 그 문장에 그의 인생이 오롯이 담겨 있었다. 나 역시 지리산에 기대어 살고 있는 사람이라 히말라야의 기운을 내게 전한다는 말, 그 마음이 어떤 건지 알고도 남았다. 히말라야와 주고받은 교감, 거기에 바친 자신의 인생, 말로 다하지 못한 굽이굽이 사연들, 그것을 넘어선 뒤에 다다른 현재라는 시간. 그 모든 것을 '히말라야의 성스러운 기운' 이라는 말에 담았을 것이다.

그때 자신 안에서 간곡하게 우러나오는 것은 더도 덜도 아닌 '감사하다'는 마음이다. 히말라야에 대한 감사, 세상에 대한 감사, 함께 산에 올랐던 동료에 대한 감사, 무엇보다 험난한 여정을 이기고 살아낸 자기 자신에 대한 감사는 그가 만나는 모든 사람을 감사의 마음으로 대할 수 있게 해주었을 거라고 믿는다. 불교에서도 세 가지 복덕으로 감사, 친절, 웃음을 꼽는다. 남을 배려하고 살피고 기쁘게 하면 그만큼 복을 짓는 일이다.

그는 어려서부터 원도봉산을 앞마당처럼 누비고 다녔다. 어머니가 원도봉산에서 장사를 하셨기 때문에 매일 무거운 짐을 지고 산을 오르내려야 했다. 키는 작았지만 등산으로 체력을 단련시켰다. 덕분에 평지보다 경사진 길을 걷는 게 더 익숙하고, 그냥 걷는 것보다 배낭을 메고 오르는 게 더 자연스럽다고 했다. 그는 타고난 산악인이었고, 그가 겪고 극복한 삶이 그를 위대한 산악인으로 키웠을 것이다.

삶이란 그러한 것이리라. 우리가 살아온 인생은 말, 행동, 선택, 꿈, 어디에도 흔적을 남긴다. 우리의 모든 움직임과 마음씀씀이가 인생의 대변인이 되어 숨김없이 자신을 드러낸다. 그의 진심 어린 말과 맑은 기운의 표정은 전부 그의 삶의 과정 하나하나에서 빛어

진 것이다.

그의 책을 읽는 동안 히말라야에 그가 디뎠던 발자국을 따라 걷는 느낌이었다. 그가 산에서 동료를 잃고 사고로 발목이 180도 돌아가는 장면에서는 내 몸이 오그라드는 듯 가슴 아팠다. 중요한 것은 히말라야에 올랐다는 결과가 아니라 오르는 과정이라고 그는 거듭 강조한다. 과정은 언제나 힘들기 마련이다. 그 과정을 즐기지 않으면 할 수 없는 일이다. 오르는 과정은 영원히 끝나지 않을 듯 길지만 정상에 오른 기쁨은 잠시뿐이다. 인생도 마찬가지일 것이다. 그러니 어찌 과정 속에서 자신을 발견하고 성장시키는 일을 게을리하겠는가.

"산을 좀 더 잘 알게 되고 그것을 자신의 일부처럼 받아들이게 되면, 인간의 내면에 잠재해 있는 공격성은 많이 순화된다. 인간이 인간과 투쟁할 때는 질투, 시기, 좌절, 쓰라림, 증오 같은 것을 배우게 된다. 하지만 산과 투쟁할 때 인간은 자신보다 거대한 존재 앞에서 고개 숙일 줄 알게 되고, 그런 과정을 통해 평온, 겸허, 품위 같은 것을 배우게 된다."

미국의 산악인이자 대법관이었던 윌리엄 오 더글러스의 말이다. 그는 어려울 때마다 이 말을 떠올리며 힘을 얻고 위안받았을 것이다. 나도 여러 번 곱씹어보았지만 그때마다 새록새록 의미가 되살아났다.

엄홍길 씨는 2009년 5월 31일, 마지막 16좌로 로체샤르를 올랐다. 내려와서 산을 돌아보는데 저기서 대체 어떻게 살아서 돌아왔을까, 스스로도 믿을 수 없었다고 한다. 아무리 경험이 많고 체력과 정신력이 뛰어나도 8,000미터 이상 올라가면 그때부턴 모든 게 인간의 능력을 벗어나는 일이 된다. 산이 인간을 받아주어야만 정상에 오를 수 있다. 산을 내려와서 산을 보면 산은 언제나 그 자리에 있고, 정작 산에 오르면 그곳에는 산이 없다. 그렇게 그는 산의 일부가 되었고 산은 그의 전부였다.

'히말라야는 왜 나를 살려서 돌려보내 준 것일까?'

그 후 그는 줄곧 그 물음을 붙들고 제2의 인생을 살고 있다. 히말라야의 산과 신들이 그에게 베풀어준 가르침과 은혜를 다른 사람과 더불어 누리려고 많은 일들을 시작했다. 그중 하나가 신체장애인들, 지적장애자들, 화상을 입은 어린이 등과 함께 히말라야를 오르는 일이다. 서른여덟 번의 히말라야 산행에서 수도 없이 겪은 실패, 좌절, 실의, 도전, 희망은 인생에 있어서 획기적인 사건이자 엄청난 변화였으며 그것에서 큰 용기를 얻었다. 그들은 누구보다 의지가 강했다. 두렵지만 어렵고 힘든 도전을 통해 자신을 이겨내겠다는 불굴의 의지가 뿜어 나왔다. 한 걸음 한 걸음 떼어놓으면서 자신과 싸우고 자기 앞에 놓인 미래와 싸우는 것이다. 그 경험으로 그들은 더 넓은 세상으로 힘차게 나아갈 수 있을 것이다. 엄홍길 씨의 다짐처럼 불멸의 육체는 없지만 불굴의 정신은 있다.

어려운 신체조건으로 히말라야에 오른 아이들과 어른들은 가장 힘들 때, 슬플 때, 고통스러울 때 꺼내볼 수 있는 푸른 산 하나를 가슴속에 갖게 된 것이다. 그 산의 갈래마다 시냇물이 있고 새소리가 들리고 메아리가 되돌아온다는 것도 아울러 배웠을 것이다. 살아가는 데 이보다 더 큰 선물이 있을까.

바쁜 일상생활과 탁한 도시의 공기 속에서 얼마쯤 살다 보면 그는 또 히말라야가 그리워진다. 모든 것을 소유한 우리들은 왜 저들보다 행복하지 못한 걸까? 네팔 사람들을 볼 때나 포터들과 산을 오를 때면 자신에게 묻고 또 물었다. 그들의 천진무구하고 행복한 얼굴을 보기 위해 당장 히말라야로 달려가고 싶었다.

책에는 그도 우리와 똑같은 약한 인간이라는 걸 발견하게 되는 대목도 있었다. 그를 삼키기 위해 곳곳에 도사리고 있는 위험이 때때로 목을 조여 오는 느낌이었다고 한다. 그럼에도 불구하고 산허리에 로프를 매고 오르고 또 올랐다. 그렇게 자연의 품에 안겼다. 그의 눈가에는 주름꽃이 피었다. 그것은 그가 극복한 고통과 좌절 그리고 희망의 상징이다. 주름의 깊이만큼 많은 고비를 넘겼으며 혹심한 추위와 난관을 견뎠다는 뜻일 것이다.

책의 마지막 부분에 나와 있는 그의 말은 읽는 사람의 마음을 숙연하게 한다.

“내가 자꾸 산에 오르는 이유는 마음 한구석에 산의 높은 정신을 아직 배우지 못해서, 아니 배우고 싶은 것이 남아 있어서일 것입니다."

세계 최초로 히말라야 8,000미터 16좌를 완등한 사람의 입에서 나오는 말이라곤 믿을 수 없게 겸손하다. 그가 그만큼 산이 가진 신성함을 잘 알고 있다는 뜻이다. 그에게 산은 정복의 대상이 아니라 수행이고 배움의 장소이다. 높은 산일수록 겸허하다. 아무리 세찬 바람이 불고 강추위가 몰아친다 해도 산의 본마음은 겸허다. 묵묵함이다. 도전하는 사람은 그 앞에서 겸허해야 산이 마음을 열고 받아준다. 겸허하다는 것은 그만큼 크고 높다는 뜻이다.

그는 무슨 일을 시작하려면 항상 운동부터 하라고 조언한다. 45분 수업을 하고 10분 쉬듯 여덟 시간 일하면 하루 한 시간 운동을 해야 한다. 체력을 다져주는 것은 물론 운동은 몸을 지치게 하지 않고 오히려 일하는 에너지를 공급해줄 거라고 했다. 몸을 움직이는 일이 마음을 움직이는 일임을 아는 사람이 할 수 있는 말이다. 진정한 멘토가 필요한 이 시대에 그는 젊은이들에게 히말라야의 신선한 공기를 전해주는 사람이다.

날이 갈수록 자신의 목소리를 높여가는 인간과는 달리 산은 무한한 침묵으로 인간을 가르친다. 앉아서 고민하기보다는 직접 부딪치는 삶을 살아야 한다는 것을 나 또한 지리산에서 배웠다. 동시에 산과 호흡하다 보면 자신을 낮추고 더욱 겸허해져야 한다는 진리를 저절로 깨닫게 된다.

산을 사랑하고 삶 속에 산을 끌어들인 사람이 나 말고도 또 있다는 사실이 무척 반가웠다. 엄홍길 씨 자신이 또 하나의 거대한 산처럼 느껴졌다. 우리 사회에서 도전과 시련을 눈앞에 두고 주저하는 사람에게 바람을 막아주는 산 역할을 하리라 믿는다. 그가 나에게도 히말라야의 신성한 기운을 주었으니 그만한 열정과 꿈을 갖고 지리산에 움튼 삶을 잘 꾸려나가리라 다짐한다.

방문객이 남기고 간 것들

산 좋고 물 좋은 곳에서 마음 편히 살지만 거기에도 대가가 따른다. 갖가지 이유를 들고 찾아오는 사람들이 많다. 붙잡혀 두세 시간 차를 마시며 그들이 묻는 말에 대답을 하고 그들이 원하는 방식의 대화를 하게 된다. 예약 없이 자기 편한 시간에 아무 때나 찾아와서 내 일을 방해하는 것은 물론 생활의 리듬을 깨뜨리면서도 미안해하기보다 당연하게 생각한다.

나에게도 개인생활이 있다는 걸 인정하지 않는다. 당신은 방송에 나온 공인이고, 책도 몇 권 냈으니 독자를 당연히 만나줘야 한다고 생각한다. 산야초에 대해 잘 알고 있고, 자연친화적인 삶을 살고 있으니 내 궁금증을 풀어줘야 한다는 식이다. 손님이 아니라 채권자 같은 태도로 따지듯 이것저것 꼬치꼬치 묻기를 멈추지 않는다.

나름 성의껏 대답을 하지만 그들의 성에 차지 않을 때가 있다. 인생의 전환점에서 계기를 마련하고자 찾아왔지만 잠깐의 대화에서 충분한 만족을 얻기는 어렵다. 자신을 돌아보기보다 밖에서 해답을 찾으려 하기 때문이다. 내가 산에서 살아온 16년의 세월을 무슨 수로 한두 시간 안에 정리해서 말해주겠는가. 그 짧은 시간 대화를 나누면 얼마나 나누겠는가. 갑자기 한 번 만나서 공감대를 형성하고 마음 깊숙한 곳까지 도달하는 대화를 나누려 한다는 것 자체가 무리이고 욕심이다. 그뿐만이 아니다. 지리산으로 귀농하려는데 빈 집 좀 알아봐 달라는 요구는 예사다.

소통에는 시간이 필요하다. 책에서 읽은 걸 바탕으로 나에 대해 나름의 환상을 만들어 거기에 나를 꿰맞추고 맘에 안 들면 화를 낸다. 자기가 기대했던 것만큼 충분한 교감을 하지 못하면 서로 불만이 생기게 된다. 나로서도 그들의 서운함을 채워줄 수 없을 때 그것이 고스란히 마음에 부담이 되고 스트레스가 된다. 그들이 떠난 뒤엔 한 인간이 평생 지었던 짐이 저기 방 한쪽 구석에 덩그러니 내려져 있는 느낌이 든다.

그들은 정작 자신의 생활방식을 바꾸려는 마음이 없다. 그저 말뿐인 얘기만 늘어놓고 간다. 내가 성의 있게 대답을 해도 또 다른 문제점을 들고 나와 나를 당황하게 한다. 진짜 큰마음을 먹은 사람이라면 그런 과정조차 필요 없다. 과감하게 한 발 내디딜 것이다. 묻고만 다니는 사람은 평생 그러다 만다. 남에게서 뭔가 답을 얻으려고 온 사람들. 돈도 벌어야 하고, 애들도 어리고, 핑계가 열두 가지다. 실컷 대화를 나누고도 힘이 빠지는 경험을 몇 번 하고 나니 차츰 그런 만남을 피하게 된다.

사람 때문에 마음이 휘둘리고 지친 날은 일이 손에 잡히지 않아 밖으로 나간다. 혼자 뒷산이나 산길을 무작정 걷는다. 방금까지 사람들이 내뱉었던 공격적인 말들은 걸음을 내디딜 때마다 조금씩 내게서 멀어진다. 잎도 꽃도 다 떨어지고 텅 빈 겨울산은 한 폭의 수묵화 같은 풍경이다. 겨울잠 자는 짐승의 낮고 깊은 숨결로 나를 고요히 맞이한다. 겨울나무들은 푸른빛 하나 없는 앙상한 가지로 담담히 서 있었다. 다 비우고 무심하게 살라고 소리 없는 말로 타이르는 듯했다. 얼마를 걸어 바짓가랑이에 찬 기운이 밸 정도면 마음이 차분해지면서 잊을 건 잊고 기억할 건 기억할 수 있는 안정된 상태가 된다.

'좋은 것을 주지는 못할망정 왜 우리는 상대를 괴롭게 하는 것일까? 한 번만 더 생각해보면 알 수 있는 일인 것을. 이렇게 또 한 번의 인생공부를 나한테 시키는구나.'

걷다 보면 발길이 개울 반대편 마을로 향할 때가 있다. 아랫마을 사는 대밭몰댁이나 호동댁 할머니 집에 들러본다. 할머니들한테 옛날 시집살이 한 얘기도 듣고 산나물이랑 산삼 캐던 얘기를 들으면 금방 마음이 밝아진다. 어찌나 입담이 좋고 구수하게 옛날 얘기를 잘하는지 한참 웃다 보면 마음속 삿된 생각은 말끔히 사라진다.

"참나물 참기름에 무쳐서 친정집에 보내고
쓴냉이 된장에 무쳐서 시어머니 드리네."

이런 가사였다가 어떤 때는 전혀 다른 내용으로 바뀌기도 한다. 노래 부르는 사람이 며느리에서 시어머니로 바뀌었다. 고된 시집살이 때문에 생긴 시어머니와 며느리의 갈등을 노래로 푼다는 점에선 비슷한 맥락이다.

"민드레기 참나물 참기름에 무쳐서 딸네 집에 보내고

고들빼기 쓴 나물 소금물에 담아서 며느리 친정집에 보낸다."

산에서 일할 때 부르던 노래까지 곁들이는데 목청이 좋아서 노래 솜씨도 예사롭지 않다. 거기다 산비둘기 울음소리 흉내를 낼 때는 어찌나 똑같은지 어디서 산비둘기가 저 부르는 줄 알고 올까 싶을 정도다. 비둘기 울음인 구구 소리의 리듬에 맞춰 노래를 부른다.

"구구 구구 구구 구구 구구, 기집 죽고 자석 죽고 헌 누더기 누가 빨어."

이 노래는 산삼이나 약초 캐러 다니는 홀아비들이 자신의 신세를 한탄하며 부르는 노래였다. 옆 사람들도 산비둘기 울음소리에 운율을 맞춰 따라 부른다. 그러면 호동댁 할머니는 질 수 없다는 듯이 대밭에서 우는 새의 울음소리를 흉내 낸다.

"씹좃 씹좃 씹쪼르르르르."

꼭 욕처럼 들리는 새소리를 듣다 다 같이 배를 움켜쥐고 웃는다. 애나 어른이나 음담패설만큼 주의를 끌고 집중하는 얘기도 없다. 정작 새소리를 흉내 내는 호동댁 할머니는 천연덕스러운데 옆 사람들은 민망해서 얼굴을 붉힌다. 산에 갔을 때 가만히 들어보니까 새소리가 정말 그렇게 욕하는 것처럼 들렸다. 험준한 산을 오르내리다가 서로 안전하다는 걸 알리기 위해 보내는 신호라고 했다. 산에서 정신없이 약초나 나물을 하다 보면 갑자기 무섬증이 들 때가 있다. 상대편의 목소리를 들으며 지루함도 달래고 외로움도 덜었을 것이다. 동네 할머니들의 노래와 얘기 솜씨는 손짓 발짓 몸짓을 곁들여야 진정한 예능의 맛이 난다. 신이 나서 얘기하다 자기도 모르게 몰아지경에 빠져 이야기꾼의 솜씨를 아낌없이 발휘한다.

"사내놈들은 집안 살림이 조금만 펴면 바람을 피우고, 기집은 살림에 궁기가 들면 마음에 도적이 들어온다는 말 들어봤나? 먹고 살 만할 땐 서방 바람피울까 걱정, 쌀독에 쌀 떨어져 밥 굶을 때는 여편네가 새끼고 뭐고 팽개치고 도망갈까 걱정, 잘 살아도 못 살아도 인생이 맨 걱정뿐인기라."

때로는 자기 설움에 겨워 눈시울이 젖기도 한다. 그 말 한마디에 할매의 고달팠던 삶 전체가 파노라마가 되어 지나간다. 어느 광대, 어느 배우가 그만큼 사람의 심금을 울릴 수 있을까. 삶이 녹아 있는 이야기, 아픈 인생이 담긴 이야기이기 때문에 감동하지 않을 수 없다. 마음에 낀 때가 말끔히 가시며 마음의 피가 제대로 돌고 있다는 느낌이 들었다. 몸만큼 정신에도 배설이 중요하다. 이것이 이야기의 힘, 수다의 힘이라고 새삼 깨닫는다.

사람의 몸을 받아 태어났으니

미지근한 붕어빵 속에 들어 있는 단팥이 혀가 데일 정도로 뜨겁다. 찬 돌멩이들에 둘러싸인 화산 속에 그토록 뜨거운 용암이 끓고 있듯이. 사람살이도 마찬가지다. 껍질을 벗기고 보면 제각기 소란스럽고 제가끔 아프고 뜨겁다. 평평해 보이는 하늘이 천둥 같은 울음소리로 눈물을 비처럼 쏟아내듯이. 서로 속을 볼 수 없는 인간들은 늘 서로 부딪치며 멍이 들고 상처를 입는다. 약하디약한 그들은 다음 날이면 그 상처를 서로 핥아주며 어제의 일을 부끄러워한다. 끝없이 반성하면서도 또다시 잘못을 저지른다.

나는 항상 마음 약한 사람한테 정이 가고 눈길이 간다. 마음 약해서 이것도 못하고 저것도 못하고 어정쩡하게 있다가 손해를 보는 사람을 보면 언제나 마음이 흔들린다. 강해서 실패도 손해도 없는 인생을 사는 사람, 독해서 절대 남에게 당하지 않는 사람에게는 마음이 잘 가지 않는다. 큰일을 당하면 어처구니없어서 눈물을 쏟곤 하지만 그건 그때뿐이다. 나는 건강하고 젊으니 아직은 얼마든지 다시 일어설 수 있다. 나쁜 일쯤 조금 겪는다고 아무 일도 일어나지 않는다.

"인생에는 버릴 것이 없다."

모자라나마 그게 나의 인생관이다. 아무리 나쁜 일들도 다 지나간다. 나는 그만큼 어제와 다른 사람이 되었고 인생을 좀 더 진하게 깊이 이해하는 사람이 되었다고 믿는다. 내가 그런 긍정적인 생각을 할 수 있는 사람이 되기까지는 많은 사람의 은덕이 있었다. 눈에 보이게 혹은 보이지 않게 기도해주고 도와주고 손을 잡아주었던 사람들에게 충분히 감사의 마음을 표현하면서 살았으면, 하는 것이 지금의 내 작은 바람이다.

"그림자는 거짓말을 못합니다. 구부러진 것은 구부러진 대로 똑바른 것은 똑바로 비춰주지요."

어느 스님 말처럼 먼지 한 톨만큼도 속일 수 없는 것이 인생이다. 누가 나에게 속을 것이며 내가 누굴 속이겠는가. 유리처럼 다 보인다. 있는 그대로 생긴 대로의 나로서 세상과 만나야 한다고 나태해질 때면 다짐한다. 욕심이 움트는 순간 들키게 되어 있다. 꽃이 저 나올 때를 잊지 않듯이, 가을 서리가 여름 더위를 밀어내듯이 자연은 때를 안다. 그것이 질서이고 조화이고 자연의 법칙이다. 몸부림을 치며 욕심을 부려도 제때가 되지 않으면 꽃이 피지 않고 눈이 내리지 않는다.

완전한 인간도, 훌륭한 인간도 아니지만 노력을 멈추지 않는 한 건강하게는 살 수 있다고 믿는다. 자신을 잘 알고 냉철하고 객관적인 판단을 하기 위해서는 자신과 끊임없는 대화를 해야 한다. 그 과정을 거친 사람은 그만큼 정신의 폭과 깊이가 남다르다. 우리는 금방 알아본다. 저 사람은 혼자 문제를 숙고하는 과정을 거친 사람이고 그 가치를 잘 아는 사람이구나. 우리는 그런 사람을 신뢰한다.

지리산 산신령이 점지해준 아들

내 주위에는 세파에 시달려 지쳤을 때 지리산에 내려오는 사람들이 많다. 어머니산의 너른 품에서 다친 마음을 달래고 돌아간다. 지리산에 오면 괜히 가슴이 뛰고 마음이 들뜬다는 사람도 있다. 내 책에 실린 사진을 찍어준 김선규 사진기자다. 지리산 아래서는 저절로 기가 충전되고 힘이 나서 등이 꼿꼿해진다고 한다.

지리산과 맺은 그의 인연은 좀 각별하다. 그의 셋째아들 준철이의 태자리가 지리산이다. 반달곰을 닮은 준철이는 지리산 산신의 보호를 받은 덕인지 튼실하게 잘 자라주었고 남다른 글재주까지 갖고 있다. 지리산과 한번 인연을 맺은 사람은 쉽게 지리산을 잊지 못하는 걸 보면 과연 지리산이 영산임에는 틀림없다. 김선규 기자는 가끔 취재나 여행을 위해 지리산에 왔다 가면 전화나 메일로 감사인사를 전하곤 한다. 편지를 읽고 있다 보면 나까지 큰 위안을 받은 느낌이다. 아무리 좋은 것도 알아보는 사람이 있어야 더욱 귀해진다는 걸 가르친다.

지리산에서 며칠 쉬고 온 뒤로 몸과 맘이 새로 태어난 것처럼 맑아졌습니다. 언제나 저를 반겨주고 넉넉한 시간 보낼 수 있도록 배려해주시는 선생님께 뭐라고 고마운 마음을 전해야 할지 모르겠습니다. 저와 지리산의 인연이 워낙 남달라서인지 아무리 힘들어도 지리산에만 가면 힘이 솟고 마음이 편안합니다.

둘째아들의 태를 지리산에 묻었다는 말씀 드린 적 있지요? 1998년 반달곰을 취재하러 지리산에 갔었습니다. 왕시루봉에 베이스캠프를 치고 열흘이나 산을 누비며 반달곰을 찾아다녔으나 허탕치고 집으로 돌아왔습니다. 그 후 태어난 아이가 준철인데 자라면서 이놈이 하는 짓거리가 꼭 반달곰입니다. 높은 곳에서 떨어져도 멀쩡하고 보셨다시피 생긴 것도 둥글둥글 곰돌이 같잖아요. 지리산 산신령이 점지해준 아이라는 생각이 들어 천왕봉에서 일출을 보고 태를 그 아래 수백 년 된 가문비나무에 묻어주었습니다. 그 애가 혹시 살면서 힘든 일 만나면 그곳에 찾아가서 원기를 회복했으면 좋겠다는 아비의 마음으로요.

처음 지리산 종주를 할 때의 일은 지금도 생생합니다. 세상에서 떨어져 며칠 동안 산길을 걷는 일은 설렘과 긴장의 연속이었습니다. 걷다가 쉬고, 걷다가 먹고 또 걸었습니다. 그런데 서서히 내가 변하기 시작했습니다. 이박삼일 동안 단지 걷고 또 걸었을 뿐인데……. 한발 두발 내딛기를 수천 번, 수만 번 반복하면서 내 자신이 조금씩 없어지는 것 같았습니다. 발 앞에 놓인 흙과 돌, 나무와 바람이 나와 상관없는 자연의 일부일 뿐이라고 생각했는데 천왕봉이 가까워오면서 돌과 바람과 나무가 나와 다르지 않다고 느껴졌습니다. 저 밑에서 거추장스럽게 끌고 올라온 내 육신이 점점 사라지고 나도 지리산의 흙과 돌과 바람이 되어가는 느낌이랄까. 산 위에 오르기 위해 붙잡았던 나무의 숨결이 느껴지고 오랜 세월 풍상에 견딘 그 노고가 나뭇결을 통해 나에게 전해졌습니다.
마침내 천왕봉 정상에 섰을 때는 내 몸도 그저 한 줌의 바람처럼 가벼웠습니다. 마음 깊은 곳에서 고맙고 감격스런 감정이 소용돌이쳤습니다. 저 멀리 속세에 두고 온 것들이 그립고 미안하고 사랑스러워지기 시작했습니다. 사흘간 내가 지나쳐온 능선들을 바라보며 큰절을 올렸습니다. 바로 그 순간 지리산을 향해 내가 표현할 수 있는 최상의 예우였지요. 이런 나의 모습이 방송을 통해 나간 후 많은 분들이 공감을 표시했습니다. 지금도 무슨 일을 하든지 지리산 종주할 때의 시간을 생각합니다. 온전하게 나에서 출발하지만 하나둘 나를 버리고 조금씩 흙이 되고 돌이 되고 바람이 되어 마침내 지리산과 하나 되는 경지처럼 전체와의 조화로운 삶을 위하여 나아가자, 다짐합니다.
선생님이 항상 지리산과 함께 그곳에 계셔주셔서 얼마나 마음 든든한지 모릅니다. 나에게는 선생님이 힘들 때 찾아가는 가문비나무 같은 존재지요. 부디 긴 겨울 춥지 않게 잘 나시고 봄에는 또 새롭게 돋아나는 새순처럼 풋풋한 모습으로 만날 수 있기를 기원합니다. 늘 건강하시기 바랍니다.

약한 몸뚱이를
서로 기대며 살아가는 콩나물

'언제 우리는 우리에게 마음이 있고 그 마음이 어떻게 생겼는지 보게 될까?'

누구나 한 번쯤 머릿속에 떠올리는 질문일 것이다. 그 다음에 따라오는 질문은 이것일 가능성이 높다.

'언제 그 마음이 쑥쑥 자라 성숙한 인간으로 자리 잡을까? 다른 사람의 마음은 나랑 또 어디가 어떻게 다를까?'

내 경우를 말하자면 제일 마음공부가 될 때는 주변에서 살아 있는 생명체를 볼 때이다. 멀리 갈 것도 없다. 시루에 콩나물을 키울 때만 해도 그렇다. 하루하루 머리를 하늘로 쳐들고 쑥쑥 올라오는 콩나물을 보고 있으면 그렇게 신기하고 기특할 수가 없다.

콩나물을 키워본 사람은 알겠지만 이처럼 간단한 농사가 없다. 땅이 필요한 것도 아니고 거름이 필요한 것도 아니다. 시루와 물과 콩과 검은 보자기만 있으면 된다. 시루에 콩을 담고 검은 면포로

덮은 다음 그 위에 물을 붓는다. 햇볕을 쬐면 콩나물 대가리가 금방 광합성을 해서 초록색으로 변하기 때문에 시루는 그늘에다 둔다. 매일 물을 주면서 얼마나 자랐나 본다. 살짝살짝 표 안 나게 자라다가 어느 날 쑥 올라온 콩나물을 보면 얼마나 대견한지 모른다. 먹는 거라곤 물밖에 없는데 어찌 그리 신통하게 잘도 자라는지.

가느다란 몸통으로 삐죽이 자란 콩나물을 보고 있으면 어떤 땐 애처로운 마음이 든다. 그 여린 몸으로 눕지도 못하고 앉지도 못하고 평생 서 있다. 유일한 양분인 물조차 꿀꺽꿀꺽 삼키지 못하고 밑으로 흘려보낸다. 안쓰럽다. 자꾸만 몸을 비비고 밀고 들어오는 옆 동료에게 기대서 가까스로 몸을 지탱한다.

좁은 공간에서 살자니 옆에 있는 콩나물을 자칫 나를 밀어내는 나의 경쟁자, 적으로 생각할 수도 있다. 하지만 상황은 정반대다. 만약 옆의 콩나물이 없다면 다른 콩나물도 존재할 수 없다. 뿌리도 없는 가늘고 긴 몸뚱이를 보라. 그 약한 몸으로 혼자 살 수 없으니 서로에게 몸을 기대야 생명을 유지할 수 있다. 경쟁자가 동지로 변하는 순간이다. 생명과 관계된 일은 다 감동이고 다 경이로움이다.

가게에서 콩나물을 사다가 먹을 때는 거기까지 생각하지 못했다. 그냥 씻어서 콩나물무침을 하거나 콩나물국을 끓여 먹으면 그만이었다. 싹이 트고 자라는 과정을 가까이서 지켜보니 콩나물이 자라는 매 순간이 나와 연관이 있는 것처럼 느껴졌다. 콩나물이라는 생명체의 일생이 내게 전달된 것이다. 오늘은 콩나물이 나의 스승이다.

내 곁에서 나를 괴롭히는 것처럼 보이는 사람들이 사실은 내 삶에 긴장을 불어넣고 안일해지지 않도록 채찍질하는 사람일지도 모른다. 콩나물이 가르쳐준 지혜다. 모든 것이 그러하리라. 나와 관계가 있다는 것은 상대를 알고 이해하는 데서부터 시작한다. 알면 관심을 갖게 되고 애정이 생긴다. 그 애정이 나와 남이 맺은 인연을 건강하게 키워주는 거름이다.

살다 보면 위기와 고통의 순간을 피할 수 없을 때가 있다. 거기서 벗어나는 게 불가능하다면 고통을 달게 받음으로써 극복해나가는 수밖에 없다. 그 과정에서 나는 어느새 성장해간다. 힘이 닿는 한 고난과 더불어 치고받으며 어울려 살려는 각오를 한다. 그 각오 없이 견뎌내기 힘든 생이 너와 나, 우리 모두의 앞에 도사리고 있다. 약할지언정 서로 기대고 의지하면서 살 수밖에 없다. 측은지심은 곧 나 자신을 사랑하는 마음이기도 하다.

'외상후 스트레스 증후군'이라는 말을 자주 듣는다. 큰 어려움을 겪은 뒤 그 스트레스가 너무 커서 마음이 병들고 그 일이 지나간 뒤까지도 고통에서 벗어나지 못하는 증상이다. 요새는 새로운 얘기를 하는 정신과 의사가 있다. 다름 아닌 '외상 후 성장 증후군'이다. 외상을 입은 후 당연히 스트레스를 받겠지만 그것을 잘 극복하고 견뎌낸 뒤에 정신적으로 성장을 이룰 수 있는 경우도 많다는 데서 생긴 말이다. 증후군이라는 다소 불편한 느낌을 주는 말이 붙었지만 시련을 인생의 약으로 삼자는 간절한 바람이 담겨 있다.

그 사람의 됨됨이는 그 사람이 세상을 바라보는 시각에서 드러난다. 그 사람이 이해하고 받아들이는 세계가 넓거나 좁거나 너그럽거나 옹졸하거나 그것은 그대로 그의 인격을 반영한다. 어쨌거나 자신이 인정하는 세계 속에서 판단하고 그것에 맞춰 살아갈 것이다. 타인을 대면할 때 맨 처음 우리는 그 사람의 시각을 감지한다. 나와 사소한 공통점이라도 발견해서 동일시하고자 한다.

'저 사람은 나와 같은 방향을 바라보는가, 아닌가. 내가 중요하게 생각하는 걸 똑같이 중요하게 생각하는가. 내가 멀리하는 일을 그 사람도 멀리하는가.'

동질성이 확보되어야 우리는 서로를 향해 걸음을 떼어놓을 수 있다. 경계심을 버리고 마음의 빗장을 열기 위해선 나와 네가 같은 부류의 인간이라는 동지의식, 상호신뢰가 필요하다. 그것 없이는 마음에 쌓아 올린 벽돌 한 장 내려놓지 못한다. 나를 공격할지도 모르는 대상이라고 타인을 생각한다면 자신을 솔직히 노출하기가 쉽지 않을 것이다.

자주 콩나물시루를 생각한다. 그 좁은 공간에서 서로가 서로의 생존에 위협이 되는 것이 아니라 살아남기 위해 서로 기대고 어울려 잘 산다. 따지고 보면 우리는 모두 혼자 힘으로는 아무것도 할 수 없는 연약한 콩나물인 것이다. 누군가 만든 물건을 써야 하고 사람을 불러서 시켜야 할 일도 많다. 조금만 달리 보면 그 사람에게서 미운 점만 보지 않고 장점을 찾을 수 있을 것이다. 단점 없는 사람도 없고 장점 없는 사람도 없다. 분별심을 갖고 네가 낫네, 내가 낫네, 따지지 말고 기대서 이 한 세상 잘 살아보자.

독일 시인 릴케도 아이들을 보라고 했다. 길을 걷는 어린아이는 바람이 불 때마다 온몸으로 꽃향기를 맡고 꽃잎을 본다. 어린아이는 꽃잎을 주워서 모아둘 생각을 하지 않는다. 머리카락에 붙은 꽃이파리 가볍게 털어버린다. 인생을 완벽하게 이해하려고 할 때 고해 속에 빠진다. 인생은 축제 같고 소풍 같은 것. 하루하루를 일어나는 그대로 살아가려 한다.

엉겅퀴 효소 담그기

엉겅퀴는 양지바른 무덤이나 산길 근처에 핀다. 잎사귀에 가시가 많아 손질하기는 어렵지만 꽃은 아주 예쁘다. 성경에 "사람의 조상이 죄를 짓게 되자, 그로 인하여 땅도 함께 저주를 받고 사람은 일생토록 땅에서 수고하며 살도록 되었고 땅에서는 가시덤불과 엉겅퀴를 내게 되었다"는 구절이 있을 정도로 가시가 빳빳해서 만질 때 손을 찔리기 일쑤다.

봄에서 여름으로 계절이 바뀔 때면 걱정 아닌 걱정이 생긴다. 나뭇잎이 두껍고 색깔이 짙어지면 그때부턴 여름 더위가 시작된다. 햇볕이 어찌나 강한지 아침부터 몸이 축축 처지고 잠깐만 일해도 등줄기로 땀이 흐른다. 더위에 지치면 마음이 느슨해질까 봐 산길을 걸으며 땀을 흠뻑 흘린다. 계곡물을 손으로 떠서 마시면 생명수를 마신 것 같다. 발길 닿는 곳 어디나 계곡물이 가까이 있어 시원하면서 기분도 산뜻해진다.

그때 산길에서 간간이 만나는 꽃이 엉겅퀴다. 짙은 녹음 속에서 한참을 걷다 보면 풀밭에 긴 허리를 흔들며 피어 있다. 꼿꼿한 굵은 줄기에 가시가 칼날처럼 날카롭게 돋은 개성적인 외모가 단박에 시선을 사로잡는다. 가시는 짐승에게 뜯어 먹히지 않으려는 보호 장치이겠지만 강인하고 당당한 모습에 범접하기 힘든 기운마저 느낀다.

"엉겅퀴야! 너는 온갖 풀과 가시덤불 속에서도 예쁘게 피어났구나. 가시를 달고서도 이 아름다운 꽃을 내게 보내주어 고맙구나."

엉겅퀴가 가르쳐주는 것은 강한 것이 아름답다는 사실이다. 어떤 꽃은 가냘프고 연약해서 아름답고 또 어떤 꽃은 튼실하고 강인해서 아름답다. 생명 가진 것은 온 힘을 다해 살아남으려 한다. 그 생명의 끈질김이 아름다운 것이다. 여름 산길에서는 풀벌레소리가 정신을 집중하게 해주고 갖가지 풀냄새는 들뜬 마음을 차분하게 해준다. 엉겅퀴가 늦가을이나 초겨울에 잎이 시들면 뿌리를 캐서 효소를 담근다. 흙을 털어내고 잘 씻은 뒤 그늘에서 얼른 물기를 뺀 것을 설탕에 버무려 항아리에 넣고 밀봉하여 보관한다.

엉겅퀴는 어혈을 풀어주고 혈액순환도 도와주어 부스럼이나 종양에도 좋다. 한방에서는 상처를 아물게 하고 지혈하는 데 쓴다. 엉겅퀴의 특징 중 하나는 독성이 없어서 많이 먹어도 문제가 없다는 점이다. 엉겅퀴는 간질환과 산후부종에 많이 쓰이는 민간약이다. 황달에 걸려 얼굴이 누렇게 뜬 사람에게 엉겅퀴 전초 달인 물을 먹여서 낫게 했다.

독일에서 엉겅퀴로 개발한 간경화 치료약은 치료 효과가 높아 세계적으로 유명해졌다. 이 약을 개발한 회사가 전 세계 엉겅퀴를 채취해 성분조사를 했는데 우리나라 엉겅퀴의 효능이 유럽산보다 여섯 배나 높다는 결과가 나왔다.

어린잎은 4, 5월 중순에 뜯어서 된장국을 끓이거나 데쳐서 나물을 해먹는다. 잎의 생즙은 관절염에 잘 듣는다. 어린 새순은 부드러울 때 따서 효소를 담그기도 하지만 잎이 시들고 나면 늦가을이나 초겨울에 뿌리를 캐서 쓴다. 한방에서는 대계근이라고 부르는 엉겅퀴 뿌리를 시골 할머니들은 혈액순환에 좋다고 달여서 차처럼 마셨다.

김치와
소금

날씨가 추우면 마음도 따라서 추워진다. 기온이 떨어지면서 걱정거리가 많아지고 추위가 사람을 조급하게 만든다. 자연이 날씨를 통해 우리가 해야 할 일들을 알려주는 것이다. 추위는 우리에게 겨울을 날 궁리를 빨리 하라고 재촉하는 감독관 같다.

'겨울을 어떻게 지내려고 이렇게 태평하게 있는 거야. 빨리 주위를 둘러보고 먹을 걸 마련하고 집을 따뜻하게 해야지.'

늦가을 아침, 마당에 하얗게 내린 서리는 하늘이 인간들에게 부지런히 월동준비를 하라고 보낸 메시지다. 춥고 긴 겨울을 나기 위한 준비로 꼭 해야 할 두 가지 일이 있다. 겨우내 황토방에 군불을 땔 장작을 마련해야 하고 김장김치도 담가야 한다. 다람쥐가 도토리와 밤을 모아놓고 겨울맞이를 하듯 나도 창고와 냉장고를 채워둬야 마음이 든든하다.

우리나라 사람이 사계절 하루도 빠지지 않고 먹어왔던 김치는 단순한 반찬이 아니라 뛰어난 발효식품으로 건강에 좋다는 것은 이미 과학적으로 증명되었다. 일본과 미국을 비롯해 김치를 먹는 나라가 꾸준히 늘어가고 있는 추세다. 김치는 요구르트나 치즈와 같은 수준으로 거론되는 한국의 대표적인 건강발효식품이 되었다.

배추김치만 보더라도 음양오행을 고루 갖춘 음식의 대표라 할 수 있다. 배추는 음양의 성질을 다 갖고 있는 채소이며, 같이 넣는 양념도 꼭 필요한 영양 성분을 고루 갖추었다. 고춧가루는 따뜻한 성질이 있어서 열을 내고 몸을 따뜻하게 해주는 역할을 한다. 파는 혈액순환을, 마늘과 생강은 항균작용을, 참깨는 불포화지방과 단백질 공급을, 잣은 몸의 면역력을 높이는 역할을 담당했다. 지역에 따라 새우젓이나 멸치젓 또는 가자미나 명태 같은 생선을 넣어 부족한 칼슘을 보충하기도 했다. 생활 속에서 자연스럽게 터득하고 실천한 지혜는 과학보다 먼저 건강에 있어서 음식의 중요성을 보여주었다.

그뿐만이 아니다. 김치를 절이기 위해 사용한 소금을 보자. 천일염을 사용할 때엔 숨 쉬는 항아리에 3년씩 넣고 간수를 빼서 사용했다. 액체를 담을 수 없게 된 금이 간 큰항아리를 소금단지로 사용하는 알뜰함에는 감탄사가 절로 나온다. 특히 콩으로 메주를 쑤어 소금과 조화를 꾀한 장류는 소금을 지혜롭게 섭취하기 위한 최고의 음식과학이다.

소금이 중요한 만큼 시중에 나와 있는 소금이 한두 가지가 아니다. 구운 소금, 황토소금, 꽃소금, 정제염, 맛소금, 빛소금, 암염 등 이름도 가지가지다. 높은 온도에서 구워 소금의 독소를 제거한 죽염으로 건강 관리를 하는 사람도 많다.

내가 사는 옆 동네 국골마을에 오행을 갖춘 뽕소금을 굽는 사람이 있다기에 관심을 갖고 구경 삼아 가보았다. 건장한 남자들 몇이서 진땀을 흘리며 소금을 볶고 있었다. 어떻게 해서 뽕소금이 오행(나무, 불, 흙, 쇠, 물)을 갖추었다는 것이냐고 물어보았다. 주된 재료인 뽕나무(목)와, 간수를 빼내는 뜨거운 불(화)과, 소금을 숙성시키고 말리는 황토방(토)과, 소금을 볶을 때 사용하는 무쇠 가마솥(금), 뽕나무를 달이는 데 쓰는 지리산 청정수(수)의 기운이 소금에 전부 들어 있다고 설명했다. 화학조미료를 넣지 않아도 되게끔 천일염을 볶으면서 뽕나무와 표고버섯, 다시마 달인 물을 뿌려준다는 설명도 덧붙였다.

"구운 소금이니 독소를 제거한 건 물론이고, 찌개를 끓일 때 별도로 표고버섯과 다시마를 우려 넣지 않아도 됩니다. 소금 간을 하면서 동시에 조미료 역할까지 해주니 일석이조죠."

그들은 소금에서만은 최고의 전문가가 되겠다는 소신으로 많은 시행착오를 겪으면서 소금이 인체에 미치는 영향을 다각도로 연구하고 있었다. 나도 평소에 소금이 얼마나 중요한지 자주 역설해왔다. 음식의 맛은 물론 건강에도 직접적으로 영향을 미친다는 것을

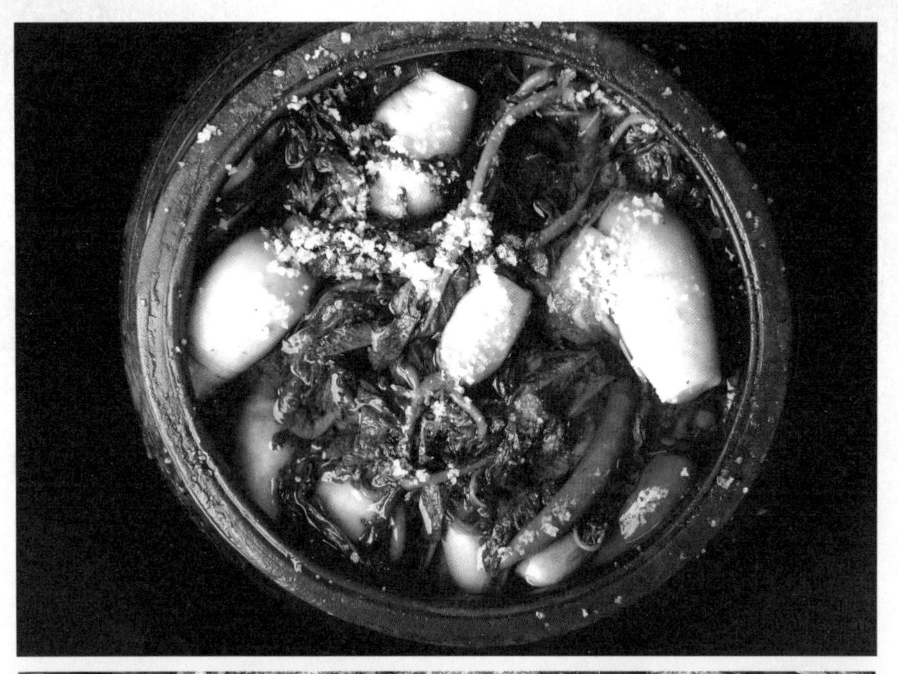

실감하던 차였다.

수렵채취시대에는 자연에서 채취한 음식을 가공하지 않고 그대로 먹고 살았다. 땅 위의 과일과 각종 식물, 바다의 물고기를 잡아먹음으로써 그 속의 소금 성분으로 체액의 염도를 유지할 수 있었다. 정착생활을 하게 되었을 때도 항상 소금을 얻을 수 있는 곳에 터전을 잡았다. 유목민에게도 소금이 묻힌 지층, 은닉된 곳이나 보관소 등을 여행지도에 그려 넣을 만큼 소금은 생존의 필수조건이었다. 사람과 가축이 소금 결핍증에 걸리면 생명마저 잃게 된다는 걸 알고 있었다.

옛날에는 소금이 귀하고 값비싼 생활필수품으로 취급되었다. 소금 없이는 하루도 살 수 없으니 소금을 얻기 위해 전쟁까지 일으켰다. 언제 어디서나 인간의 삶에 필요 불가결한 요소인 소금은 가장 중요하게 거래된 오랜 무역품이었다. 황금과 맞먹는 결재의 수단이었으며 부와 권력의 상징이었다. 소금을 매개로 한 상업거래나 이를 독점하기 위한 치열한 경쟁은 현대 자본주의의 싹을 틔워낸 모태이기도 하다. 그러던 것이 현대에 와서는 생활이 복잡해지고 조리법이 다양해지면서 소금 과다 섭취가 논란거리가 되었다.

소금이라고 하면 보통 천일염과 정제염으로 나눌 수 있다. 우리가 흔히 맛소금이나 꽃소금으로 부르는 정제염은 바닷물을 정제해 염화나트륨만 공장에서 기계적으로 추출한 것으로 단지 짠맛만을 낸다. 간수 성분에서 독소를 제거했으므로 신장염을 유발할 가능성은 줄어들었으나 해수와 소금 속에 함유된 다량의 미네랄이 빠져나갔으니 미네랄의 균형이 깨져 암이 발생할 확률이 높아졌다.

순백색으로 처리하는 과정에서 첨가된 표백제는 또 다른 해악을 불러온다. 어떤 이는 하얗게 만들어진 정제염을 각종 성인병과 암을 유발한다고 해서 '살인의 소금'이라는 극단적인 표현까지 서슴지 않았다. 얼마나 많은 부작용이 밝혀졌으면 《소금의 역습》이라는 책까지 나와 경고하겠는가.

정제염의 과다 섭취로 말미암은 나트륨 중독이 우리 몸을 사막화하고 있다는 것을 알아야 한다. 단지 성인병을 예방하기 위한 목적으로 저염 식사를 하는 게 아니라 몸의 균형을 지키기 위해 소금의 양을 줄여야 한다. 백색 설탕만큼 해로운 것이 백색 정제염이다. 소금에 배추를 절이면 수분이 빠져나가듯 소금을 많이 먹으면 몸에서도 그렇게 수분과 양분이 빠져나간다고 생각하면 쉽게 이해가 갈 것이다.

우리 몸이 필요로 하는 양보다 더 많은 소금을 섭취하면 세포 사이에 저장된 소금이 세포의 수분을 빼앗고 그 결과 고혈압, 당뇨, 비만 등의 성인병은 물론 신장질환, 시력 약화, 정신질환, 만성피로, 피부 노화 등을 유발한다. 짠 음식을 먹고 나서 목이 마르거나 피로감이 몰려오는 것은 우리 몸속 세포가 위험하다는 신호다. 짜게 먹는 사람일수록 염분 배출을 돕는 칼륨이 풍부한 감자와 고구마, 채소와 과일의 섭취를 늘려야 한다.

오늘날에는 산업사회에서 발생한 온갖 공해와 오염물이 비에 씻겨 결국 바다로 들어가 천일염에 그 불순물이 포함될 수밖에 없다. 햇볕에 건조시켰을 때 천일염 속에는 유용한 미네랄 성분뿐만 아니라 다량의 중금속과 오염물질도 들어 있다. 순수하고 좋은 소금을 얻기 위해서는 고온에서 여러 번 구워 오염물질을 제거해야 한다. 우리 조상은 천일염을 대나무와 송진, 황토 등을 이용하여 고도의 법제과정을 거쳐 소금 속의 독소들을 제거하고 천연재료의 약성을 합성시켜 신비의 신약으로 거듭나게 했다.

된장과 간장의 경우도 마찬가지다. 대량 생산과 대량 소비를 목적으로 제조된 상품에는 보존료 등의 첨가물이 들어 있는 경우가 많다. 된장과 간장 자체는 우수한 발효식품이지만 그 효과를 제대로 누리려면 좋은 콩, 좋은 소금을 자연 숙성시켜 만든 천연 양조 제품을 골라야 한다.

제아무리 좋은 배추와 고춧가루를 써도 소금이 맛없으면 김치 맛을 장담할 수 없다. 단지 짠맛만이 아닌 감칠맛 나는 살아 있는 소금을 찾아내는 일은 우리 식단을 풍요롭게 하는 조건 중의 하나다.

산도라지 효소 담그기

"도라지 도라지 백도라지 심심산천에 백도라지 한두 뿌리만 캐어도……"

도라지타령처럼 심심산천에서 도라지 한두 뿌리만 캐어도 정말 그렇게 좋았을까? 산삼 캐는 심마니의 심정에 비교할 만큼 약초로써 도라지의 효능이 좋다는 표현이었으리라. 10년 전만 해도 일부러 도라지를 캐러 대바구니를 둘러메고 산에 오르곤 했었다. 백도라지는 어쩌다 하나씩 눈에 띌 만큼 귀했고 남보랏빛 도라지가 주로 무덤가에 많이 피어 있었다. 도라지의 보랏빛은 강렬한 색감 때문에 쉽게 사람들의 시선을 끌어당긴다. 종종 도라지가 지천으로 핀 무덤가나 숲을 찾을 때면 꽃을 보는 순간 사람들의 눈빛이 환해진다면서 입가에 미소를 짓는다.

산야초 모임이나 특강을 가끔 집에서 할 때가 있다. 강의장도 따로 없던 시절에 집이 비좁아 산이나 계곡으로 나가곤 했다. 우리

차 마시기 운동의 하나로 특강을 많이 다닐 적 얘기다. 나 사는 곳에 와서 차 만드는 걸 보고 직접 만들기 체험을 하고 싶다는 단체들이 종종 있다. 적은 숫자일 때는 집에서 하지만 날씨도 좋고 참여인원이 많을 때는 계곡에 둘러앉아 물소리를 벗 삼아 강의했다. 때론 이름도 모르는 누군가의 무덤가 풀밭이 강의장이 될 때도 있다.

잘 꾸며진 강의장과는 다른 낭만이 있다고 참가자들도 좋아했다. 선조들이 물려준 약초차와 약초 효소액을 건강을 지키기 위해서 마셔야 하고 후손들에게도 몸에 좋은 것들을 물려줘야 한다는 강의를 하기에 더없이 좋은 장소였다. 인스턴트 캔음료, 수입주스, 커피, 중국차가 우리의 차 문화를 밀어내고 있다는 사실을 성토하다 보면 나도 모르게 열변을 토하게 된다. 참가자들은 내가 강사라기보다 우리 차 마시기 운동의 선각자 같다며 나를 격려해주었다.

강의를 한참 하다 문득 사람들이 다소곳이 핀 도라지꽃을 바라보거나 먼 산과 하늘을 올려다보는 모습을 발견하곤 한다. 어떤 명강의보다 그들에게 더 소중한 건 잠시라도 지리산 속에 자신을 놓고 자연과 호흡하는 이 순간이라는 생각이 들어 절로 힘이 났다.

전에는 산을 오다가다 산도라지를 발견해서 캐기도 했는데 요즘은 통 볼 수가 없다. 무덤가나 큰 나무가 우거지지 않은 양지 녘에서 주로 볼 수 있다. 지리산은 국립공원이라 까다롭게 관리를 하고 있기 때문이다. 아무나 함부로 나무에 손을 댈 수 없다. 벌목허가증이 있어야 나무를 벨 수 있다. 그러다 보니 어떤 곳은 숲이 너

© 김문호

무 우거져 작은 나무들과 관목들은 햇볕을 받지 못해 점점 사라지고 있는 형편이다. 키 작은 식물들은 나무 숲 때문에 성장을 제대로 못해 멸종 위기에 놓여 있다.

관리란 것이 때로는 이렇게 양날의 칼이 된다. 산을 인위적으로 보호하자니 생태계에 문제가 생기는 것이다. 인간이 인식을 갖고 적절히 잘 벌목해왔다면 법이 그렇게 엄격하지도 않았을 것이고 산도 산대로 건강한 숲을 이루었을 것이다. 산에서 살다 보면 안타까운 일이 한두 가지가 아니다. 자업자득이라 아니할 수 없다.

산도라지는 늦여름에 흰색이나 청보라색 종 모양 꽃이 피는 초롱과의 다년생풀이다. 가래, 기침, 기관지염을 잘 다스린다고 알려져 있듯이 담을 삭이고 기침을 멈추며 폐기를 잘 통하게 한다. 사포닌이 기관지 분비를 항진시켜 가래를 삭인다. 무기질, 단백질, 비타민과 섬유질이 풍부한 알칼리성 식품이다.

예부터 도라지는 배 속의 냉기와 한열을 없애주고 폐와 인후를 보호해서 호흡기질환에 좋은 약이었다. 대사 기능을 도와주어 낡은 세포와 새 세포를 교체해주고 항염증 작용도 한다.

산도라지 효소는 도라지 뿌리를 캐서 담근다. 뿌리에 흙이나 불순물이 남지 않도록 잘 털어 씻는다. 물기 제거 후 무공해 설탕이나 황설탕에 버무려 항아리에 넣고 밀봉한 후 온도 변화가 없는 서늘한 곳에서 항아리를 보관한다.

침묵의 가르침

말이나 글로 마음을 다 풀어내기 어려울 때 〈사철가〉를 부른다.

〈사철가〉

이 산 저 산 꽃이 피니
분명코 봄이로구나
봄은 찾아왔건마는 세상사 쓸쓸허드라
나도 어제 청춘일러니 오날 백발 한심허구나
내 청춘도 날 버리고 속절없이 가버렸으니
왔다 갈 줄 아는 봄을 반겨헌들 쓸 데 있나

봄아 왔다가 가려거든 가거라

니가 가도 여름이 되면 녹음방초 승화시라
옛부터 일러 있고 여름이 가고 가을이 돌아오면
한로상풍 요란해도 제 절개를
굽히지 않는 황국단풍도 어떠헌고
가을이 가고 겨울이 돌아오면 낙목한천
찬바람에 백설만 펄-펄 휘날리어
은세계 되고 보면 월백 설백 천지백 허니
모도가 백발의 벗이로구나

무정세월은 덧없이 흘러가고 이 내 청춘도
아차 한번 늙어지면 다시 올 줄을 모르는구나
어화 세상 벗님네들 이내 한말 들어보소
인생이 모도가 팔십을 산다고 해도
병든 날과 잠든 날 걱정근심 다 제하면
단 사십도 못산 인생 아차 한번 죽어지면
북망산천의 흙이로구나

사후에 만반진수 불로생전 일배주만도 못허느니라
세월아 세월아 세월아 가지 말어라 아까운 청춘들이
다 늙는다 세월아 가지 마라 가는 세월 어쩔끄나

늘어진 계수나목 끝터리에다

대랑 매달아 놓고 국곡투식 허는 놈과 부모 불효허는 놈과

형제화목 못 허는 놈 차례로 잡어다가 저 세상으로 먼저

보내버리고 나머지 벗님네들 서로 모아

앉어서 한잔 더 먹소 덜먹게 허면서

거드렁거리고 놀아보세

만물이 이와 같음을 알아라

신기루이며, 구름의 성,

꿈이요, 환영인 줄을.

본질은 없고, 보이는 성질만 가지고 있는 것.

아침에 일어나서, 밥을 먹거나 차를 마시다가, 저녁 해 질 무렵 문득 고개를 들고 산을 본다. 사방에 둘러싸인 겹겹의 능선은 말 그대로 한 폭의 동양화다. 계절마다 다채로운 모습을 보여주지만 한결같은 점은 고요함이다. 말없이 인간세상을 내려다본다. 새나 짐승이나 물이 제소리를 내느라 야단이어도 그저 산은 묵묵하다. 내가 산에 다가가면 그토록 평안하고 힘을 얻는 건 분명 저 산이 침묵으로 나를 보듬어주었기 때문일 것이다.

여름의 초록이 활력을 준다면 겨울은 침묵의 휴식을 준다. 여름은 생생해서 좋고, 겨울은 고요해서 좋다. 한겨울에 사람들을 만나 차를 마실 때면 유독 고즈넉하고 편안한 분위기가 된다. 차 맛을

음미하며 차실 맞은편의 산을 내다보다 이런 말을 하곤 한다.

"참 조용하지요. 지금 산도 나무도 잠을 자고 있어요. 동물들도 사람들도 잠을 자듯 느리게 움직이고 휴식에 가까운 생활을 하는 게 자연스러운 겨울의 일상일 거예요. 일종의 동면이죠. 농사를 지으며 살았을 때는 그것이 가능했는데 일 년 365일을 똑같이 생활해야 하는 직장인에게는 그림의 떡 같은 얘기겠지요. 가끔이라도 차 한 잔 앞에 놓고 그런 자연의 섭리를 한 번쯤 생각해보면 어떨까요? 나는 그 차를 겨울에 마시는 차, '무념무상차'라 부르고 싶어요. 몸이 쉬어야 마음도 쉴 수 있고, 정신이 쉬어야 육체도 쉬는 것이니까요."

말없이 묵묵히 버티는 저 산을 볼 때면 진실이 아니거든 차라리 침묵을 지키라고 말하는 듯하다. 산이 주는 고마움을 어찌 다 말로 할까. 내가 산에서 받은 선물을 많은 사람들에게 나눠주고 싶었다. 지리산에 와서 나는 얼마나 많은 색깔이 이 세상에 존재하는지 알게 되었다. 사계절 어느 하루 같은 빛깔의 산이었던 적이 없었다. 바람소리도, 공기냄새도 조금씩 다르다. 신선한 공기와 이슬보다 맑은 물은 내 피와 더불어 영혼까지 맑게 해준다. 좋은 물로 내린 차는 맛이 다르다. 계곡에 흘러가는 물도 불었다 줄었다 하면서 자연의 변화를 보여준다. 상선약수上善若水라는 말의 진짜 의미를 되새기도록 한다.

"모든 것을 아낌없이 베풀면서도 산은 아무 조건이 없구나."

늘 새로이 깨닫는다. 산은 자연의 흐름에 따라 그저 나는 나대로 살 수 있게 자유를 허락해주었다. 이 추운 겨울날에도 쉬지 않고 물이 흘러가는 계곡에서 인생의 흐름을 알고 큰 바위가 있으면 돌아갈 줄 아는 지혜를 배웠다. 붙잡지 않고 흘러가도록 놓아줄 수 있는 마음도 배웠다. 매일 바라볼 때마다 새로운 모습으로 내가 가진 생각을 돌아보게 해주었다.

말로만 지리산을 사랑했었다. 받기만 했었다. 나의 모자람을 반성한다. 받은 만큼 산에 돌려주어야 산의 본래 제 모습으로 지켜주어야 한다. 산은 늘 같은 아름다움을 내게 준다는 것도 알게 되었다. 가져오기만 하고 돌려주지 않으면 산은 점차 제 모습, 제 아름다움을 잃게 된다.

식초
만들기

식초를 만드는 방법은 의외로 간단하다. 모든 과일은 일정 시간 지나면 식초가 된다고 알려져 있다. 하지만 내 경험으로는 설탕을 넣지 않고 식초를 만드는 것이 보통 어려운 게 아니었다. 대부분의 과일이 식초가 되기 전에 썩는다. 초산균이나 설탕을 넣어야만 실패 없이 식초를 만들 수 있었다. 설탕을 넣지 않고 식초 만드는 데 성공한 과일은 감이다.

잘 익은 감을 따서 이물질을 제거하고 물기를 없앤 뒤 감만을 항아리에 넣고 밀봉한다. 이듬해 봄에 찌꺼기는 버리고 국물만 짜서 보관하면 숙성하여 감식초가 된다. 설탕을 넣지 않아도 자연 발효된다. 감은 홍어처럼 과육 자체에서 효모 균사체가 나와서 발효가 이루어지는 것이다. 감식초는 비타민이 풍부해서 음료로도 훌륭하고 다이어트에도 좋다.

집에서 간단히 식초를 만든다면 항아리나 용기에 잘 익은 과일을 담아두었다가 물이 생기면 건더기를 건져내고 공기 맑고 햇빛이 잘 드는 따뜻한 곳에 둔다. 과일의 특성에 따라 설탕량을 조절해서 넣는다. 식초의 발효 온도는 사람의 체온과 같은 37.5도가 좋다.

초산균은 공기를 좋아하므로 공기가 안 통하는 비닐로 입구를 봉하면 안 된다. 완전 밀봉시키지 말고 벌레나 날파리가 들어가지 못하게 해서 숙성을 시키면 된다. 여름에는 표면에 생긴 균사 덩어리가 공기를 통하지 못하게 하니까 제거해야 한다. 빗물이 들어가면 썩기 때문에 각별히 주의해야 한다. 실패하지 않기 위해서 먼저 만든 식초를 넣어 발효시키기도 한다. 처음 몇 개월은 맑지 않지만 시간이 지나면서 맑은 식초를 얻을 수 있다.

옛날부터 서커스 단원들에게 식초를 먹였던 이유는 단지 뼈를 유연하게 하기 위해서만은 아니었다. 뼈와 근육을 단련시키고 빠른 회복을 도와서 순간에 집중적인 힘을 발휘하도록 해주기 때문이다. 신맛은 간과 근육에 관여해서 빠른 원기회복을 도와주는 맛이다.

천연식초는 쌀막걸리를 발효시켜 만든 발효음료다. 누구나 부작용 없이 먹을 수 있다. 막걸리는 천연식초의 뿌리이며 많은 영양소의 보고다. 예전에는 막걸리를 부뚜막 옆에다 보름쯤 두었다가 발효되면 위에 뜬 맑은 액체를 식초로 썼다. 솔가지를 꺾어 식초병 입구를 막았던 지혜는 놀라웠다. 초산발효과정에서 공기가 팽창해 폭발할 수가 있으니 솔가지 틈으로 공기가 드나들 수 있도록 구멍을 만들어준 것이다.

막걸리 속의 당이 발효하면 신맛으로 변화한다. 피곤할 때 신 것을 먹으면 피곤이 빨리 풀리는 이유도 신맛이 몸을 약알칼리성으로 유지시켜주어서다. 식초는 부뚜막 음식으로만 인식되어 음식의 신맛을 내는 첨가제 또는 해독제 정도로 제한적으로만 사용해왔다. 식초는 옛날 옛적부터 먹었던 음식이었다. 클레오파트라도 젊음과 아름다움을 유지하기 위해 식초에 진주 가루를 타서 매일 마셨다고 한다. 우리나라 사람들이 먹었던 초란도 같은 원리라 계란 껍질의 칼슘이 식초와 조화를 이루어 우리 몸에 좋은 성분을 만들어냈을 것이다. 나무에서 열매가 떨어지면 자연조건에 의해 산소와 결합해서 초산균이 만들어지고, 그 초산균은 자연치유력을 가지고 있어 사람이나 짐승의 치료제로 사용되었을 것이다. 치료효과를 경험하면서 인위적으로 만들어서 사용하는 데까지 발전했을 것이라 추측된다.

천연식초는 노화 방지, 피로회복, 근육과 뼈, 피부, 모든 염증이나 모든 사람에게 필수적인 영양분을 담고 있다. 임산부가 신 것을 찾는 이유를 생각해보라. 생명이 자라는 과정에서 꼭 필요한 요소를 신맛의 음식이 갖고 있기 때문일 것이다.

정신적인 과로, 과식, 화학첨가물 섭취, 과다한 노동을 하게 되면 신진대사가 원활하게 이루어지지 않아 몸이 산성화된다. 산소부족으로 몸의 균형이 깨짐으로써 혈액순환이 잘 안 되고 여러 가지 질병이 생긴다. 이때 식초가 들어가면 많은 영양소들이 산소호흡을 도와 연소되어 에너지를 만들어준다. 저염 식사를 하는 사람에게는 간장이나 소금대용으로 좋은 첨가음식이다.

천연식초는 식물의 독을 제거하는 작용에 그치지 않는다. 우리 몸속의 독도 제거하며 활력을 주고 피부를 윤택하게 한다. 피부가 윤택해진다는 것은 눈에 보이지 않는 오장육부가 깨끗해졌다는 뜻이다. 피부는 곧 건강의 표시다. 식초 속의 영양소나 미네랄들이 중화, 소화, 배변, 해독, 영양 공급을 원활히 해준다. 내장을 건강하게 해주고 피부에 윤기가 흐르게 하고 주름이 없는 탱탱한 근육을 만들어준다. 혈액의 흐름이 원활해야 근골과 오장육부가 깨끗해진다.

식초를 만들 때는 반드시 좋은 물을 선택해야 한다. 물은 식초의 원천이고 생명이다. 아무 맛도 없는 무미의 연수軟水를 쓴다. 물이 지니고 있는 기와 맑음이 중요하다. 철분 함량이 많거나 유황 성분, 특수 미네랄이 많이 들어 있는 물은 식초 담그기에 좋지 않다.

오래된 미래

라다크 사람들

《오래된 미래》는 환경문제에 관심 있는 사람에게는 필독서이다. 서부 히말라야의 라다크의 생태적 삶에 대해 다룬 책이다. 스웨덴 출신 여성학자 헬레나 노르베리-호지가 썼다. 16년간에 걸친 라다크 현지체험에 기초한 생생한 현장 보고서이자 문명비판서이다.

동양언어학에 대한 논문을 쓰기 위해 작은 티베트인 라다크에 방문한 그녀는 애초의 계획을 바꿨다. 그녀가 라다크 사람들에게서 받은 문화충격이 얼마나 컸는지를 짐작할 수 있다. 체류 일 년 만에 복잡하고 까다로운 라다크 말을 습득하고, 장기체류하면서 라다크 문화와 자급자족방식의 생활에 대해 깊이 있는 연구를 했다. 별다른 의문 없이 받아들인 서구식 산업문명의 가치들을 뿌리에서부터 의문을 제기하기 위해 쓴 책이《오래된 미래》다.

이 책은 제목이 내용을 절반 이상 말해주고 있다. 천년 넘게 평화롭고 건강한 공동체를 유지할 수 있었던 라다크인들의 생태적 지혜는 오래되었지만 결코 낡지 않았다. 미래까지 '지속가능한', 지금 시점에서 우리가 돌아봐야 할 삶의 양식이다. 옛날부터 지켜온 그들 삶의 방식은 미래를 살릴 수 있는 거의 유일한 대안이다.

자족적인 생존, 자립에서 오는 검소한 생활. 불교에 기초한 명상적인 삶. 그들은 서로에게 인간에 대한 깊은 존경심을 보인다. 빈약한 자원과 혹심한 기후를 극복해낸 검소한 생활과 협동이 감동적이다. 자원을 낭비하는 법도 없고 과다소비하지도 않는다. 어떤 면에서 우리나라의 전통적인 생활방식과 비슷한 점이 많다. 다만 우리는 산업화과정에서 이미 잃어버려 찾아보기 어렵게 되었다.

서구의 자본이 들어오면서부터 그들도 변하기 시작했다. 그들이 겪는 문제점과 실패는 고스란히 자본주의가 가진 폐해를 드러낸다. 실패에서 성찰의 기회를 발견하는 일, 그것이 라다크가 서구에게 보내는 메시지다. 더 이상 자본의 이름으로 오만하고 폭력적으로 타인의 삶을 점령하고 짓밟을 수 없다. 자연을 소중하게 다루지 않는 문명은 오래가지 않는다는 진실을 현재의 라다크는 우리에게 전하고 있다.

어디 라다크만의 일이겠는가. 우리도 농촌에 돈이 들어오면 망하기 시작한다는 말을 한다. 이 자조적인 농담에도 뼈아픈 현실이 담겨 있다. 일시적으로는 도움이 되는 것 같지만 길게는 농부들을 부자가 아니라 빚쟁이로 만든다. 돈이 계획을 실현하도록 도와주는 것이야 의심할 여지가 없지만, 돈이 잘못 투입되면 기존 생활방식을 헝클어놓고 건강한 시스템을 망가뜨리기도 한다.

라다크에서 돈은 내가 필요한 물건과 바꾸기 위한 수단이었다. 언젠가부터 우리에게 돈은 필요한 만큼 가져야 하는 것이 아니라 가능하면 많이 벌어서 금고에 쌓아놓는 것이 되었다. 왜 부자가 되려는 걸까? 부자가 아닌 자신이 초라해서 싫은 것일까? 혹시 남보다 많은 돈으로 남 위에 군림하려는 욕심 때문은 아닐까?

사람을 만나보면 금방 알 수 있다. 만난 지 불과 몇 분 안에 사람들은 자기가 누군지 알린다. 서울대 나온 사람은 어떤 방식으로든 서울대 출신임을 밝히고, 부자 또한 자신이 돈이 많다는 걸 상대가 알도록 한다. 명예나 권력도 크게 다르지 않다. 나는 너보다 우월한 사람이니까 그만큼 인정해달라는 말이다. 그런 마음에서는 상대에 대한 존중이 나오지 않는다.

"호랑이는 무늬가 밖에 있고, 사람의 무늬는 안에 있다."

라다크의 이 속담처럼 그들은 상대의 무늬가 안에 있다고 믿기에 한번 접어주는 마음의 여유가 있다. 안에 있기 때문에 당장 보이지 않더라도 기다려줄 수 있는 것이다. 라다크인들은 가난해서 먹을 것이 충분하지 않아도 싸우지 않는다. 화내지도 않는다. 남을 나처럼 생각하기 때문이다. 내가 화를 내면 상대의 마음이 상한다는 걸 안다. 나 중심의 사고에 익숙한 사람들이 들으면 답답할지도 모른다. 한걸음, 반걸음만이라도 타인에게 다가가서 타인을 살피는 마음은 과거에도 현재에도 미래에도 똑같이 소중한 삶의 태도다.

나와 너, 너와 나,
그리고 우리

불교의 중심사상인 공空의 철학에 대해 라다크인들은 이렇게 설명한다.

"공은 말로 하기도 쉽지 않고 말만으로는 이해할 수 없는 것이다. 깊은 생각과 직접적인 경험이 만나야만 완전히 파악할 수 있다. 나무를 예로 들어보자. 나무는 다른 것과 구별하여 이름 붙인 나무라는 물질이다. 하지만 다른 중요한 차원에서 보면 나무는 독립적인 존재가 아니다. 관계의 그물 속으로 녹아들어 가버린다. 잎사귀에 떨어지는 비와 나무를 흔드는 바람과 그것을 받쳐주는 땅이 모두 나무와 한 부분을 이룬다. 궁극적으로는 우주 속의 모든 것이 나무를 나무로 만들도록 돕는다는 말이다. 그것은 고립될 수 없으며, 본성은 순간순간 변한다. 한순간도 똑같지 않다."

이것이 공의 의미이다. 사물이 결코 독립적인 존재가 아니라는 말이다. 대부분의 다른 종교가 모든 것이 신에 의해 결정되고 통제

된다고 믿는 반면, 불교는 정신적 수련을 통해서 자신을 계발할 기회를 갖게 한다.

나를 예로 들어보자. 나는 전문희라는 이름을 가진 쉰 살의 여자다. 하지만 지금의 내가 될 때까지 얼마나 많은 사람의 역할이 있었나 생각해보라. 부모님과 형제들, 친구들, 선생님들, 일로 만난 사람들, 이웃들, 오다가다 만난 사람들, 그 모두가 나의 부분 부분을 이루도록 만들었을 것이다.

우리는 삶에 필요한 많은 것을 타인에게 빚지고 있다. 누군가 땀 흘려 농사를 지은 덕분에 밥을 먹을 수 있고, 누군가 옷을 만들었기 때문에 헐벗지 않을 수 있다. 누군가 지어준 집에 살면서 추위와 위험으로부터 우리 몸을 보호한다. 산다는 건 사람과 사람이 끈끈하게 연결된 한 세계 안에서 산다는 뜻이다. 어떤 삶도 결코 혼자서는 불가능하다. 우리가 마음에 안 드는 사람과도 더불어 살아갈 방법을 모색할 수밖에 없는 이유다.

남을 향해 마음을 열고 함께 살아가야 한다. 고통받는 사람이 있으면 함께 나누고, 무거운 짐은 함께 들고, 배고픈 사람과 밥을 나눠 먹는 것은 당연한 일이다. 사람은 더불어 소통하고 살도록 태어난 존재다. 나 혼자만 살겠다고 하면 그 순간부터 모든 사람이 적이 되며 이 세상은 지옥으로 변한다. 그것을 알기 때문에 우리는 겸손할 수밖에 없다. 타인의 부름에 마음을 열고 응답하고 환영하는 것이 죄와 악에서 벗어나 거듭나는 일이다.

인간은 유아독존인 존재이면서도 그물을 이루는 코 하나처럼 전체의 한 부분임을 부정할 수 없다. 비어 있으면서도 채워져 있고 채워져 있지만 어느 순간 비어 있는 존재다. 자기의 이해관심으로부터 해방된 상태가 공이며, 그때 공은 무아와 같다. 내가 본래 없다는 뜻이 아니라 주관적 환상에 집착하는 나로부터 떠난다는 뜻이다. 무아 상태가 되면 우리는 탐욕이나 분노에 휘둘리지 않고 평화를 얻을 수 있다.

우리가 일단 본래 아무것도 없이 비어 있는 것이라는 우주의 본성을 이해하면, 바깥에서 벌어지는 일들의 덧없는 흐름에 영향을 받지 않는 영원한 행복을 깨달을 것이라고 가르친다. 세상의 존재를 부정하라는 것이 아니라 그것에 대한 인식을 바꾸라는 것이다. 우리의 감각이 인지하는 세계를 버리라는 말이 아니다. 그것을 다른 관점으로 보라는 것이다. 대상을 넓게 깊이 진심으로 바라보아야 한다.

나는 심장이 안 좋아 조금만 신경을 써도 심장이 부르르 떨리며 참을 수 없는 통증을 느낄 때가 많다. 그런 날은 아침에 눈을 뜨면 살아 있다는 사실이 너무도 감사해 안도의 숨을 내쉰다. 몸을 일으켜 이부자리에서 일어나면 내가 누운 자리에 내 몸의 자국이 남아 있다. 내 키와 몸무게대로 요가 눌려 있다. 그 자국은 내가 밤새 이곳에서 잠을 잤다고 말해준다. 어디고 내가 머문 곳에는 이렇게 내 흔적이 남는다. 좋은 자리에 좋은 자국을 남기려면 좋은 마음이 빚어낸 좋은 말과 행동을 보여야 할 것이다. 이불을 개며 그동안 내 몸이 담겼던 수많은 자리들을 생각하니 숙연한 마음이 든다. 방바닥에 떨어진 머리카락을 줍고 먼지를 쓸어내며 할 일 많은 하루를 차분히 맞이한다.

"물은 흘러도 본디 바다 안이고, 달은 져도 하늘을 떠나지 않는다. 깊은 골 난초는 사람이 없다 하여 그 향기를 그치지 않는다."

우주는 끝없는 강과 같다고 한다. 전체는 변하지 않지만 동시에 끊임없는 움직임 속에 있다. 모든 것이 연기緣起의 법칙 아래 있고 인연에 따라 움직인다. 관계를 통한 근원이 부처의 풍요롭고 심오한 보배이다. 너와 나, 정신과 물질 같은 범주와 구분은 하나가 되어 사라져버린다. 자아 역시 우주 속의 다른 것들과 마찬가지로 분리되어 있는 것이 아니다.

달라이 라마는 그의 진정한 종교는 친절이라고 말했다. 그의 기도는 항상 다른 이들에 대한 염려로 채워진다. 지혜와 자비심은 분리할 수 없는 것이라는 가르침이다. 시인이자 현자였던 밀라레파는 "공의 개념에서 자비심이 나온다"고 말했다. 개별적인 존재의 경계가 사라져버리면 너와 나는 절대적으로 분리된 존재가 아니라 한 몸의 다른 면일 뿐이다. 그 생각에서 남을 나처럼 여기고 끌어안을 수 있는 자비심이 생긴다.

방풍 효소 담그기

대웅전 추녀 끝의 아스라한 곡선 아래 풍경이 매달려 있다. 바람이 지나가며 풍경을 살짝 건드린다. 풍경은 새침하게 몸을 틀며 댕그렁 댕그렁 다정한 소리로 화답한다. 바람이 찾아올 때면 저리도 반가이 온몸을 울려 소리를 낸다. 바람이 없다면 아무 쓸모도 없는 물건임을 풍경 자신도 알고 있는 것이다.

둥그런 종 아래 작은 물고기 한 마리가 매달려 있다. 목어木魚는 본래 절에서 쓰는 법구다. 나무의 속을 비워 물고기 모양으로 깎아서 두드리면 소리가 난다. 물고기는 항상 눈을 뜨고 있기 때문에 수행자들이 졸지 말고 수행에 전념하라는 뜻을 담고 있다. 풍경 아래 매달린 목어는 그런 깊은 뜻을 아는지 모르는지 바람 앞에 제 몸을 살랑살랑 흔든다. 바람도 열두 가지라 늘 이렇듯 평화로운 바람만 부는 건 아니다.

한겨울 산동네에 삭풍이 휘몰아치기 시작하면 여름 태풍은 저

리가라다. 대야가 저리로 날아가고 함지박이 이리로 날아온다. 돌쩌귀가 요란하게 들썩거리다 급기야 나무 문짝이 떨어져 나간다. 돌멩이가 날아다니고 어디에 두었던 연장이 떨어져 나뒹구는 소리가 들려도 밖으로 나갈 수가 없다. 바람소리가 어찌나 거센지 사람도 날아갈 것만 같다. 겨울 바람은 한 자락의 낭만도 없이 몰아치는 매섭고 두려운 방문객이다. 그 칼바람에 날씨는 왜 또 그렇게 추운지 옷을 겹으로 껴입고 이불 속에 들어가 바람소리가 잦아들기만 기다린다.

방풍防風이라는 식물의 이름도 혹시 이 지독한 바람에 몸을 떨던 사람이 주술의 의미로 지어 붙인 건 아닐까, 뜬금없는 생각을 한다. 훗날 사람들이 약초의 효능을 빌어 중풍을 예방한다는 의미로 해석했지만 사실은 그냥 바람을 막아달라는 뜻 아니었을까. 취약한 초가집에 살던 사람이 바람 부는 날, 제발 저 바람이 멈췄으면 하는 기원으로 담장 밑에 자라는 식물에다 그런 이름을 붙였을 거라고 내 마음대로 상상해본다.

3월은 3이라는 숫자만으로도 반갑다. 아무리 3월에 꽃을 시샘하는 봄추위가 대단하다고 해도 바람의 결부터 다르다. 꽁꽁 언 계곡물은 아직 다 녹지 않았지만 뺨을 찢을 듯한 찬바람만 없어도 살 것 같다. 마당에 나와 설산이 된 천왕봉을 바라보면서 저 눈은 언제나 녹을까 애타게 기다린다. 아직은 추위의 기세가 등등해 오래 서 있지 않았는데 벌써 아랫목이 그리워 방으로 들어간다. 아랫목에는 청국장이 뜨고 있다.

겨울철엔 아궁이에 불을 지펴 방을 늘 따뜻하게 하기 때문에 청국장을 띄우기도 하고 약초 식혜도 해 먹는다. 조금만 부지런을 떨면 겨울 별미인 청국장과 손님이 오면 대접할 식혜가 떨어지지 않는다. 떡 본 김에 제사 지낸다고 아궁이에 군불을 지피며 방풍 뿌리에 대추와 감초를 솥에 넣고 뭉근하게 달인다. 그 약초물로 만든 식혜는 약초마다 각기 다른 향기가 혀끝에서 정신을 일깨워주니 향기요법이 따로 필요 없다. 몸에도 좋고 입도 즐거운 식혜 한 모금을 삼키고 나면 몸이 새로이 깨어난 듯 환해진다.

담장 아래 한 평 조금 넘는 못 쓰는 땅에 아무렇게나 얻어온 방풍 씨앗을 뿌려놓았다. 이듬해 추위가 조금 누그러들 무렵, 꽃다지나 냉이와 함께 방풍의 어린 싹들이 올라온다. 잡초만 몇 년 관리해주면 야생이 되어 제 씨가 떨어지고 또 나면서 해마다 먹을 수 있다.

방풍나물은 미나리과에 속하는 삼년초다. 특유의 향과 아삭한 맛으로 머리까지 맑게 해주는 봄나물이다. 향긋한 향기에 씹으면 씹을수록 감칠맛이 나는 게 특징이다. 잎을 이용한 쌈 채소와 나물 무침, 된장찌개 등 반찬거리와 건강음료에도 애용되고 있다. 특히 목감기와 코감기에 좋은 방풍은 호흡기 계통이 약한 사람에게 매년 봄 황사 대비책이나 해결책으로 인기 높다. 한의학에서는 중풍 예방에 특효로 알려져 있어 방풍이라는 이름을 얻었다.

뿌리는 북사삼北沙蔘이라고도 부른다. 《동의보감》에서는 뿌리가 실하면서 눅진눅진하고 대가리 마디가 딴딴하면서도 지렁이 대가리 모양인 것이 좋다고 했다. 9, 10월경에 채취하여 외피를 벗기고 햇볕에 말린다. 말린 뿌리는 목욕재로 사용하면 혈액순환을 좋게 한다. 장복하면 두통에 효과가 있다. 신경통, 기관지염, 결핵, 간질, 여성냉증 치료에도 쓴다.

한방에서는 두해살이 뿌리를 감기와 두통, 발한과 거담에 쓴다. 방풍은 다년생 초본으로서 봄과 가을에 꽃대가 나오지 않은 것의 뿌리를 채취하여 건조시킨 후에 한약재로 사용하고 있다. 이 약재는 땀을 내서 몸의 풍사風邪를 제거하고, 몸속의 습濕을 제거하고, 통증을 가라앉히는 효과가 있다. 효소를 담글 때는 뿌리를 캐서 세심하게 씻은 후 물기를 빼고 담근다.

12월의 마지막 날,
부드러운 직선을 꿈꾼다

누군가 눈물로 한해를 마감했다고 말하면 꽤나 간절히 일 년을 반성한 것처럼 들린다. 혹은 서러운 일들이 많았나 보다 생각할 것이다. 허나 웬만한 강심장이 아니고선, 12월 하고도 31일이 되면 숙연한 마음으로 한숨을 쉬거나 눈시울을 붉힌다. 최소한 그날 하루는 그리고 그 다음 날인 새해 첫날은 그리해야 한다는 생각도 든다. 일 년에 하루쯤은.

백팔참회를 간절히 하다 보면 어느 순간 참회의 눈물이 쏟아지면서 몸과 마음이 가벼워진다. 알고도 지은 죄, 모르고 지은 죄가 한꺼번에 나를 찾아와 눈물을 흘리지 않을 수 없다. 많은 사람들도 비슷한 체험을 했다고 들었다. 참회의 눈물은 깨우침에서 오는 감사의 눈물이다. 꽃의 아름다움에 반색하다가 차츰 무심의 경지로 꽃을 대하게 되듯이 기쁜 일도 슬픈 일도 내 삶으로 끌어안아야 한다는 마음이 드는 때도 한해의 마지막 날이다.

이 시간 홀로 앉아 안으로 삼키는 눈물을 흘리는 사람들을 생각한다. 소리 내어 울 수조차 없게 나이가 들었거나, 부끄러운 게 많거나, 기운을 다 소진한 사람들. 나 또한 그들에 포함되리라. 그 어느 해보다 다사다난했던 한해의 마지막 날 화두로 삼은 낱말이 '눈물'이라니. 돌아보면 다사다난하지 않았던 해는 한 번도 없었다. 죄와 공이 반반씩 섞인 평범한 인생을 살았다고 말하기에는 아무래도 죄의 무게가 더 무겁다. 남의 많은 상처와 눈물을 보고, 남에게 나의 상처와 눈물을 보이고야만 한해. 오늘 마지막 눈물 한 방울 보태고 새해에는 새 술을 새 부대에 담아야겠다고 아직은 낯이선 2011이라는 숫자에 대고 맹세한다.

나로 말미암아 아픔을 겪어야 했던 사람, 나로 말미암아 마음 상했던 사람, 나로 말미암아 밥맛을 잃거나 술을 찾아야 했던 사람들을 위해 짜디짠 눈물을 흘린다. 그들의 상처가 잘 봉합되어 지금쯤은 아픔을 다 잊었기를 바라지만 혹여 섣달 그믐날까지 목에 걸리는 고통이 남아 있다면 나의 이 눈물이 조금의 위안이라도 되었으면 좋겠다. 이 세상의 기운은 하나로 통해 있어서 이쪽에서 생각하는 것이 어떻게든 저쪽에 전해진다고 믿어본다.

아니다. 아닐 것이다. 고통은 고통대로 남을 것이고 내 눈물은 눈물대로 흐를 것이다. 누구도 타인의 상처나 고통을 대신할 수는 없다는 사실이 뼈아프게 가슴에 와 닿는 날이다. 눈물을 닦고 다시 힘을 내서 일어선다. 한해 잘 살았다는 눈물이니 어쩔 수 없이 이

거라도 바칠 수밖에 없지만, 다만 새해에는 깔깔깔, 푸하하하, 허허허 웃는 일 많기를 기도한다. 도종환 시인의 말처럼 곧되 부드러운 사람이 되는 한해이길 바란다.

〈부드러운 직선〉

높은 구름이 지나가는 쪽빛 하늘 아래
사뿐히 추켜세운 추녀를 보라 한다
뒷산의 너그러운 능선과 조화를 이룬
지붕의 부드러운 선을 보라 한다
어깨를 두드리며 그는 내게
이제 다시 부드러워지라 한다
몇 발짝 물러서서 흐르듯 이어지는 처마를 보며
나도 웃음으로 답하며 고개를 끄덕인다
그러나 저 유려한 곡선의 집 한 채가
곧게 다듬은 나무들로 이루어진 것을 본다
휘어지지 않는 정신들이
있어야 할 곳마다 자리 잡아
지붕을 받치고 있는 걸 본다
사철 푸른 홍송 숲에 묻혀 모나지 않게
담백하게 뒷산 품에 들어 있는 절집이

굽은 나무로 지어져 있지 않음을 본다
한 생애를 곧게 산 나무의 직선이 모여
가장 부드러운 자태로 앉아 있는

히말라야 산속에 집 없이 사는 새가 있다. 낮에는 따뜻한 볕을 쪼이면서 이 나무 저 가지고 즐겁게 날아다니지만 밤이 되면 집이 없어 추위에 떨곤 했다. '날이 새면 집을 지어야지' 하고 밤새 다짐을 한다. 정작 아침이 되어 볕이 나면 밤새 다짐한 결심은 온데간데없다. 다시 또 밤이 되면 똑같은 다짐을 하면서 운다. 일생을 그렇게 살다 죽는다. 한해의 마지막 날이면 이 이야기를 생각하게 된다. 히말라야 새처럼 살지는 말자. 작은 결심 하나라도 몸으로 지켜내는 새해를 만들자고 작은 목소리로 스스로에게 다짐한다.

다른 사람을 기쁘게 해주지 못하는 인생은 죽은 것이라고 했다. 펄펄 살아 있기 위해서라도 타인을 위해 밥을 짓고 골목을 쓸고 불을 켜는 삶을 감히 내년에는 꿈꾼다. 올해의 과오를 조금이라도 씻으려 하는 이 가련함을 다시 겪지 않기 위해서라도. 아직도 눈물을 거두지 못한 사람 있다면 내년에는 힘들 때 어깨 두드려주는 사람을 갖길 바란다. 남을 위해서 기도하는 일이 나를 위한 기도임을 믿고 모두의 평화로운 새해를 간절히 기원한다.

겨울 효소 담그기

재료

도라지, 더덕, 당귀뿌리, 방풍뿌리, 엉겅퀴뿌리, 우슬뿌리, 잔대, 칡뿌리, 삽주, 딱주, 동백꽃

주의사항

- ❖ 뿌리식물을 손질할 때는 뿌리 사이에 박힌 흙을 잘 씻어내야 한다.
- ❖ 가능하면 칼로 썰지 않고 통째로 담근다.
- ❖ 동백꽃은 청정지역에서 채집하여 가급적 물에 씻지 않는 것이 좋다. 꽃의 화분과 약성이 손실된다.

재료에 따른 1차 발효기간

꽃 1차 발효기간이 약 60일 정도면 발효된다.(꽃은 잎이나 열매보다 1차 발효기간이 짧다.)

새순 1차 발효기간이 100일 정도 걸린다.(열매와 뿌리보다 발효기간이 짧다.)

열매 여름 열매는 수분이 많아서 가을 열매보다 설탕을 더 넣는다.
가을 열매 중에서 섬유질이 많고 수분이 적은 열매는 설탕을 1:1로 절인다.

뿌리 섬유질이 많은 약초 뿌리는 설탕을 1:1로 절인다.
수분이 많은 약초 뿌리는 1:1.5로 설탕량을 늘린다.

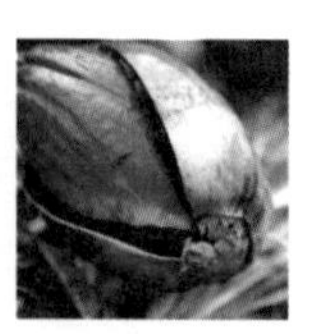

손질하기

- 채집해온 재료들을 펼쳐놓고 다듬는다.
- 시든 잎과 낙엽들을 골라낸다.
- 깨끗한 물에 먼지와 흙을 잘 씻은 후 그늘에서 물기를 뺀다.
  (물기를 완전히 제거하되 재료가 시들지 않게 주의.)

담그기

- 물기를 뺀 재료를 무공해 설탕 또는 황설탕에 버무린다.
  (백설탕은 식물이 발효되기 전에 설탕이 먼저 녹고,
  흑설탕은 발효한 뒤에도 녹지 않아서 적합하지 않다.)
- 설탕의 비율은 1:1로 한다.(식물의 특성에 따라 조정할 수 있다.)
- 잘 버무린 재료를 항아리에 차곡차곡 넣어 눌러준 다음,
  넓적한 돌멩이를 올려놓는다.
- 항아리 입구를 위생 비닐로 밀봉한다.

보관하기

- 햇볕이 들지 않는 서늘한 곳에서 보관한다.
- 온도 변화가 없는 굴속에 보관하면 가장 좋다.

발효기간

- 상온 17도에서 약 100일이 적당하다.
  (햇볕이 들고 따뜻한 곳에서는 너무 빨리 발효가 진행되므로 좋지 않다.)

찌꺼기 거르기

- 발효가 끝나면 찌꺼기는 건져내고 액체만을 고운 체나 삼베 자루에 넣고 짠다.
  (걸러낸 액체에 건더기가 들어가지 않도록 주의.)

숙성시키기

- 맑게 걸러낸 액체는 최소한 1년 이상 서늘한 곳에서 숙성 보관한다.
  (반드시 무공해 항아리에 효소액을 넣고 보관한다.)

마시기

- 잘 숙성된 효소를 따뜻한 차에 타서 식후에 마시면 소화에 도움이 된다.

지리산에서 보낸 산야초 효소 이야기

초 판 1쇄 발행 2011년 5월 25일
개정판 1쇄 발행 2018년 10월 20일

지은이 전문희
사진 김선규
펴낸이 김환기

펴낸곳 도서출판 이른아침
디자인 성지선 이솔잎
편집 이단네
마케팅 권명희
관리 이민정

주소 경기도 파주시 회동길 445-1 경인빌딩 B동 4층
전화 02)3143-7995
팩스 02)3143-7996
등록 2003년 9월 30일 제 313-2003-00324호
이메일 booksorie@naver.com

ISBN 978-89-6745-082-3 13810
정가 18,000원